新编新译
世界文学
经典文库

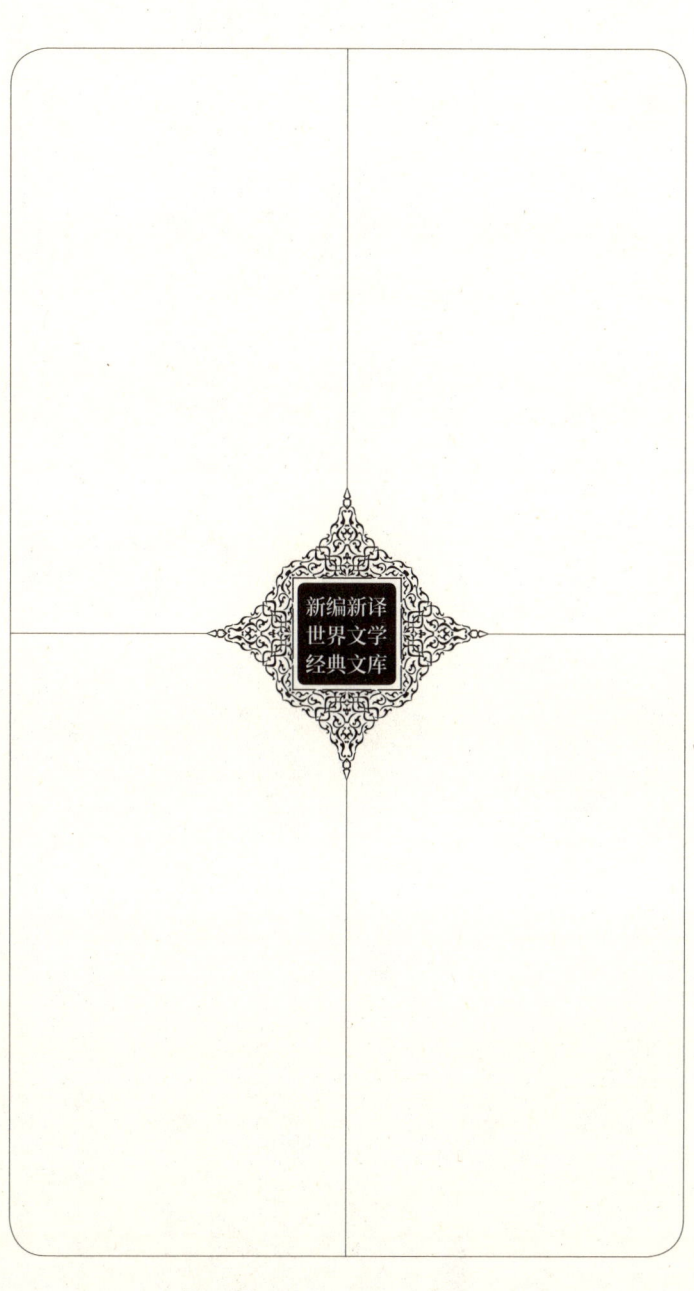

O R

奥兰多

L A N

Virginia Woolf

[英]弗吉尼亚·伍尔夫 著

徐颖 译

作家出版社

D O

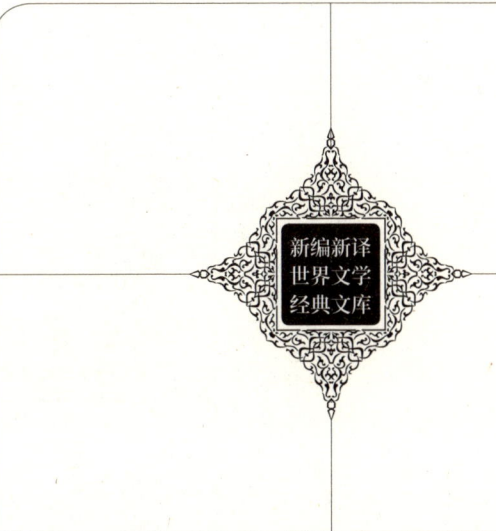

编委会

陈众议

路英勇

高　兴

张亚丽

苏　玲

王　松

叶丽贤

戴潍娜

袁艺方

代 序

经典,作为文明互鉴的心弦

陈众议 2020 年 11 月 27 日于北京

"只有浪子才谈得上回头。"此话出自诗人帕斯。它至少包含两层意义：一是人需要了解别人（后现代主义所谓的"他者"），而后才能更好地了解自己，恰似《旧唐书》所云："夫以铜为镜，可以正衣冠；以古为镜，可以知兴替；以人为镜，可以明得失"；二是人不仅要读万卷书，还要行万里路。读万卷书难免产生"影响的焦虑"（布鲁姆语），但行万里路恰可稀释这种焦虑，使人更好地归去来兮，回归原点、回到现实。

由此推演，"民族的就是世界的"（据称典出周氏兄弟）同样可以包含两层意思：一是合乎逻辑，即民族本就是世界的组成部分；二是事实并不尽然，譬如白马非马。后者构成了一个悖论，即民族的并不一定是世界的。拿《红楼梦》为例，当"百日维新"之滥觞终于形成百余年滚滚之潮流，她却远未进入"世界文学"的经典谱系。除极少数汉学家外，《红楼梦》在西方可以说鲜为人知。反之，之前之后的法、英等西方国家文学，尤其是20世纪的美国文学早已在中国文坛开枝散叶，多少文人读者对其顶礼膜拜、如数家珍！究其原因，还不是它们背后的国家硬实力、话语权？福柯说"话语即权力"，我说权力即话语。如果没有"冷战"以及美苏双方为了争夺的推重，拉美文学难以"爆炸"；即或"爆炸"，也难以响彻世界。这非常历史，也非常现实。

同时，文学作为人类文明的重要组成部分，是人类进步不可或缺的标志性成果。孔子固然务实，却为我们编纂了吃不得、穿不了的"无用"《诗经》，可谓功莫大焉。同样，马克思主义的经典作家向来重视文学，尤其是经典作家在反映和揭示社会本质方面的作用。马克思在分析英国社会时就曾指出，英国现实主义作家

"向世界揭示的政治和社会真理,比一切职业政客、政论家和道学家加在一起所揭示的还要多"。恩格斯也说,他从巴尔扎克那里学到的东西,要比从"当时所有职业的历史学家、经济学家和统计学家那里学到的全部东西还要多"。列宁则干脆地称托尔斯泰是俄国革命的一面镜子。这并不是说只有文学才能揭示真理,而是说伟大作家所描绘的生活、所表现的情感、所刻画的人物往往不同于一般的抽象概括、冰冷的数据统计。文学更加具象、更加逼真,因而也更加感人、更加传神。其潜移默化、润物无声的载道与传道功能、审美与审丑功用非其他所能企及,这其中语言文字举足轻重。因之,文学不仅可以使我们自觉,而且还能让我们他觉。站在新世纪、新时代的高度和民族立场上重新审视外国文学,梳理其经典,将不仅有助于我们把握世界文明的律动和了解不同民族的个性,而且有利于深化中外文化交流、文明互鉴,进而为我们吸收世界优秀文明成果、为中国文学及文化的发展提供有益的"他山之石"。同样,立足现实、面向未来,需要全人类的伟大传统,需要"洋为中用""古为今用",否则我们将没有中气、丧失底气,成为文化侏儒。

众所周知,洞识人心不能停留在切身体验和抽象理念上,何况时运交移,更何况人不能事事躬亲、处处躬亲。文学作为人文精神和狭义文化的重要基础,既是人类文明的重要见证,同时也是一时一地人心、民心的最深刻,也最具体、最有温度、最具色彩的呈现,而外国文学则是建立在各民族无数作家基础上的不同时代、不同民族的认识观、价值观和审美观的形象体现。因此,外国文学,尤其是外国文学经典为我们接近和了解世界提供了鲜活的历史画面与现实情境;走进这些经典永远是了解此时此地、彼时彼地人心民心的最佳途径。这就是说,文学指向各民族变化着的活的灵魂,而其中的经典(包括其经典化或非经典化过程)恰恰是这些变化着的活的灵魂。亲近她,也即沾溉了从远古走来、向未来奔去的人类心流。

此外,文学经典恰似"好雨知时节","润物细无声",又毋庸置疑是各民族集体无意识和作家、读者个人无意识的重要来源。她悠悠地潜入人们的心灵和脑海,进而左右人们下意识的价值判断和审美取向。还是那个例子,我们五服之内的先人还不会喜欢金发碧眼,现如今却是不同。这是"西学东渐"以来我们的审美观,乃至价值观的一次重大改变。其中文学(当然还有广义的艺术)无疑是主要介质。这是因为文学艺术可以自立逻辑,营造相对独立的气韵,故而它们也是艺术化的生命哲学;其核心内容不仅有自觉,而且还有他觉。没有他觉,人就无法客观地了解自己。这也是我们有选择地拥抱外国文学艺术,尤其是外国文艺经典的理由。没有参照,人就没有自知之明,何谈情商智商?倘若还能潜入外国作家的内心,或者假借他们以感悟世界、反观自身,我们便有了第三只眼、第四只眼、第N只眼。何乐而不为?!

且说中华民族及其认同感曾牢固地建立在乡土乡情之上。这显然与几千年来中华民族的文化发展方式有关。从最基本的经济基础看,中华文明首先是农业文明,故而历来崇尚"男耕女织""自力更生"。由此,相对稳定、自足的"桃花源"式的小农经济和自足自给被绝大多数人当作理想境界。正因为如此,世界上没有其他民族像中华民族这么依恋故乡和土地(柏杨语)。同时,因为依恋乡土，我们的祖先也就相对追求安定、不尚冒险。由此形成的安稳、和平性格使中华民族大抵有别于西方民族。反观我们的文学，最撩人心弦、动人心魄的莫过于思乡之作。如是，从《诗经》开始，乡思乡愁连绵数千年而不绝，其精美程度无与伦比。"昔我往矣，杨柳依依；今我来思，雨雪霏霏"(《诗经》)；"露从今夜白，月是故乡明"(杜甫)；"举头望明月，低头思故乡"(李白)；"春风又绿江南岸，明月何时照我还？"(王安石)。如此等等，不一而足。当然，我们的传统不尽于此，重要的经史子集和儒释道，仁义礼智信和温良恭俭让，以及少数民族文化等皆是中华传统文化的组成部分。而且，这里既有六经注我，也有我注六经；既有入乎其内，也有出乎其外，三言两语断不能涵括。诚然，四十多年，改革开放、西风浩荡，这是出于了解的诉求、追赶的需要。其代价则是价值观和审美感悦令人绝望的全球趋同。与此同时，文化取向也从重道轻器转向了重器轻道。四海为家、全球一村正在逼近；城市一体化、乡村空心化不可逆转。传统定义上的民族意识正在淡出。作为文学表象，那便是山寨产品充斥、三俗作品泛滥。与此同时，或轻浮或狂躁，致使伪命题及去心化现象比比皆是；文学语言简单化(却美其名曰"生活化")、卡通化(却美其名曰"图文化")、杂交化(却美其名曰"国际化")、低俗化(却美其名曰"大众化")等等，以及工具化、娱乐化等去审美化、去传统化趋势在网络文化的裹挟下势不可挡。

正所谓"彼亦一是非，此亦一是非"，如何在全球化这把双刃剑中取利去弊，业已成为当务之急。"不忘本来，吸收外来，面向未来"无疑是全球化过程中守正、开放、创新的不二法门。因此，如何平衡三者的关系，使其浑然一致，在于怎样让读者走出去，并且回得来、思得远。这有赖于同仁努力；有赖于既兼收并包，又有魂有灵，从而在人类命运共同体的旗帜下复兴中华，并不遗余力地建构同心圆式经典谱系。毫无疑问，唯有经典才能在"熏、浸、刺、提""陶、熔、诱、掖"中将民族意识与博爱精神和谐统一。让《红楼梦》《三国演义》《水浒传》《西游记》等中国文学经典的真善美成为全世界共同的精神财富吧！让世界文学的所有美好与丰饶滋润心灵吧！这正是作家出版社与中国社会科学院外国文学研究所精心遴选，联袂推出这套世界文学经典丛书的初衷所在。我等翘首盼之，跂予望之。

作为结语，我不妨援引老朋友奥兹，即经典作家是好奇心十足的孩子，他用手指去触碰"请勿触碰"之处；同时，经典作家也可能带你善意地走进别人的卧室……作家卡尔维诺也曾列数经典的诸多好处；但是说一千、道一万，只有读了你才知道其中的奥妙。当然，前提是要读真正的经典。朋友，你懂的！

目　录

第一章　001

第二章　038

第三章　077

第四章　101

第五章　152

第六章　178

第一章

他，毫无疑问是个男子，尽管那时流行的服装掩盖了性别特征。他正挥剑砍向梁上悬荡的一颗摩尔人头骨，这头骨，除了凹陷的双颊和一两缕椰棕般的枯干头发，颜色颇似一只旧足球，形状也有点像。这是当年奥兰多的父亲，也有可能是祖父，从一个魁梧的异教徒肩上砍下的。当时是在非洲的荒蛮大地上，月色之下这个摩尔人突然冒了出来。此刻，他的头骨正在微风中不停地轻摆，大宅阁楼上一直有风在吹拂，而这宅子的主人正是当年使他殒命的贵族。[1]

奥兰多的先祖曾经驰骋在水仙花[2]盛开的原野上，那里遍布荒石，流淌着奇特的河水。从无数人的肩膀上，他们挥刀砍下肤色各异的头颅，然后带回家悬在梁上。奥兰多发誓也要步其后尘。但这时他才刚满十六岁，年纪轻轻，无法随父辈策马在非洲或法国飞驰，只能趁母亲在花园喂孔雀时，悄悄溜回阁楼。他对着空气挥剑劈砍，弓箭步刺。有时绳子被削断，头骨就滚落到地上，他只好怀着骑士精神，再把头骨高高吊起，挂到几乎够不到的位置。于是这个敌人咧开干瘪的黑嘴唇，冲他胜利地狞笑。头骨被吹得荡来荡去，因为这座大宅特别空旷，风似乎陷足于奥兰多所住的顶楼里，无论春夏秋冬都在吹来吹去。绿色挂毯和上面的猎手，一直在随风摆动。奥兰多的先祖在那时便已是贵族。他们头上戴着贵族的冠冕，从北方的迷雾中走来。房间里的条条阴影，地板上的黄色格纹，不正是阳光透过彩色玻璃窗上的巨大盾徽投射而成的吗？奥兰多此刻恰好站在盾徽上黄色豹子的身体中心。他把手放在窗台上想推开窗户，手臂立即映上红蓝黄的色块，仿佛蝴蝶的翅膀。这样，那些喜欢符号、乐于解读符号的人，也许会注意到，奥兰多匀称的双腿、潇洒的身形和结实的双肩，都洒上了盾徽的各色亮光，而在开窗之际，只有他的脸庞被阳光照亮。这张面庞举世无双，既坦诚率真，而又郁郁寡欢。生养他的母亲有福了，而为他立传的作家岂不更幸运！母亲不会因他而忧愁，而为其立传的作者也无须小说家或诗人的才华。奥兰多将不断建功立业，接连走向辉煌，步步擢升高位，直至众望所归，而为其立传者会逐一将其记载。看看奥兰多的容貌，正是为这样的生涯量身打造。他红润的脸颊上有层细细的绒毛，唇上的绒毛稍为浓密。他樱唇微启，露出精致的皓齿。鼻子小巧，鼻梁笔直。深色的头发，精致的耳朵与头型正好相配。铺陈这青春的美貌，怎能不讲到前额和双目。啊，这三样与生俱来。我们正好能望见站在窗边的奥兰多，必须承认，他的双眸好似湿漉漉的紫罗兰，又像汪着一泓春水，眼睛显得更大了。他的额头饱满得如同大理石穹顶，嵌在勋章般光洁的太阳穴之间。凝望着他的双眸和前额，我们浮想联翩。直视着他的双眸和前额，我们必须承认，好的传记作家会避而不谈对他的种种非议。此刻，有些场景令他不安，比如他的母亲，那位身着绿服的美丽妇人出去喂孔雀，侍女杜希德紧随其后；也有些影像令他兴奋，比如鸟儿和树木；还有的图景让他沉湎于死亡幻想，比如夜空和归巢的乌鸦。于是，这一切景象盘旋升腾至他脑海中的浩瀚空间，配上花园里的槌击声和砍柴声，令他激情澎湃，感触良多，而这些纷杂的情绪是每个优秀的传记作家深恶痛绝的。接着，奥兰多把探出的头收回来，在桌旁坐下，像每天这个时间那样，漫不经心地拿出本子，上面标着《埃塞尔伯特[3]：五幕悲剧》，他用那支泛黄的旧鹅毛笔蘸了蘸墨水。

很快,他洋洋洒洒地写了十多页诗句。显然他文思泉涌,却又有些深奥艰涩[4]。恶行、犯罪和苦难都是他剧中人物。诗中乌有之乡的国王和王后,身陷恐怖的阴谋,但胸中却激荡着高贵的情感。其诗歌语言流畅而甜美,可每个字都不像出自他的手笔,毕竟这位少年不满十七岁,而且离16世纪结束尚需几年时间,所以能写出这样的文字实在令人叹为观止。然而,他终于停下了笔。他在描摹大自然,这是所有年轻诗人青睐的永恒题材,目光碰巧落在窗下的一丛月桂上,便一心要将眼前的绿荫准确地呈现出来,他这一刻比大多数年轻诗人要大胆。接下来,奥兰多当然是停笔凝滞。自然中的绿色是一种滋味,而文学中的绿色则又另当别论了。自然和文学似乎天生就彼此敌视,要是强把它们扭在一起,二者恐怕要拼个你死我活。奥兰多此刻看到的绿荫,毁了他的押韵,打乱了他的格律。况且大自然本身有一套花招。他往窗外望去,看到花丛中的蜜蜂,瞥见一条打哈欠的狗,目送着太阳落山,脑海中思忖着"我还能看到多少落日余晖"(这样的想法过于庸常,不值得落笔)。于是,他扔下了笔,拿起斗篷,大步踱出房间,脚绊到了一个漆柜子上。这不足为奇,因为奥兰多总是有点笨手笨脚。

他小心翼翼,想避开所有人。看见小路那边走来花匠斯塔布,他便藏在树后等他过去,然后从院墙边门出了花园。他绕开了马厩、犬舍、酿酒坊、木匠屋、洗衣房,以及人们做牛羊油脂蜡烛、宰牛、钉马掌、缝皮坎肩的地方。这座大宅就像一个小城镇,有各行各业的人在劳作忙碌。奥兰多终于来到上山的小路,路边蕨叶婆娑,通向山顶要穿过幽深的庄园。人的秉性往往彼此联系、相伴相生。传记作者此处应注意到这个事实——笨拙的人往往都热爱独处。笨拙的奥兰多脚常绊到柜子，自然便喜欢僻静和视野开阔之所，享受永远永远永远孤独的感觉。

于是沉默良久，他终于舒了口气说："就剩我一个人了。"这是他在这本传记中第一次开口说话。他迅速向山上攀爬，穿过蕨类和山楂丛，吓得小鹿奔逃、野鸟惊飞。他一口气爬到山顶，这里有棵孤零零的大橡树，浓荫翠盖。此处地势很高，可眺望英格兰十九个郡县，晴好天气里三四十个郡县都一览无余。远处有时能望见英吉利海峡，层波叠浪。纵横的河流，游船在水上游弋；西班牙大帆船[5]正准备出海，舰队的加农炮冒出浓烟，伴随着闷闷的炮声；还能看到海岸上的要塞和草地上的城堡；这边一座瞭望塔，那边一处堡垒，还有几座宏大的宅邸，像奥兰多父亲的那种庄园，坐落在山谷中好似墙垣环绕的城镇。东面是伦敦城的高塔和城市的烟火，如果风向合适的话，也许还能望见天边云中斯诺登峰陡峭的山顶和崎岖的山脊。[6]奥兰多立在那里良久，他指点着，凝视着，辨认着熟悉的地方。这边是他父亲的庄园；那边是他叔父的宅邸。那边林子里的三座高耸塔楼是他姑妈拥有的。石楠地和森林都是他们的，包括里面的雉鸡、鹿、狐狸、獾和蝴蝶。

奥兰多长叹了一口气，扑倒在橡树脚下的土地上，他的动作迸发出激情，值得用"扑"这个词。在这个夏日的所有短暂瞬间，他渴望感受身下大地的脊梁，因为在他看来，橡树坚实的根须就是这道脊梁。之后，意象纷至沓来，橡树根像胯下骏马的脊背，像颠簸舰船的甲板。确实什么都可以，只要它坚实可靠，让他觉得自己飘浮不定的心可以有所维系。他这颗心在胸膛里左冲右撞；每当黄昏信步户外时，他心中都激荡起激情和爱恋的风暴。他躺倒在树下，把心思系于树上，躁动的心和周围的一切渐渐平静下来；树叶儿垂在那里，小鹿停下了脚步；夏日淡淡的云彩驻足；他的四肢在地上渐渐变沉；他一动不动地躺着，于是小鹿慢慢靠近，乌鸦在四周盘桓，燕子俯冲又旋飞，蜻蜓掠过，夏日黄昏的勃勃生机和柔情蜜意，仿佛在他周身织就了一张网。

大约一个小时后，太阳迅速西沉，白云染为漫天红霞，山峦映上了淡紫色，树林也覆上了深紫色，山谷黑幽幽一片。忽然一声号角响起。奥兰多翻身跃起。这嘹亮的号角声来自峡谷，来自峡谷深不见底的漆黑天地，从那紧凑的一点铺展开来，那里是一座迷宫，一个墙垣围绕的城镇。这声号角混杂着其他更尖厉的声音，在峡谷中回荡着、回荡着。峡谷中原本漆黑一片的大宅，随着号角声起华灯初上。有的灯光微弱而匆匆掠过，估计是仆人们提灯冲过走廊应答主人召唤；而有的灯光明亮耀目，似乎是空旷的宴会厅灯火通明，准备迎接即将到来的贵客；还有的灯光忽高忽低、波动迂回，应该是提在大群侍从手中，他们恭敬地弯腰、屈膝、起身、迎接、保卫、护送一位宫廷贵妇下马车、进门。马车掉头驶进庭院，马儿甩了甩头上的羽饰。女王驾到。

奥兰多不再张望。他冲下山，从边门溜回到宅子里。他飞速冲上旋转楼梯，回到自己的房间。他东甩一条长袜，西扔一件坎肩。他洗了洗脸，擦干净双手，修剪好指甲。他只有六英寸高的镜子和一对点了好久的蜡烛，但还是在十分钟内打扮妥当——穿好了深红色的马裤、蕾丝领、塔夫绸马甲和鞋子，鞋子上的玫瑰花饰硕大如重瓣大丽花。一切准备就绪,他脸色绯红,兴奋无比,但他还是太迟了。

他抄了个秘密的近路去宴会厅,需要穿过一溜儿房间和楼梯。宅子占地五英亩,而宴会厅在宅子另一边。半路跑在仆人住的后院时,他停下了脚步。斯图克利太太的起居室门敞开着,无疑她不在,应该是拿着大串钥匙去服侍女主人了。但在仆人餐桌旁,坐着一位体态臃肿的先生,手边搁着一只大啤酒杯,面前摆着纸;他衣着寒酸,穿着棕色的平织粗呢[7],轮状皱领[8]脏兮兮的。他手里拿着笔,却没在写字;像是在思考,脑子里翻来覆去地琢磨着什么,直到想法成形或是自己满意为止。他在一动不动地盯着什么,眼睛瞪得圆圆的,有些迷蒙,如同质地奇异的绿宝石。他并没有看到奥兰多。奥兰多虽是步履匆匆,却还是猛地刹住了脚步。这是位诗人吗?他是在作诗吗?"告诉我,"他想说,"这世上的一切。"这样说是因为他对诗人和诗歌怀有最狂野、最可笑和最奢侈的想法。这个人看到了妖魔,看到了萨堤[9],可能还看到了大海的深邃,但是却没有看到你,如何对这样的人开口呢?奥兰多立在那里盯着他,诗人转动着手中的笔,凝神沉思着,然后飞快写下几行字,又抬起头来。奥兰多羞涩起来,便飞也似的逃走了。他及时赶到宴会厅,刚好赶上仪式。他双膝跪下,惶惑地低下头,手捧一碗玫瑰花水呈给伟大的女王陛下。

奥兰多太腼腆了,以至于只看到女王浸入水中戴着戒指的手,但这足矣。那只手令人难忘,瘦削骨感,修长的手指微拢着,也许是长期握着王权宝球或权杖所致;那只手紧张乖戾,而又病恹恹的样子;那只手惯于发号施令,只需稍稍一抬便有人头落地。

他猜想，这手应该是长在一副老迈的躯体上，如同散发着樟脑气味的存放皮草的衣柜。这躯体上披着各种绫罗锦缎，挂缀着琳琅满目的珠宝。她虽然饱受坐骨神经痛的折磨，却依然保持坐姿笔直；虽被无边恐惧侵扰，却毫不退缩。女王有一双淡黄色的眼睛。这一切都是他感受到的，当看到女王硕大的戒指在洗手水中熠熠闪光，什么东西还按在他的头发上时，他感受到了这一切。也许这些感受对历史学家百无用处。实际上，此刻他脑海中混沌一片，杂糅着各种相反的意象——黑暗的夜晚和燃烧的烛火、寒酸的诗人和高贵的女王、沉寂的田野和喧嚣的仆从。他一无所见，只看到了一只手。

在这次亮相中，女王也只看到了奥兰多的头顶。但如果窥一手能知全身，并了解一位伟大女王的性格——她的乖张、她的勇气、她的脆弱和她的恐惧，那么女王从富丽的王座上望过来，也能从头顶得到丰富的信息。如果西敏寺的蜡像逼真的话，便能推断出女王总是双目圆瞪。她面前的这一头卷曲的深色长发，头恭敬地垂下，如此单纯天真，让人联想到这位贵族青年有完美的双腿，他身形挺拔，有紫罗兰色的双眸，还有一颗金子般的心灵，忠诚且充满男子气概。这位老妇人越是迷恋这品质，越是求而不得。因为她韶华已逝，过早地疲惫憔悴、弯腰驼背。她耳畔总是有炮声回响，眼前总是有闪光的毒药液滴和长长的匕首。她坐在桌旁侧耳聆听，听到了英吉利海峡那边的枪炮声。她不由惊惧道：那是诅咒，还是低语？在这黑暗背景的衬托下，她更觉天真和单纯弥足珍贵。据说就是当天晚上，奥兰多熟睡之际，女王正式下令，在羊皮纸上签字盖上印玺，将那个原本属于红衣主教、后被国王占有的大修道院赠予了奥兰多的父亲。[10]

奥兰多一夜酣睡，对此一无所知。女王还吻了他，他也浑然不觉。女人的心复杂难懂，正因他一无所知，也正因他在女王的唇触碰的那一刻颤抖了一下，倒让女王对这位年轻的表亲（他们有血缘关系）一直记忆犹新。无论如何，奥兰多平静的乡村生活过了不到两年，写了二十多部悲剧、十几部历史剧和二十多首十四行诗，就传来了圣旨召他去白厅侍奉女王。

"来了，"女王望着奥兰多沿着长廊走来，说，"来了，我的天真少年！"（他周身散发宁静的气质，使他显得天真无邪，其实"天真"这词已不再适合他。）

"上前来！"她说话时，正笔挺地坐在炉火旁边。然后她让他站在一英尺开外的地方，上下打量着他。她是不是正用那晚的猜想来比照眼前的这位少年？她有没有证实自己的猜想？眼睛、嘴巴、鼻子、胸膛、臀部和双手——她的目光将他席卷；凝望他时，她嘴唇微颤，而当目光移到他的双腿时，她放声大笑起来。他完全符合贵族青年的理想形象。但是他的内在呢？她那双淡黄色鹰眼的犀利目光扫过来，仿佛要刺穿他的灵魂。年轻人承受着她凝视的目光，脸颊泛起了红晕，红得好似大马士革蔷薇。力量、优雅、浪漫、荒唐、诗意、青春……她对他了如指掌。她即刻从自己（关节肿胀的）手指上褪下一枚戒指，戴在了他的手上，任命他为财政部长和总管，接着给他佩上了职务链徽，又命他屈膝，将嘉德勋章的宝石链[11]系在了他膝盖内侧。从此之后，奥兰多的地位扶摇直上。女王国内巡游，他策马驱驰御驾左右。她派他出使苏格兰，去觐见"不幸"的苏格兰女王。他正要启程去波兰打仗，她将他召了回来。她怎忍心他那娇嫩的肉体被撕扯，一头卷发的头颅滚落在尘土中？她要把他带在身旁。在女王胜利的巅峰，伦敦塔上礼炮齐鸣[12]，火药味铺天盖地，呛得人喷嚏不断，人们涌到她的窗下高喊万岁。女王把他拽倒在一堆靠垫中，那是侍女为她铺好的(女王已然老态龙钟、疲惫不堪)，并把他的脸埋在自己衣服的奇怪味道里——她已经一个月没有更衣，闻上去混合了整个世界的味道，唤起了他的儿时记忆，像是家里存放母亲皮草的旧衣柜的味道。他挣扎着起身，她的拥抱令他窒息。"这，"她低声说，"是我的胜利！"——一枚火箭蹿上天空，映得她双颊绯红。

他颇得这位老妇人的欢心。女王眼光独到，据说一看便知人底细。她为奥兰多铺设了无比锦绣的前程。她赐他土地，赏他宅邸。他将成为她晚年的爱子，来搀扶她虚弱的身体，也将是她垂垂老矣之时倚靠的橡树。她声音嘶哑地说出这些承诺，态度既颐指气使，又带着一种奇异的温柔(这时他们住在里士满[13])。当时，她身着浆硬的锦缎，笔直地坐在炉火边，不管柴火烧得多旺，她也不觉暖和。

其间，漫长的冬日还得一天天挨过。庭院里的树木挂满了冰霜。河水缓慢地流动。一天，雪落在地上，暗色镶板的房间里光线幽晦，暗影浮动，院子里雄鹿在吠叫。女王从镜子里看到门外有个少年——那镜子是她因害怕密探而摆上的，那扇门也因担心刺客而大敞四开——那个少年不会是奥兰多吧？——他正在亲吻一个女孩(这是哪个厚颜无耻的荡妇？)。女王抓起金柄宝剑，猛地掷向镜子。镜面四碎，人们跑过来，把她扶了起来，送回到宝座。但自此之后，她深受打击而痛苦不堪，没完没了地抱怨男人的背信弃义，而她的日子也走到了尽头。

也许，这正是奥兰多的过错，然而我们要去责备奥兰多吗？这是伊丽莎白时代，他们那时的道德规范和我们现在可不一样；他们的诗人也和我们不同；他们的气候也和现在迥异；他们的蔬菜更不同于今日。一切都不一样。我们可以相信，那时的天气本身，夏日酷暑和冬日严寒，都是另外一个样子。绚丽的白日和多情的黑夜，如同土地与河海一样泾渭分明。落日更加红艳和浓烈，晨曦也更加纯净和明媚。他们没有我们这种朦胧晦暗的光线，也没有流连徘徊的暮色。那时，不是干旱无雨，就是暴雨倾盆。不是骄阳当空，就是晦暗无光。诗人们习惯将这投射到精神层面，吟唱玫瑰枯萎，叹息花瓣凋零。他们歌唱稍纵即逝的时光，瞬息之后便是永久沉睡的漫漫长夜。他们不会用暖房或温室，来保持花朵的姹紫嫣红。而我们这个年代，没有这样的黑白分明，充满了犹豫和疑虑；我们这种错综复杂和模棱两可，他们闻所未闻。他们那个年代，有的是暴烈和激情。花开花谢，日升日落。爱人爱得浓烈，也会决绝而去。诗人诉诸诗情的，年轻人会在现实中仿效。少女娇艳如玫瑰，其青春也如花期般短暂，须在夜幕降临前采撷，因为白日如此短暂，消逝之后便不会复返。所以，奥兰多不过是循着当时的风气，追随诗人的指引，凭着自己的血气方刚，采撷下窗台上属于他的鲜花，任屋外白雪皑皑，任屋内女王虎视眈眈。我们怎么忍心来责备他呢？这个青春洋溢的懵懂少年，不过是随心而动，率性而为。至于那位少女叫什么名字，我们知道的并不比伊丽莎白女王更多。她可能叫多丽丝、克劳丽思、迪莉娅，也可能叫戴安娜[14]，这几个名字都在奥兰多的情诗里出现过；她既可能是位宫廷女官，也可能是个婢女。奥兰多的品位可是不拘一格：他不仅挚爱园中的花朵，也常迷恋野花野草。

这里，我们像位传记作家似的，粗鲁地披露了他的怪异性格，其根源可以追溯到他的一位女性先祖，当时她还是个穿着粗布罩衫、手提牛奶桶的仆人。这样的肯特或苏塞克斯郡的乡土气息，融入了来自诺曼底的尊贵血统。他认为这种平民棕土与贵族蓝血的混合相当精妙。当然正因如此，他总是喜欢与下等人为伍，尤爱那些怀才不遇的落魄文人，仿佛与他们性情相投，惺惺相惜。奥兰多这个年纪，诗情满怀，夜夜睡前冥想奇思妙喻。他觉得比起宫廷淑女，客栈老板女儿的面颊似乎更为娇嫩，猎场看守的侄女也比她们机灵不少。因此，他裹上一件灰色斗篷，遮住脖颈和膝盖上的勋章，开始在夜间频繁出入"外坪老台阶"[15]和露天啤酒座。这里的小巷铺着沙子，草地上能玩滚木球戏，到处搭着简易棚子，奥兰多面前摆着啤酒杯，听着水手们讲故事，讲他们在南美洲北岸[16]的艰难历险，讲他们经历的恐怖和残忍：有的人丢了脚趾，还有的人被割了鼻子。口述故事比不上书写故事，没法编得合情合理，也没法雕琢得多姿多彩。他尤喜听他们齐声高唱亚述尔群岛之歌，他们从群岛带来的鹦鹉，会啄他们的耳环，会用坚硬好奇的鸟喙去敲他们手指上戴的红宝石，也会模仿主人说着恶毒的脏话。而女人们更是言语放肆，举止轻浮，丝毫不逊色于这些鹦鹉。女人们坐在他的膝头，搂着他的脖颈，猜测着他粗呢斗篷里有什么不寻常之物，就像奥兰多本人一样急于搞清真相。

机会有的是。河里从早到晚都有各种驳船、舢板和小舟进进出出、热闹非凡。每天都有开往西印度群岛的轮船出海；时不时也会有黢黑破旧的船偷偷进港落锚，甲板上有来历不明的野蛮人[17]。日落时分，人们看到小伙姑娘在船上调情，说他们在装珠宝的麻袋堆里相拥而眠，也没人会大惊小怪。这正是奥兰多、苏姬和坎伯兰伯爵[18]三人间的一段奇遇。那天天气暑热，奥兰多和苏姬也正爱得炽烈，他俩在一堆红宝石中间酣睡。那天深夜，坎伯兰伯爵独自挑灯来查看他的财宝，这些战利品都是他在西班牙历险中聚敛的。当灯光照到一个木桶时，伯爵吓得倒退几步，不由骂出了声。一对男女搂抱一起睡在桶边。他俩裹在红色斗篷里，苏姬酥胸肌肤胜雪，如奥兰多诗中描写的一样。伯爵本性就迷信，又因作恶而良心不安，因此把二人当成了溺毙水手的亡灵，从坟里跳出来找他索命。伯爵在胸口画了个十字，又发誓忏悔要痛改前非。这夜半惊魂促使伯爵捐资建成救济屋舍，如今这排屋仍矗立在西恩路上。那个教区里十二位穷困的老妇白日里喝茶，晚上还为这位伯爵大人祈祷，感念他为她们建起遮风蔽雨的屋舍。于是，这珍宝船里的不伦之恋结出了硕果，至于道德问题，我们略过不表。

可不久，奥兰多就厌倦了这种生活方式，不仅觉得这密密匝匝的街道让人不爽，而且认为这里的人举止粗野。要记住的是，伊丽莎白时代的人与今人观念相左，不会觉得犯罪和贫穷有魅力，不会为有学识而羞愧，不认为生为屠夫之子幸运，也不会将不识字当作美德。他们也不会像我们这样，把"生活"和"现实"与"无知和残忍"联系在一起，那时根本没有与"无知残忍"意义对等的词。奥兰多不是为了寻找"生活"才与他们为伍，也不是为了寻觅"现实"而离开他们。但听到他们喋喋不休地讲述杰克丢掉了鼻子、苏姬失去了贞节,虽然他承认这故事讲得相当精彩,但也还是开始厌倦这种重复,因为至少在他看来,砍掉鼻子的方式只有一种,而少女失贞也没什么花样儿,可艺术和科学却是多姿多彩,总能激发他的好奇心。所以,他不再光顾那些露天啤酒座和九柱戏场,尘封起这段快乐的记忆,将灰斗篷束之高阁,露出脖颈和膝盖上的闪闪项链和勋章,重新出现在詹姆斯国王的宫廷里。他年轻、富有又英俊潇洒。他受到的喝彩无人可及。

当然很多淑女为他倾倒。至少有三名女子曾与他有一纸婚约——克洛琳达、法维拉、尤芙洛西尼[19]——他在自己的十四行诗里就这样称呼她们。

且按顺序逐一介绍。克洛琳达小姐温柔甜美,的确令奥兰多迷恋了六个半月之久;但她的睫毛是白色的,又见不得血光。她父亲餐桌上的烤兔子竟让她昏厥了过去。她还大受牧师的影响,要省下来亚麻内衣施舍给穷人。她自告奋勇想荡涤奥兰多的罪孽,这让奥兰多心生反感,以至于退了和她的婚约。不久克洛琳达死于天花,奥兰多竟没有觉得伤心。

下一位是法维拉,她完全是另一种性格。她是萨默塞特郡一位穷乡绅的女儿,全凭着勤勉钻营和察言观色在宫廷里扶摇直上,她得体的骑术、优美的足弓和优雅的舞步,赢得了众人的赞赏。然而有一次在奥兰多的窗下,她情急失策,把一只西班牙小猎犬[20]打得奄奄一息,就因为小狗撕坏了她的长袜(说句公道话,法维拉没有几双长袜,还大多是粗毛织袜)。奥兰多可是个热爱小动物的人,他这才注意到这位小姐牙齿不齐,两只门牙内倒,他认为这绝对标志着女人本性邪恶而残酷,于是他当夜就撕毁了与她的婚约。

第三位尤芙洛西尼,至今是他在前女友中最用心的一个。她出身于爱尔兰德斯蒙德家族,该家族历史悠久,其根基可与奥兰多家族媲美。她美丽多姿、面色红润,却又沉着冷静。她能说一口流利的意大利语,上牙完美无瑕,只是下牙略有发黄。她膝边总有一只西班牙小猎犬或惠比特犬绕着转,她用自己盘子里的白面包喂它们,还会在维吉那琴的伴奏下一展美妙歌喉;但她特别注意保养,总要睡到日上三竿才会起床梳妆。简言之,对于奥兰多这样的贵族而言,她绝对是位理想伴侣。婚事进展顺利,双方律师都开始忙于起草合约、未来寡妇地产条款[21]、财务协议、正式公报、房屋地产等,这是名门望族联姻所需的繁琐文件。但就在这时,严寒"大霜冻"[22]骤然而至,当时的英格兰常会突发这种霜冻。

据历史学家所称,这场"大霜冻"是英伦群岛经历的最严重的一次寒潮。飞鸟在半空中被冻僵,像石头一般落到地上。在诺维克,人们亲眼目睹了一位过马路的村妇在街角被冰风暴击中,年轻力壮的她竟然化为齑粉,然后随着一阵尘土卷上了屋顶。牛羊冻死的不可计数。人的尸体冻得梆硬,都没法从床单上拖走。常能看到大群的猪冻僵在半路上纹丝不动。田间地头到处是活活冻死的牧羊人、耕地农民、马群和驱鸟小男孩,他们的动作都静止在冻死的瞬间,有的手摸着鼻子,有的杯子举到唇边,还有的正扬手要抛小石头,他的目标是一码外在树篱上栖息的乌鸦,也像标本一样一动不动。这次霜冻极为严重,后面接踵而至的是

"石化"现象。德比郡某处石头大量增多,人们推测这并非是喷发的岩浆所致,因为此处并无火山,而是一些不幸的赶路人站在原地被冻成了石头。教会这时也帮不了什么忙。尽管一些地主认为这些石头是神灵所赐,但大多数人还是将石头当成路标、羊抓柱,有的石头形状合适,还被用来给牛做饮水槽。时至今日,这些石头还会被派上这种用场。

此时,乡村的人们遭受物资的极度匮乏,村民间的买卖也陷入了停顿,然而伦敦却要举办奢华无比的狂欢节。宫廷设在格林尼治,新登基的国王想借加冕礼来赢得臣民的好感。国王下令将冰冻二十英尺厚的河床和六七英里宽的河面清理出来,用凉亭雅阁、迷宫长廊、歌楼酒肆将河面装饰成游乐场和公园,一切均由国王出资。在皇宫大门对面,国王还命人预留一块空地供皇室和朝臣专用,拉上丝绳同公共区域隔开,这里便立即成为英格兰上流社会的中心。在皇家宝殿的红色遮阳篷下,蓄着胡须、戴着轮状皱领的伟大政治家飞速地处理国家大事。在鸵鸟羽毛覆盖的藤编凉亭里,军人们筹划着如何征服摩尔人和攻陷土耳其帝国。海军上将们手持酒杯,在小径上来回踱步,遥指远方的地平线,讲述着西北航道[23]和西班牙无敌舰队的故事。恋人们在铺着紫貂皮的沙发床上嬉戏。当王后率侍从女官步出皇宫时,冰冻的玫瑰花雨落下。彩色的气球静静地悬在空中。到处是雪松和橡木燃烧的熊熊篝火,盐大把大把地撒在火里,幻化出绿色、橙色和紫色的火苗。可无论篝火烧得多旺,那热度也无法消融冻得坚硬如钢的透明冰层。冰层如此透亮,可见其下几英尺深的地方,这里冻着一只鼠海豚,那里冻着一条比目鱼。成群成群的鳗鱼一动不动地发呆，但到底是死了，还是只被冻住、待回暖时又可复苏，这连哲学家也没法解答。在伦敦桥[24]附近，冰层封冻了有二十来英寻，透过冰层能看到河床上躺着一条沉船，它原本装满了苹果，在上个秋天因为超载沉没于此。一位披着彩格呢披肩、穿着鲸骨裙[25]的老妇人，正划着这艘小贩船[26]，想把苹果送到对岸的素里市场，她怀里堆满了苹果，看似正在招徕顾客，但她冻得青紫的嘴唇显露了真相。这些正是詹姆斯国王喜闻乐见之景，他会带一群朝臣一起欣赏。简言之，这白天的场景已是极为绚烂与欢愉，而狂欢的气氛更是在晚间到达巅峰。外面依旧是冰天雪地，夜晚更是万籁俱寂，月亮和星星闪着钻石般的冷光，朝臣们和着笛子与小号的悠扬乐声翩翩起舞。

有些人能轻盈跳起克兰托和拉沃塔舞步[27]，奥兰多可望尘莫及。他有些笨拙，还带着几分漫不经心。比起这些炫目花哨的外国舞步，他更喜欢从小就常跳的朴素英国舞步。1月7日晚大约六点钟时，他跳完四人方阵舞[28]，也可能是小步舞[29]后，双脚并拢，恰好看见莫斯科公国使馆亭子那里出来一个人，那人穿着俄罗斯风格的宽松束腰上衣和长裤，看不出来性别，这挑起了奥兰多的好奇心。此人不知姓甚名谁，也不辨男女，中等身材，纤细苗条，全身裹着牡蛎色的天鹅绒，饰以罕见的绿色皮毛镶边。然而整个人周身散发出异乎寻常的魅力，使这些细节黯然失色。奥兰多脑海中萦绕着、交缠着最登峰造极、最夸张离奇的意象和比喻。三秒钟时间，他给她起了好几个外号，喊她甜瓜、菠萝、橄榄树、翡翠和雪狐。他不知道自己是否听说过她，是否尝过她的滋味，是否与她有过一面之缘，或者兼而有之（虽然我们的叙述不能停顿，但在这里可以匆匆说明一下,他此刻的所有意象都单纯至极,都是他的特有感觉,大多来自他年少时钟爱的滋味。这感觉虽说单纯,却也极为强烈。因此不可能停下来追问原委。)……甜瓜、翡翠、雪狐——他热情洋溢地赞美,目不转睛地凝视。当那少年,啊,他一定是个少年,女子不会如此敏捷,如此活力充沛。当那少年几乎立着足尖从他身边掠过时,奥兰多焦躁不安地要扯自己的头发,这人要是和他一样是个少年,那拥抱便成了天方夜谭。滑冰者越来越近。那双腿、双手和身姿,就是个少年,但少年又生不出那样的双唇,也不会有那样的酥胸,也不会有那样碧水般的双眸。此时国王正在侍从的搀扶下走过,于是这位不知来历的滑冰者终于停了下来,仪态万方地向国王行礼。她就在咫尺之外,分明是位女子。奥兰多凝视着她,浑身颤抖,忽而发热,忽而发冷。他好想扑入夏日的怀抱,碾碎脚下的橡果,用双臂合抱山毛榉和橡树。他时而抿嘴盖住小巧的皓齿,时而又朱唇微启,时而又紧闭双唇。而此时,尤芙洛西尼小姐还挎着他的胳膊。

他得知这位陌生女子是位公主,唤作马露莎·斯坦尼洛夫斯佳·达格玛·娜塔莎·艾莉娜·罗曼诺维奇,可能是莫斯科公国大使的侄女或者女儿,随大使来英国参加国王的加冕礼。人们对这些莫斯科公国来客所知甚少。他们蓄着浓密胡须,戴皮毛帽子,坐在那里沉默寡言;他们喝的是黑色的饮料,不时还会啐吐到冰上。他们都不说英语,法语倒很纯熟,但那时的英国宫廷却没什么人说法语。

奥兰多和公主是在一次宴请贵族的宴会上相识的。硕大遮篷下摆好了大桌,公主就坐在他的对面,被安排在两位年轻爵士中间,一位是弗兰西斯·维尔爵士,另一位是年轻的莫雷伯爵。她不久就令二人陷入窘境,奥兰多看着甚觉好笑。两个年轻人其实都还不错,就是一点儿法语也不会说,水平和未出生的胎儿差不多。晚宴刚开始,公主便用法语冲着伯爵说(公主的优雅令伯爵着迷),"去年夏天我在波兰结识了你们家族的一位绅士","英国宫廷的贵妇太美了,令我倾倒。我从来没有见过像你们王后那样优雅的女士,没有人比她的发式更精美"。因为听不懂,弗兰西斯爵士和伯爵困窘得无以复加。他们只好一个人递给她辣根酱,另一个人吹口哨唤狗过来逗它啃髓骨。看到这一幕,公主不禁放声大笑。奥兰多越过桌子上的野猪头和塞满了填料的孔雀,与她四目相对,也大笑起来。可笑着笑着,他唇上的笑容在惊诧中凝固了。他激动地自问:直到现在,他都爱过谁?他答道,一位骨瘦如柴的老妇,不计其数的腮红厚厚的妓女,一个哭哭啼啼的修女,一个强硬毒舌的女冒险家,一位唯唯诺诺、循规蹈矩的女人。对他而言,爱情不过锯屑灰烬。他在爱情里享有的欢愉索然无味。真奇怪自己竟能忍受这些无聊至极的爱情。他痴望公主之时,浓浓的血液融化了,他血脉里的冰化成了美酒;他听到水在流淌,鸟儿在歌唱,春日萌动,凛冬将尽,他的男性气概也随之复苏;他手持利剑,冲向比波兰人和摩尔人更凶悍的敌人;他潜入深水,看到裂缝中长出了危险之花;他伸出了手……事实上,他正要吟出一首激情澎湃的十四行诗,这时,公主对他说:"能请您把盐递给我吗?"

他脸涨得通红。

"不胜荣幸,小姐。"他用无可挑剔的法语答道。谢天谢地,他法语说得和母语一样好,是母亲的女仆教会了他。然而或许,若是他从未学过法语,从未回答那声音,从未追随那双眼睛中的光芒……那样对他或许更好。

公主继续问他,她身边举止像马夫的那些傻瓜都是谁?他们往她盘子里倒的是什么?那些乱七八糟的东西令人作呕。英国人和狗同桌用餐吗?坐在长桌顶端,头发梳得高高的像五朔节柱[30]一样的可笑女士,真是王后吗?国王总像那样口水横飞吗?那堆虚夸自负的花花公子里面,哪位是乔治·维利尔斯[31]?这些问题最初颇令奥兰多不安,但她提问的语气调皮而诙谐,所以令他不禁开怀大笑。他看到周围这群人一脸茫然,便知他们只字未听懂。于是,他也像她那样,用完美的法语随意自在地作答。

二人的亲密由此开始,但很快就成了宫廷丑闻。

人们不久就发现,奥兰多对这个莫斯科女子的关注,远远超出了礼节的范围。他们形影不离,总是聊得兴致盎然,时而脸红,时而大笑,即使他们的话别人听不懂,但最愚笨的人也能猜到内容。而奥兰多本人的变化也令人称奇。人们从未见过他如此活跃。一夜之间,他褪去了那种男孩子的笨拙。以前这个小伙子郁郁寡欢,一进女士房间就会打翻桌上一半的饰品,如今成了一位优雅有礼、风度翩翩的贵族绅士。看着他手扶这位莫斯科女人(人们都这样叫她)上雪橇,或是伸手邀请她跳舞,或是接住她故意掉落的圆点手帕,或是急不可耐地去完成绝色佳人要求的种种任务,这些画面令倦怠的长者眼前一亮,令年轻人心跳加速。然而这一切又阴云笼罩。长者不屑,年轻人窃笑。人们都知道奥兰多另有婚约——玛格丽特·奥布莱恩·奥戴尔·奥雷利·泰康奈尔小姐(这是尤芙洛西尼在奥兰多十四行诗里的大名)左手的无名指上正戴着奥兰多送的璀璨蓝宝石。应该是她才有至高权力得到奥兰多的关注。然而即使她把衣柜里的所有手绢（她可有好几十条）都掉到冰上，奥兰多也不会弓身捡拾。等他扶自己上雪橇，起码要等二十分钟，到最后也只能等来自己的黑仆服侍。她滑冰的姿态十分笨拙，无人跟在身旁来为她鼓劲；她重重跌倒后，没人扶她起身，帮她拂去衬裙上的雪。虽然她本性迟钝冷静，很少动怒，更不愿像别人那样相信，区区一个外国姑娘就能夺走奥兰多对她的爱，而最终这位小姐本人也开始怀疑，隐隐的不悦打破了她内心的平静。

的确，日子一天天过去，奥兰多已愈加不掩饰自己的情感。他会在和朋友用餐时找个借口离开，或是从滑冰者的方阵舞队里偷偷溜走。人们待会儿就会发现那个莫斯科女人也不见了。但最让宫廷怒不可遏、颜面扫地（毕竟虚荣心是宫廷最娇弱的部位）的是，常有人看到他俩从丝带围合的皇家场地溜出去，混迹于平民百姓中间。因为公主会突然跺着脚喊道："把我带走，我讨厌你们英国的那些乌合之众。"这里她指的是英国宫廷。她忍无可忍，说英国宫廷到处都是热衷刺探隐私的老太婆，盯着人家的脸看个不停；还有很多自以为是的年轻男子，总会踩到别人脚趾，他们身上的气味还很难闻，他们的狗总在她腿间转来转去。在宫廷里活像是被囚禁于笼中。在俄罗斯，河面足有十英里宽，可任六匹大马纵横驰骋，跑上一天也遇不到一个人。而且，她想看看伦敦塔、伦敦塔守卫[32]、坦普尔栅门[33]上的首级和伦敦城的珠宝店。于是，奥兰多带公主环游伦敦城，带她看了伦敦塔的守卫和叛军首级，在皇家交易所[34]买下所有她喜欢的东西。但这还不够。二人越来越想终日厮守一处，远离那些窥探的眼睛，远离那些大惊小怪的人。因此，他们没有回伦敦城，而是掉转方向，很快就远离了冰封的泰晤士河面上的人群。他们一路上没有遇到什么人，只看到了海鸟，还看到一位在冰上凿洞的乡村老妪，她想打点水，或是捡些烧火用的干枝落叶，可费了半天劲也没有成功。穷人们只能困守在茅舍里苦捱，而宽裕点的人但凡负担得起，都涌入城里去取暖享乐了。

于是此处便成了奥兰多和萨莎独享的二人世界。萨莎是他给公主的昵称，他小时候养的一只俄罗斯白狐就叫萨莎。那个小东西柔软雪白，但却一口钢牙利齿，有一次狠狠咬了奥兰多，就被他父亲命人宰掉了。奥兰多和萨莎因滑冰而浑身发热，也或许因为爱情而热血沸腾，于是他们躺倒在岸边僻静的黄柳丛里。奥兰多披着一件皮大氅，便把萨莎裹在怀里，喃喃絮语道：这是他生平第一次享受爱情的欢愉。爱之缠绵过后，二人心醉神迷地静卧在冰上，他讲给她听自己的风流韵事，她们与她相比，不过是木头、粗麻布和煤灰。他的热烈惹得萨莎开怀大笑，她会在他的怀里转个身，再给他个浓情蜜意的拥抱。他们觉得不可思议的是，身下的冰竟然未因爱情的炽烈而融化，也可怜起那位老妪并无这样的自然方法来融冰，她只能用冰冷坚硬的斧子来凿冰。于是，他们裹在紫貂皮大氅里，开始天南海北地畅谈，谈风景和旅行，谈摩尔人和异教徒，谈男人的胡须和女人的肌肤，她说她曾用手喂一只桌上的老鼠，他讲到他家大堂里那个随风摆动的挂毯，聊一张面孔，聊一片羽毛。无论大小话题，他们无所不谈。

而突然间，奥兰多陷入忧郁中。也许是看到老妪冰上蹒跚而行勾起了这缕忧思，也许并无来由。他趴倒在冰上，脸贴冰看下面冰冻的河水，不由想到了死亡。一位哲学家说得好[35]：欢乐和忧郁难解难分，他还说欢乐常与忧郁相伴相随，并据此推论，所有极端的情感都有些许疯狂，所以让我们在真正的教会中（他认为再洗礼派是真正的教会）寻求庇护，他认为对于那些挣扎于苦海中的人来说，宗教是唯一的港湾和归宿。

"死亡是万物之归宿。"奥兰多坐起来，满面愁云地说。（他现在的思维就是这样极端，忽而生，忽而死，仿佛不会在中间地带停留。不可否认的是，这个时期的奥兰多总会心血来潮，动不动就脱口而出浮夸矫饰之语，举止也常常激情澎湃但又轻率荒唐，所以传记作家也没法在中间地带停留，他必须尽快飞升，才能赶得上奥兰多的节奏。）

"死亡是万物之归宿。"奥兰多在冰上坐起来。可萨莎身上没有英国人的血脉，在她的家乡俄罗斯，日落的过程更长，日出也会姗姗来迟，人们说话常常欲语还休，迟疑着寻觅最好的结语。萨莎一声不响地盯着他，也许带着些许嘲讽之意，因为这时的他显得多么幼稚。最后他们身下的冰变冷了，她不喜欢这样，就拉他站起身来。萨莎说起话来，那么迷人，那么俏皮，那么聪明（但遗憾的是，她总说法语，众所周知，法语译成英语就失掉了许多韵味），所以奥兰多忘记了冰冻的河水，忘记了夜幕降临，忘记了老妪及其他种种事情。他试着描述她给他的印象，这个女人曾在他心中唤起成千上万的意象，他跳入这些不再新鲜的意象海洋中，水花四溅。她像雪、奶油、大理石、樱桃、雪花石膏，还是金丝线？都不是。她像狐狸，像橄榄树，像高处俯瞰的滚滚波涛，像翡翠，像青翠山峰上未被云彩遮蔽的一轮红日……她与他在英国所见所熟识的一切都不同。他搜索枯肠，一时找不到合适的字眼。他要去另一番风景中寻觅，想换另一种语言。因为用来描述萨莎，英语过于坦率、过于直白、过于甜腻。因为无论看上去多么坦率和撩人,她的言辞中总有些弦外之音;而无论看上去多么大胆无畏,她的举止也总有些躲躲闪闪。所以绿色的火焰似乎隐藏在翡翠之中,红日似乎被掩映在峰峦之上。外在让人感觉清澈直白,而内里却是一团躁动的火焰。它来去无踪,飘忽不定,从不会像英国女子那样稳重,这时他想起玛格丽特小姐和她的衬裙。奥兰多就这样陷入狂喜之中,他带着萨莎在冰面飞速掠过,越滑越快,他发誓要追逐火焰,要潜入水底探宝,如此种种,这位积郁了满腔痛苦的诗人,饱含激情地将胸中的诗句一吐为快,因为激动不免气喘吁吁。

但是萨莎陷入了沉默。奥兰多向她倾诉,说她是狐狸,是橄榄树,是浓荫翠盖的峰顶。他还给她讲自己悠长的家族史,说他家占据的是英国最为古老的庄园,他的家族来自凯撒治下的罗马,那时他们能乘坐流苏轿子[36]在罗马主街哥索大街畅行,他说这是有皇家血统之人独享的特权(他身上的那种高傲的轻信,还算讨人喜欢)。奥兰多停下来问萨莎,她的家在何方?她的父亲是做什么的?可有兄弟?为何孤身一人和叔父来这里?尽管她对答如流,但二人还是感觉有些尴尬。他最初怀疑也许萨莎的家族并不像看上去的那样高贵;也或许她为自己国人的野蛮感到羞耻,因为他听说,莫斯科公国的女人也要蓄胡须,男人胯下围皮毛遮羞,男女皆涂牛羊油脂以驱寒,他们以手撕肉吃,住的屋舍在英国贵族看来连牲口棚都不算,所以奥兰多忍住了没有追问。但后来仔细一琢磨,他断定她的沉默并非出于这个原因,因为她自己下巴光洁,身穿丝绒衣服,佩戴珍珠,举止端庄大方,绝非出生于牲口棚那种地方。

那她又有什么要向他隐瞒？他强烈的情感之下潜伏着疑虑，如同纪念碑下的流沙，转瞬之间的流动会撼动整座建筑。突然之间，他痛不欲生，又大发雷霆，她不知如何来安抚他，也许她本来也不想安抚他，偏偏就爱看他发火，所以才会故意惹恼他，足可见莫斯科公国人秉性古怪，异于常人。

我们接着讲故事。他们那天比平时滑得要远，一直滑到了轮船停泊的河段，几艘船都被冻在河中央。其中有莫斯科大公国使馆的船，主桅杆上飘着双头黑鹰旗，桅杆上挂着的五颜六色的冰凌有几码长。萨莎说有件衣服落在了船上，他们觉得船上没人，就爬上甲板去找衣服。奥兰多还记得自己过去在船舱里的荒唐情事，所以遇到"好市民"捷足先登在这里寻欢躲避，他也不会觉得惊讶，结果还真赶上了。他们没走多远就看到一个帅小伙冒出来，他不知躲在一卷缆绳后面忙活着什么，他开口说俄语，意思显然是：他是船员，可以帮公主找回她想要的东西，说着就点上一截蜡烛，和公主一起消失在甲板下方的船舱里。

时间一点点过去，奥兰多沉浸在自己的梦里，满脑子想的都是生活中的欢乐，想着他的宝石、她的举世无双，想着如何得到她，永不失去，永不分开，想着中间横亘的障碍和要克服的困难。她铁了心要在俄罗斯生活，那里的河流到处都冰封三尺，到处都有野马在奔腾，到处都是血性男儿的厮杀。说实话，他不喜欢松柏雪景，也对欲望和杀戮游戏无感；他不想这么快就结束他的英国乡村生活，打打猎、种种树，悠闲自得。他也不愿放弃自己的公职，毁掉自己的前程。他也不想为了猎捕驯鹿而放弃猎兔，不想天天喝伏特加取代加纳利白葡萄酒，也不想有事没事袖子里总揣把刀。然而，为了她，他可以忍受这一切，甚至做得更多。至于他和玛格丽特小姐的婚礼，本来定好在一周[37]后的今天举行，但这婚事太可笑，他都很少放在心上。她的家人会来兴师问罪，谴责他抛弃了这样一位高贵的小姐；他的朋友也会嘲笑他，竟然为了一个哥萨克女人，为了一片雪野而毁掉了锦绣前程。然而他觉得与萨莎相比，这一切轻如草芥。他们将在即将到来的暗夜远走高飞，会坐船去俄国。他这样思忖道，所以一边在甲板上踱来踱去，一边筹划着私奔。

他向西边望去，看到落日才觉天色已晚。夕阳如同橙子，斜照在圣保罗大教堂[38]的十字架上，血红的落日迅速落下山去。夜幕几乎降临。萨莎已经去了一个多小时。突然，不祥的预感冲进了心房，他对她的信任被阴影所笼罩。他钻进她和船员没入的船舱，在黑暗里一堆箱子和木桶当中跌跌撞撞地摸索着。蓦然发觉他俩正坐在角落里微弱的烛光中。有那么一瞬间，他看到了他们，瞥见萨莎坐在水手的膝头，俯身迎向他，看到他俩拥抱在一起。这一刻因为暴怒，他眼前的烛光化为了红云。他爆发出痛苦的咆哮，吼声在整座轮船里回荡。萨莎冲到他俩中间挡着，否则那水手还没等拔出刀来就会被掐死。接下来，奥兰多像患了绝症般昏厥过去，他们不得不把他平放在甲板上，给他灌了白兰地，才让他苏醒过来。而奥兰多醒来时，发现自己坐在甲板的一堆麻袋上，萨莎正搂着他的头，轻抚他晕眩的双目，像是刚咬过他的狐狸，现在又来哄骗他，责备他，以至于他都怀疑自己刚才所见的真假。也许是烛火摇曳不定，也许是暗影浮动？她说箱子很重，那个男人正在帮她搬箱子。奥兰多有那么一瞬间都要相信她了，谁能确定他最怕的情景不是他的狂怒所渲染？旋即他又因萨莎的欺骗而怒火更盛。接下来，萨莎一脸煞白，在甲板上跺着脚发誓，她这位罗曼诺维奇家的后人，要是真躺在一个粗鲁水手的怀里，那她就要祈求神灵来毁灭她，让她在今晚就一死了之。的确，看到他俩在一起（不忍重温那场景），奥兰多为自己肮脏的想象力而怒不可遏，他竟然想象如此一位娇弱女子被长毛粗鲁水手的大手摩挲。这个彪形大汉，赤足也有六英尺四英寸高，戴着不值钱的金属耳环。他俩在一起的场景，好似一头拉货的大马，脊背上有飞累的鹪鹩和知更鸟歇脚。于是奥兰多让步了，相信了她的话，求她宽恕。然而当他们重归于好下船的时候，萨莎手扶舷梯停下来，回头同那个皮肤褐色的壮硕怪物说话，也许是开玩笑，也许是在调情，她哇啦哇啦说的全是俄语，奥兰多一个字也听不懂。但她语调中（可能要怨俄语辅音）有些东西让奥兰多想起几天前的一个晚上，他撞见她在角落里偷啃从地板上捡的蜡烛头。真的，那粉色的蜡烛镀了金，从国王的桌子上掉落，牛羊油脂制成，所以她就啃了起来。他一边扶她到冰面上，一边琢磨着，她身上那种农民天生的粗鄙习气。尽管她现在如芦苇般苗条多姿，像云雀一样轻盈，但能想象她四十多岁便会变得臃肿不堪、憔悴疲惫。他们向着伦敦城的方向滑去，而心中的这些怀疑慢慢融化。他感觉自己仿佛被一条大鱼钩住了鼻子，不情愿却又无可奈何，只能在水中游来荡去。

这是个美得惊艳的黄昏。夕阳西下，在红彤彤的火烧云的映衬下，伦敦城所有的穹顶、尖顶、塔楼和尖塔都成了青黛的剪影。这边是查令街回纹装饰的十字架，还有圣保罗大教堂的穹顶，那边有伦敦塔建筑群的庄严方顶，还有坦普尔栅门上的首级，像掉光叶子、只剩树瘤的树丛。此刻西敏寺的窗户也都点亮了，缤纷绚烂好似圣洁多彩的盾牌(这是奥兰多的想象)；西边天空好似金色的窗户，一队队天使(还是奥兰多的想象)在通向天国的楼梯上上下下、川流不息。归途中，他俩似乎都滑行在深不见底的缥缈空中，冰蓝得像镜面一样光滑，他们加速滑行，越滑越快，进了城后见到白色海鸥在头上盘旋，它们的双翼划过长空，颇似他俩的冰刀滑过冰面。

萨莎仿佛为了安慰奥兰多，比平时更为温柔可爱。她很少谈起自己的过去，但此刻她畅所欲言，讲在俄罗斯的冬天听狼群的嚎叫声回荡在旷野上，而且还在他面前学了三声狼叫。这时他也讲给她听自家庄园雪地里的牡鹿，误入大厅取暖，一位老人给它们喂桶里的粥喝。她听后便对他赞不绝口，赞他热爱野兽，赞他有侠士精神，还赞美了他的美腿。奥兰多被她夸得心醉神迷，也为自己曾经诋毁过她而羞愧难当，他竟想象她与粗俗水手耳鬓厮磨，还想象她四十岁时的臃肿倦态。他向萨莎表白，但任何辞藻来赞美她都显贫乏，于是他灵机一动将她比作春天的绿草茵茵和流水潺潺。他把她的手抓得更紧了，带着她转圈滑到河中央，海鸥和鸬鹚也随着他们盘旋。最后他们气喘吁吁地停下来，她喘着粗气对他说，他就像一棵点亮无数蜡烛的圣诞树(像他们俄罗斯的圣诞树)，上面挂着黄色的圣诞球，璀璨夺目，足以照亮整条街道(不妨这样理解)。他容光焕发、深色的卷发、红黑相间的大氅，令他看上去仿佛身体里点亮了一盏灯，由内而外光芒四射。

很快，除了奥兰多脸颊上的红晕，所有颜色都褪去了。夜幕降临。落日的橘色余晖消失了，继之而来的是河上的炫目白光，那是火炬、篝火、标灯什么的将这里照得灯火通明，使一切都发生了奇幻的变化。各式各样的教堂和贵族宫殿，正面的白色石料铺面上，映出了条纹和色块，看上去仿佛是悬浮在半空中。尤其是圣保罗大教堂全都看不清了，只剩一个镀金的十字架。西敏寺的轮廓也成了一片灰色的叶脉。所有的一切都变得形容消瘦。他们二人即将滑到嘉年华场地时，听到低沉的乐声，像是击打音叉的声音，这声音越来越大直至成为喧嚣一片。此起彼伏的呐喊声，随着火箭升空飘来。渐渐地，他们看到熙攘的人群中散出很多身影，往四处旋转着，就像蚊蚋在河面上飞舞。在这璀璨的光圈上方和四周，是漆黑的冬夜，仿佛盛满黑暗的大碗倒扣了下来。而从这片黑暗中又不时升腾起焰火，绽放的火箭、月牙、蟒蛇、皇冠，给观众们无限的期待和惊喜。一时间映得树林和远山显出夏日的葱茏，而焰火过后，一切又陷入冬日的寂静和黑暗中。

这时，奥兰多和公主已接近皇家圈禁的领地，发现一大群老百姓挡在前面，他们大胆地在丝带围栏处挤着，但止步于此。二人不想结束这隐秘时光，也不想面对那些贵族窥探他们的锐利目光，便待在禁地外面的人群中踌躇。和他们摩肩接踵的有学徒、裁缝、渔妇、马贩子、骗子[39]、饥肠辘辘的学生、戴着温普尔帽子的女仆、卖橘子的小姑娘、旅店马夫、清醒的市民、下流的酒保，还有一大伙挤在人群外围的小叫花子，在人们脚边吵嚷着争抢东西……伦敦街头三教九流全都集结于此，他们说说笑笑、推推搡揉,掷骰子算命,嬉闹打斗;这边是哄堂大笑,那边是闷闷不乐;有人哈欠连天,有人却噤若寒蝉。大家各尽财力地位,穿戴不一:有的人貂裘绒呢加身,有的人却破布烂衫,脚上绑了块洗碗布就上冰了。人们挤在一个亭子或是戏台前,上面出演的剧目类似我们今天的《潘奇和朱迪秀》[40]。一个黑人正在摇臂喧嚷,一个白衣女人躺在床上。舞台布景简陋,演员们在楼梯上跑上跑下,一步并作两步,磕磕绊绊的,观众们又跺脚,又吹口哨,无聊时把橘子皮扔到冰上招狗抢食,但是那美妙、婉转而曲折的台词却如音乐般撩拨着奥兰多的心弦。那如连珠炮的台词喷涌而出,这让他想起外坪露天啤酒座水手的歌唱,即使歌词空洞无聊也令他沉醉。间或,冰上传来一句台词,令他倍觉撕心裂肺。这个摩尔人的疯狂和他如出一辙,摩尔人掐死床上女人时,仿佛是他用自己的双手杀死了萨莎。

最后戏演完了。周围一片黑暗。奥兰多泪流满面。他仰望天空,那里依然是黑压压的一片。他想,毁灭和死亡覆盖了一切。坟墓是人生的归宿,连遗骸也会被蛆虫啃噬。

> 我想此刻有日蚀和月蚀
> 受惊的地球
> 打了个哈欠……[41]

他念叨着台词,一颗苍白的星星从记忆中升腾。夜这样暗,漆黑一片;但他们等待的正是这样的夜晚,正打算在暗夜里远走高飞。他记得一切。时机已到。他激情勃发,将萨莎搂在怀中,在其耳边低语着:"生命之日"**42**。这是他俩的暗号。午夜时分,他们将在黑修士附近的客栈碰头。那里备好了马,已为他们的私奔准备就绪。于是他们告别,各自回到自己的帐篷。还有一个小时的准备时间。

离午夜还有好久,奥兰多便已等候在那里。漆黑的夜啊,伸手不见五指,可这对他们有利。在这万籁俱寂之时,马蹄声和小孩啼哭声,却能传到半英里之外。奥兰多在庭院里来回踱步,只要听到马踏石子路或女人裙裾的窸窣声,心都会提到嗓子眼儿。但过往的不过是晚归商人,或者附近干着龌龊营生的女子。他们走过之后,街巷又比先前安静了几分。接着,城市贫民栖身的狭小拥挤的屋舍里,楼下的灯挨个熄灭,灯光转到了楼上。这些贫民区本就没几盏街灯,而因为守夜人的失职,往往日出前仅有的街灯也早就熄灭了。夜色愈浓。奥兰多看看提灯里的烛芯,又试了试马鞍和肚带,准备好手枪,检查了枪套,翻来覆去弄了好几遍,再也无所事事了。尽管离午夜还有二十多分钟,他也不敢进到客栈大堂里去等候。老板娘在那里招待几位水手,给他们满上萨克干白和便宜些的加纳利干白葡萄酒,水手们纵情号着小曲,讲着德雷克、霍金斯和格伦维尔**43**的故事,最后把长凳弄翻滚到了地上,干脆就在沙地上睡着了。黑夜更善解奥兰多的满心热望,更同情他那颗激情澎湃的心。他聆听着每一声脚步,琢磨着每一个动静。每一声醉醺醺的喊叫,稻草上挨苦的可怜人每一声哀号,都让他心如刀绞,仿佛这一切都预示着这场私奔将无疾而终。然而,他一点也不担心萨莎。她那样勇敢,这点儿历险算不得什么。她会穿着男子的装束孤身前来,一身大氅和马裤,脚蹬靴子。她步履轻盈，即使在万籁俱寂之时也悄无声息。

奥兰多就这样在黑暗中等待着。忽然他的脸颊上落了什么东西，轻软却有些分量。因满怀期待而紧张兮兮，他猛地一惊，手按住了剑。这东西又落在了前额和脸颊上，落了十几次。都怪霜冻维持了太久时间，他过了片刻才意识到那是落下的雨滴，打到他脸上的就是雨点。起初，雨滴落得很慢，从容地、一滴一滴地落下。但不久六滴变成了六十滴，然后又变成了六百滴，最后成了瓢泼大雨。冷酷坚固的天空变成了喷泉，水倾泻而下。奥兰多在雨中待了五分钟便浑身湿透。

他匆忙将马牵到棚子下避雨，自己也躲到门梁下面，因为在这里能时时看到院里情况。此刻的空气愈加凝重，瓢泼大雨砸下的声音和持续低沉的雨声，盖过了人的脚步和马蹄声。路上原本就坑坑洼洼，现在更是大水漫灌，恐怕会寸步难行。但这对他们私奔有何影响，他可不曾想过。他只是调动所有的感官，盯着那条在灯下闪着幽光的鹅卵石小路，等待萨莎的到来。在黑暗中的某个瞬间，他似乎看见她在雨水的裹挟下奔来。但那影子一闪而过消失了。忽然传来一个可怕而沉重的响声，那声音里满含恐惧和惊慌，令奥兰多毛骨悚然，又痛苦万分，那是圣保罗大教堂敲响了一点的钟声。就这样钟声又无情地敲响了四次。奥兰多怀揣深陷爱情的迷信，认定萨莎会在第六下敲响时赶来。可当第六下钟声回荡着远去，第七下、第八下也敲响了。忧心忡忡的奥兰多，感到这钟声先是预告，接着又宣布死亡和灾难的到来。当第十二下钟声敲响时，他知道自己注定毁灭。什么她可能来晚了，被人拦住、迷路了，理性再找什么借口也是徒劳，奥兰多热情敏感的心已了然真相。更多的钟声也敲响了，一下接一下响了起来。整个世界仿佛都在宣告她欺骗了他，他沦为了笑柄。原本隐藏在他心底的怀疑，奔涌而出。无数条毒蛇咬噬着他，一条比一条更加恶毒。他呆立在门口，任倾盆大雨浇在身上。时间一分一秒地过去，他膝盖开始发软。依然雨下如注，滂沱大雨，似万炮齐鸣，还能听到大橡树断开撕裂的巨响，还有野兽的吼叫和可怕的呻吟声。但奥兰多依然站在那里一动不动，直到圣保罗大教堂的钟声敲响了两点，接下来，他狂吼着，满是骇人的嘲讽，咬牙切齿地大喊："生命之日！"他将提灯掼在地上，纵身上马，茫然地策马而去。

　　他这时已然丧失了理智，一定是盲目的本能驱使他沿着河岸奔向大海。当天的拂晓突然降临，快得不同寻常。天空显出淡淡的黄色，雨差不多停了，他发现自己跑到了外坪河段的泰晤士河边。此刻映入眼帘的是一番自然奇观。三个月以来，这里一直冰冻三尺，坚如磐石。冰上原本矗立着一座寻欢作乐的城池，此刻却全部化作汪洋一片，湍急的黄色河水四处奔涌。河水在一夜之间解冻了。仿佛硫黄泉(这是许多哲学家的观点)从火山地带喷涌而出，其暴烈之力冲破冰层，拼命地将硕大的坚冰撕为碎片。只是瞥一眼这洪水，就足以让人头晕目眩。到处都是狂暴和混乱。河里遍布冰山。有的高若房屋，有的宽如滚木戏草地，还有的却小似男士帽子，但大多是奇形怪状。此时，一大堆冰块列队漂来，将挡住去路的一切东西都卷入水中。此刻的河水如同倍受折磨的蟒蛇，旋动扭曲着冲撞碎冰裂块，将其在两岸间抛来甩去，甚至能听到洪水撞击栈桥和柱子的巨响。但是最可怕最惊悚的恐惧，就是看见昨晚就在冰面上的人们,他们此刻困于危在旦夕的冰岛上,只能极度痛苦地在上面转悠。无论是跳入洪水还是待在冰上,他们的毁灭已成定局。有时,一群可怜人一同待在被洪流裹挟的冰块上,有的人跪伏着,有的人正给孩子喂奶,有位老者似乎在大声朗读圣书。还有时,一个可怜人孤独地栖身于一个狭小冰块上,那恐怕是最可怕的命运。当他们随洪流被冲到大海之际,可以听到他们中有的人正在徒劳地呼救,慌乱地发誓要痛改前非,承认自己的罪过,许诺上帝若能听到他们的祈祷,就会去修圣坛,并捐出万贯家财。其他人被吓得精神恍惚,他们坐在那里一动不动,茫然无语地盯着前方。一群年轻人,看穿衣打扮似是水手或者邮差,他们好像是为了壮胆而大声咆哮,高唱着最下流的酒馆小曲。激流将他们冲到了树上,他们在沉入水中之时还满口污言秽语。一位老贵族,他穿戴着显示身份的皮袍和金表链,在离奥兰多很近的地方沉了下去,最后他用尽力气高喊要向爱尔兰叛军[44]复仇,说是他们策划了这次罪行。许多人抱着银壶或其他财宝殒命;至少有二十来个穷人是因为贪财而丧生,他们宁可从岸上跃入洪流之中,也不愿丢下手中的金酒杯,或是眼睁睁地看着皮袍被冲走。洪水席卷了家具、珠宝和各种财物。其中不乏一些奇景:一只猫在给幼崽喂奶,一张餐桌已经摆好了丰盛的餐食来招待二十位客人,一对夫妇在床上相拥而眠,还有不计其数的炊具。

奥兰多感到天旋地转,震惊无语,动弹不得,只能呆呆望着奔腾的洪流从身边涌过。最后他似乎恢复了镇定,策马沿着河岸向大海的方向飞奔而去。拐过了一个河湾,他来到了停泊使团舰船的河道,两天前那些船还被牢牢冻在那里。他匆忙去清点船只：法国船、西班牙船、奥地利船、土耳其船。所有的船都在水上漂着，法国船已挣脱漂离了泊位，土耳其船船体裂了个大缝，水正迅速灌进船舱。但是俄罗斯的船却踪迹全无。有那么一个瞬间，奥兰多以为它肯定是沉没了，但当他在马镫上挺身、手搭凉棚张望时，用那鹰一般的目光辨认出来天际线上大船的形状。桅杆顶部飘扬着黑鹰旗。莫斯科大公国使馆的轮船正要进入大海。

他翻身下马，在暴怒中仿佛要与洪流决一死战。他站在齐膝的水中，咒骂着这个无情无义的女人，用尽了所有谩骂女性的脏话。他骂她背信弃义、轻浮多变、水性杨花；他喊她魔鬼、荡妇、骗子。洪流漩涡带走了他的话，将一个破罐和一根稻草冲到了他的脚边。

1 此庄园是以维塔父亲查尔斯·萨克维尔的诺尔庄园（Knole）为原型。
2 水仙花（asphodel）：又译作"阿福花"，是希腊神话中开满天堂的花。"阿福花野"则指神仙和欢乐幽灵所居之处。
3 埃塞尔伯特（King Aethelbert，860—866年在位）：维塞克斯王朝的国王。奥兰多为他写了一部五幕悲剧。
4 奥兰多的文笔也显示了伊丽莎白时代流行的浮夸文风，作家会故意用艰涩难懂之词。
5 Galleon：（15—18世纪时作战舰或商船用的）西班牙大帆船。
6 这里提到的地方，其实从小说原型诺尔庄园一个也看不见，这全景式环视与小说的时间跨度相得益彰。
7 这位未注明的作家是威廉·莎士比亚，他的画像就挂在诺尔庄园的诗人堂（Poets' Parlour）中。
8 轮状皱领（ruff）：16—17世纪，尤其是伊丽莎白时代，流行的高而硬的轮状皱领，又称飞边。
9 萨堤（Satyr）：追随酒神戴奥尼索斯（Dionysus）的一群森林精灵中的一个，形象为生有羊腿、羊角、羊耳的羊人，跟随酒神饮酒跳舞，好女色。后用来泛指好色之徒。
10 诺尔庄园位于肯特郡，1445年由坎特伯雷大主教托马斯·鲍彻（Thomas Bourchier）主持修建，后为红衣主教莫顿（Cardinal Morton）所有，之后被亨利八世攫取，然后又传到伊丽莎白女王。女王在1566年将诺尔庄园赏赐给托马斯·萨克维尔，并于1573年以皇室仪仗御驾光临庄园。

11 嘉德骑士（Knight of the Garter）：1348年，爱德华三世设立嘉德勋章，并在第二年建立起骑士团，于是嘉德勋章作为嘉奖的标志，渐渐成为一种勋位等级，而且是英国最高的荣誉象征。嘉德勋章可以颁发给本国贵族和外国人，是英国君主用来拉拢国内贵族、争取外国支持者和嘉奖军功的荣誉勋位。嘉德勋章上以蓝色吊袜带为标志，实际上勋章外围一圈就是吊袜带，可以固定袜子和衬衣。

12 伦敦塔上打响礼炮来庆祝1588年打败西班牙无敌舰队。

13 伊丽莎白女王住在伦敦西南的里士满宫，1603年她在这里驾崩。继位者是詹姆斯一世。

14 这些可能都是情诗中女人的典型名字。如伊丽莎白时期的诗人塞缪尔·丹尼尔为迪莉娅写了十四行诗系列；而复辟时期的诗人查尔斯·萨克维尔（1638—1706）为克劳丽思和多兰达作了很多诗。

15 外坪老台阶（Wapping Old Stairs）：在东伦敦伦敦塔附近，台阶一直延伸到泰晤士河畔码头。

16 南美洲的东北海岸（Spanish main）：从巴拿马海峡一直到奥里诺科河。

17 此处伍尔夫暗指当时的奴隶贸易，夜间会有黑奴被偷运进港。

18 "坎伯兰伯爵"：一位超群的贵族，伊丽莎白女王时代一位有名的骑士，热衷于历险，曾十一次出海到西印度群岛。他的经历也影响了这个时代海盗猖獗的现象，往往很多贵族本人也加入了海盗阵营。

19 尤芙洛西尼（"欢乐"）是古典美惠三女神中的一个，伍尔夫曾在她的第一本小说《远航》（The Voyage Out）中用它做船的名字。

20 西班牙猎犬（Spaniel）：一种长毛垂耳的小型犬。

21 未来寡妇地产条款（jointure）：丈夫生前指定由妻子继承的遗产的条款。

22 大霜冻（The Great Frost）：1608年1月，英格兰爆发了史无前例的大霜冻。伍尔夫在史实基础上增加了其夸张的程度以及描述的戏剧性。

23 西北航道（north-west passage）：是指从北大西洋经加拿大北极群岛进入北冰洋，再进入太平洋的航道，它是连接大西洋和太平洋的捷径，发现于19世纪中叶。这是大西洋到太平洋的最短航道，但要在漂浮的巨大冰山间航行，所以也是最危险的航道之一。伊丽莎白时代的探险家，都在努力寻找这条绕北美海岸航行的海路。

24 伦敦桥建于泰晤士河最窄处，老桥上有商店和屋舍，这里的冰也是最厚的。素里在河的南岸。

25 鲸骨裙（farthingale）：伊丽莎白时期用以撑开女裙的用鲸骨制成的圆形裙环。

26 小贩船（bumboat）：向停泊的轮船卖食品或杂货的小船或小艇。

27 两支舞都是文艺复兴时期的舞蹈，前者是急促的小步跑，后者是二人舞，里面有高跳动作。

28　四人方阵舞（quadrille）：四对或四对以上男女跳的方阵舞。

29　小步舞（minuet）：17世纪和18世纪一种端庄的宫廷舞。

30　五朔节柱（Maypole）：由彩条装饰的高大柱子，人们在五朔节围着这种柱子跳舞。

31　乔治·维利尔斯（George Villiers, 1592—1628）：詹姆斯国王的宠臣，后来被封为白金汉公爵。

32　伦敦塔的守卫，绰号"吃牛肉的人"（beefeaters），身着特征显著的红色都铎时期的外套。

33　坦普尔栅门（Temple Bars）是威斯敏斯特教堂和伦敦老城之间的栅栏门，门上方是铁制长钉，上面挂着被处决的叛军首级。

34　皇家交易所（Royal Exchange）是建于1564年的一个金融交易市场，就坐落在针线大街（Threadneedle Street）街角。

35　罗伯特·波顿（Robert Burton）在其《忧郁的解剖》（Anatomy of Melancholy）（1621）里写了这些观点，但他本人是圣公会教徒，对再洗礼派持贬抑态度。此教派不信奉圣礼（sacraments）包括洗礼仪式，只是遵从外部形式。波顿认为再洗礼派过于激进，会引发巨大恐惧。

36　轿子（palanquin）：旧时东方国家由四人抬的轿子或肩舆。

37　一周（sennight）：七天时间，古雅用法。

38　这里是一个故意的年代错乱——老圣保罗大教堂只有一个方塔，在1666年的伦敦大火里被烧毁。后来被克里斯托弗·雷恩（Christopher Wren）重建成带有穹顶和十字架的式样。小说后文也多次出现了这个细节。

39　骗子（cony catchers）：伊丽莎白时期的俚语，字面义是"捕兔者"，实指"欺诈的骗子"。

40　一个传统的儿童节目，是用手套布偶在一个小亭子里演出，内容是潘奇先是殴打然后杀害了他的妻子朱迪。奥兰多当时正在看的是莎士比亚剧《奥赛罗》的街头表演。

41　《奥赛罗》第5幕，第2场，第99—101行。可能指涉1927年6月29日的全日蚀，伍尔夫、维塔和哈罗德·尼克尔森专程到北约克郡的里士满去看日蚀（1927年6月30日，《日记》，第3卷，第142—144行）。

42　Jour de ma vie：英语为"Day of My Life"，是萨克维尔家族的信条，从其家族曾经参与过的克莱希战役（1346年）中获得。

43　伊丽莎白对抗西班牙人海战中的几位英雄。

44　伊丽莎白一世和詹姆斯一世治下的英国政府，多次试图殖民统治爱尔兰。在伊丽莎白一世统治的前三十年里，爱尔兰发生了三次大规模叛乱，意欲推翻英国在爱尔兰统治的叛乱。1590年，爱尔兰蒂龙伯爵掀起了第四次叛乱，这是一场旷日持久、代价惨重的战争，史称蒂龙叛乱（Tyrone's Rebellion）。1607年12月，英格兰宣布收回蒂龙的土地，后来在1608年又有叛乱爆发。

第 二 章

传记作家此刻遇到了一个难题，与其掩饰过去，倒不如坦然承认。讲述奥兰多的生平至此，全仗那些私人文件和历史资料，传记作家才能够完成首要使命，那就是沿着事实不可磨灭的足迹勉力前行[1]，不环顾左右，不为乱花迷眼，不为林荫驻足，一步一步踏实前行，直到最后轰然堕入坟墓，在头顶的墓碑上刻下"剧终"二字。但是此刻，我们路前横亘着一个插曲，无法忽略，也不能回避。这个插曲幽黑而神秘，又无可靠记录，所以说不清道不明。恐怕要写出成篇累牍的卷章，方能将其解释清楚，其深刻的含义足以成为整个宗教系统的基石。我们的任务十分简单，只需讲述已知事实，未知领域就留给读者去探索吧。

那个冬天灾难深重，寒霜降临，洪水肆虐，成千上万的人丧生，奥兰多的希望也全部落空——因为他被逐出英国宫廷，失宠于当时最为位高权重的贵族，爱尔兰的德斯蒙德家族自然也被他彻底激怒，国王本来就为爱尔兰危机头疼，这下更是火上浇油。于是转年夏天，奥兰多退隐到乡下庄园离群索居。六月的一个清晨，那是十八日星期六，奥兰多没有按时起床，男仆来叫时发现他还在熟睡，无论如何也唤不醒。奥兰多仿佛在昏睡，也没有明显的呼吸。狗被牵到他窗前吠叫，卧室里钹鼓齐鸣，荆豆枝放到枕头下面，芥末膏药也贴到了他脚底板上[2]，可奥兰多还是昏睡不醒，也没有吃东西，整整七天没有任何生命迹象。在第七天早晨，到了他平时起床的时间（准确地说是差一刻八点），他如常醒来，将一大群尖叫的妇人和乡下巫师赶出了房间，这倒是正常的举动，但奇怪的是，他对过去一周的昏睡浑然不知。他穿戴整齐后，叫人备马牵来，仿佛只是从一夜熟睡中醒来。但人们怀疑他的大脑一定发生了什么变化，因为他虽然表现得极为理智，举止也比以往更为严肃沉稳，但对过往生活的记忆却出现了断片。当别人谈起大霜冻、溜冰或是狂欢庆典，他只是聆听，却好像未曾亲眼目睹过这些场景。他用手拂过眉头，仿佛要拨开记忆的云雾。当谈起六个月之前的大事时，他似乎毫无痛楚，只是一脸迷惑，仿佛困扰他的只有久远杂乱的记忆，又像是在努力回忆一个道听途说的故事。人们发现，要是提起俄罗斯、公主或是大船，奥兰多就会坐立不安，忧郁沮丧。他会起身望向窗外，或是唤狗过来，或是用刀去刻刻雪松木。而那时的医生也不比现在高明多少[3]，他们开出的处方无非就是多休息还得多锻炼，偶尔饥饿疗法但还得加强营养，既参加社交活动也要适当独处；他们既让他全天卧床休息，又让他在午晚餐之间骑马驰骋四十英里；让他平时要用镇定剂，而时不时还得注射兴奋剂来调节；医生们甚至突发奇想，要奥兰多起床时服用蝾螈涎水配的牛乳酒，在就寝前喝几口孔雀胆汁，折腾一通后就让奥兰多自行恢复，他们反正觉得他不过昏睡了一周。

但如果这算是睡眠的话，我们忍不住要问，这种昏睡属于什么性质的睡眠？会不会是一种治疗方法？——在这样的昏睡中，最折磨人的记忆、最令人一蹶不振的往事，会被一片黑暗的羽翼拂去，这羽翼抹除了苦涩，并使其变得光鲜，即便是最丑陋和卑劣之物，也会将其粉饰得璀璨发光。抑或是死亡的手指不时地轻触生之喧嚣，以防这喧嚣与动荡使我们分崩离析？又或许我们每天都要浅尝辄止死亡的味道，方能如常生活下去？是怎样的奇怪力量，强行来刺探我们内心的隐秘角落，来改变我们最宝贵的东西？是否奥兰多已因极度痛苦而离世，一周之后又起死回生？若是如此，那死的本质是什么，生的本质又是什么[4]？要回答这些问题，就是等上半个钟头，也不会有答案，我们还是继续讲故事吧。

如今，奥兰多已然沉浸于离群索居的生活。他在宫廷中失宠，以及悲伤过度，只是他隐居的部分原因。但他不再为自己辩解，也很少邀请客人来庄园做客（尽管这是他很多朋友求之不得的），独守父亲的庄园似乎正合他的秉性。他主动选择了孤独。没有人知道奥兰多到底如何在庄园里消磨时光。他虽然养了一大群仆人，却只让他们打扫空荡荡的房间，抚平没有人睡过的床罩。待到夜深人静时，仆人们围坐一处享用蛋糕和强麦酒[5]，他们看到一团灯光闪过走廊、穿过宴会厅、冲上楼梯、遁入卧室，他们知道这是主人独自在庄园里游荡。没人敢去跟随，因为庄园里有各种鬼魂出没，而且硕大的宅院，容易让人迷路。也许从某个阴暗处的楼梯摔下去，也许刚开一扇门，就正好吹来一阵风将门永远地合上了。这类事情在深宅大院屡见不鲜，因为常会发现人和动物的骸骨，姿势都相当痛苦扭曲。一会儿，那团提灯的亮光不见了，女管家格里姆斯迪奇太太和牧师杜珀先生念叨，希望爵爷大人不会出事。杜珀先生推测爵爷肯定在小教堂的家族墓室里跪着忏悔，小教堂位于宅邸南侧半英里远的台球场。牧师说恐怕爵爷良心承受罪恶的重负，所以要在那里忏悔。而格里姆斯迪奇太太听后立即高声反驳：我们哪个人不是罪孽深重呢。斯多克里太太、菲尔德太太和老保姆卡朋特齐来高声赞美他们的爵爷，男仆和管家们也在发誓，哀叹这样一位优雅的贵族本可以去猎狐或逐鹿，如今却在宅子里面闷闷不乐,真是太遗憾了。甚至洗衣房和厨房里的小女仆们,什么朱迪啊,费思啊,在给大家送来大啤酒杯和蛋糕时,也会喋喋不休地证实她们的爵爷多么有骑士风范,从没有绅士比他还要和蔼,也没有人比他还要慷慨,因为他常常赏些小碎银给她们买丝带结或花朵别在头上。最后甚至他们称作格蕾丝·罗宾逊的那个黑摩尔女人也听明白了,他们给她取这个名字为的是使其皈依基督教,她也同意说爵爷是个帅气、友善、讨人喜欢的绅士,但她不会用语言表达这些观点,只会咧嘴大笑。简言之,奥兰多所有的男女仆从都对自己的主人赞不绝口,都去咒骂那个让他们主人狼狈不堪的外国公主(可他们对她的称呼可要粗俗许多)。

杜珀先生或许是由于胆小,也或许是贪恋热酒,于是便猜想他的爵爷在墓地里安然无恙,无须他去查看,这或许也没错。此刻的奥兰多正在思索死亡和腐朽,这给他带来一种奇特的喜悦。他手秉烛火,在长廊和舞厅里踱步,一幅接一幅细细端详墙上的画像,仿佛是在寻觅他遍寻不着的那个人,而这根本就是徒劳。然后他来到教堂里的家族专属包厢,在那里一坐数个小时,看着幡旗拂动,月影游移,与他做伴的唯有蝙蝠,或是骷髅头飞蛾。而这些还不够,他必须要进入地下墓室,那里埋藏着他的祖先[6],一排排棺椁摆放着,总共得存了十代人的骸骨。这墓室人迹罕至,老鼠在通道自由穿梭。他路过时斗篷被一根大腿骨挂住,某位马里斯爵士的头骨滚到了他脚下,差点儿被他踢碎。这墓室阴森恐怖,是宅邸地基下面深挖而成,好像家族的第一代勋爵——那位与征服者威廉一同从法国来到英国的先祖,想要借此墓室证实:一切浮华都建于腐朽之上,鲜活的肉体覆在骨架上面，我们这些曾在地上载歌载舞的人最终都要长眠地下，绯红的丝绒会化为灰烬，戒指上的红宝石会遗失（奥兰多用烛光往下一照，就捡起了一枚金戒指圈，上面的宝石已掉落滚到了角落里），而那明亮的双眸也会失去光彩。"所有的王公贵胄将灰飞烟灭，"奥兰多略略夸大了其先祖的地位，"只剩下一根手指。"他拿起一只手的骸骨，左右摆弄着手指关节。"那是谁的手？"他追问着，"是右手还是左手？是男人还是女人的手？是老人还是年轻人的手？这只手驱策过战马，还是曾穿针引线？它采撷过玫瑰，还是握过冰冷的钢刀？它曾——"可在这里他戛然而止，也许是因为想象力的枯竭，也许更可能因为这只手能干的事情太多。奥兰多像以往一样畏惧精简，毕竟写文章的精髓就在删减[7]。他停下来，把手骨同其他骨头放在一起，想起了一位叫托马斯·布朗恩[8]的作家，他是诺维克的一名医生，对这些话题的书写令奥兰多着迷。

于是，奥兰多举着烛火，将骸骨都摆放整齐。他虽然浪漫，却十分有条不紊，掉在地上的线团都让他厌恶至极，更何况是祖先的头骨。他又回到长廊，在那里忧郁地踱来踱去，甚是奇怪，似在画像中寻觅着什么。直到看见一幅不知名艺术家的荷兰雪景图，奥兰多停下脚步啜泣起来，哭得全身颤抖。此刻，他觉得仿佛失去了生活的意义。他忘记了先祖的骸骨，忘记了生命恰恰建立于死亡之上。他立在那里哭泣，哭得浑身发抖，那全是因为渴望一个女人，她穿着俄罗斯裤子，眉梢上挑，噘着小嘴，颈上戴着珍珠项链。她走了，弃他而去。他再也看不到她了。于是他一路呜咽着，慢慢踱回自己的房间。格里姆斯迪奇太太看到奥兰多窗户里透出光来，便放下已经送到嘴边的大酒杯，感谢上帝，他们的爵爷安全回屋了,她一直都在担心他被人残忍地杀害。

奥兰多把椅子拉到桌前,翻开了托马斯·布朗恩的书,开始研读这位医生所写的那段最长也最为奇特的一段精妙文字。

虽然这类事情不值得传记作家费力去挖掘,但显然对某些普通读者而言,捡拾散落各处的线索,便可以勾勒出一个活生生人物的人生面貌和生活环境。从我们的低语中,这些读者可以听到鲜活的声音;而我们还未开口,他们却能确切想象出他的样貌;无须我们多言,他们也可精准捕捉他内心的所思所想。我们写的这些细节,正是为了这样的读者。显然,奥兰多奇特地混合了多种气质——他时而忧郁,时而懒惰倦怠,时而激情迸发,时而钟爱孤独,他在小说第一页就表现出那种细腻却怪异的复杂性情。那时他挥刀砍向黑摩尔人的骷髅头,砍断了绳子使头骨落地,又颇具骑士风度地把头骨高悬在自己够不着的地方,然后又坐在窗边读书。他自幼酷爱读书。孩提时就有仆人撞见他半夜还在读书。他们拿走了他的蜡烛,他就养萤火虫来照亮。他们拿走了萤火虫,他就用火绒照明,结果差点把房子点着。一言蔽之,他是个深受"文学病"折磨的贵族;其他的隐含寓义,就像皱了的丝绸,还是留给小说家去展平吧。他那个时代很多人,尤其是他那个阶层的贵族,都逃脱了文学病的熏染,自由自在地纵情奔跑、骑马和求爱。但是有的贵族却很早就感染了这种细菌,据说它来自希腊和意大利的百合花粉。这种细菌如此致命,感染了它,打人时手会颤抖,搜索猎物时眼会昏花,表达爱意时会张口结舌。这种疾病如此致命,会用幻象代替现实。而奥兰多被命运如此眷顾,衣食住行所有物品一应俱全,还有男仆服侍左右,但是只要他一打开书，便会将这所有财富忘到九霄云外。他家占地九英亩的石砌宅邸消失了，一百五十名家仆消失了，他的八十匹马也不见了，无暇清点的地毯、沙发饰物、瓷器盘碟、瓶瓶罐罐、火锅器物，还有很多鎏金的家具，这一切都像海面的雾气一般蒸发消散了。就这样，奥兰多静坐于此，孤身一人，手捧书卷，身无外物。

如今，孤寂的奥兰多迅速被这病收服。他常常连续读书六个小时，直到深夜；仆人们来请示他宰牛或收麦时，他会推开自己的对开本，眼神茫然地望着他们，似懂非懂的样子。这可糟透了，驯鹰师霍尔先生、男仆吉尔斯、管家格里姆斯迪奇太太和牧师杜珀先生都为此心如刀绞。他们都说，这么好的一位绅士，根本就不需要书。他们还说，书就留给那些瘫痪的家伙或者垂死之人吧。但还有更糟糕的情形。一旦读书的疾病在人体内攻城掠地，就会使人变得脆弱，使其易受另一种祸害侵扰，那祸害就栖息在墨水瓶里，纠缠在鹅毛笔上——可怜的人开始写作。穷人得了这病已经够惨，他家徒四壁，屋顶漏雨，所有财产不过是一桌一椅，毕竟再没什么可以失去的。但若是有钱人患了这病，却可谓悲惨至极，他有屋舍牛羊、有女仆、有驴子和亚麻，却来写作，食无甘味，如坐针毡，百虫挠心。他还会倾囊而出（这病就是如此恶毒），只为了写一本小书而一举成名。他珍视的每一行优美诗句，拿秘鲁所有的黄金也不换。于是他形销骨立，病入膏肓，绞尽脑汁，面壁枯坐。他已不在意在人们眼中的形象，他已经过了鬼门关，经受了地狱之火的灼烤。

所幸，奥兰多身强体壮，这病没有将他击垮（后面会马上给出缘由），可他的同代人就没有这么幸运了。但他依然深受其折磨，后文会一一道来。一天,他在读托马斯·布朗恩爵士的书,读了一个小时左右,外面传来牡鹿的叫声和守夜人的打更声,表明这已是夜深人寂之时,所有人都在酣睡,于是他走到房间另一边,从口袋里掏出一把银钥匙,打开角落里的一个镶嵌大柜子。里面有五十来个雪松木抽屉[9],每个抽屉上都贴着张标签,上面是奥兰多的工整手迹。他停顿了一下,似乎在犹豫要开哪个抽屉。一张标签上写着"埃阿斯之死[10]",另一张注明"帕尔麦斯[11]的出生",其他几张标签上标着"奥利斯的依菲革涅亚[12]""希波吕忒斯之死[13]""墨勒阿革洛斯[14]"和"奥德修斯的归来"。实际上,每个抽屉标签上的希腊神话人物都与奥兰多所遭遇的危机有关。每个抽屉里都存有厚厚的一摞书稿,全是奥兰多亲手所写。实际上,奥兰多患"文学病"已有多年。别的孩子对苹果的贪恋,远不如奥兰多对纸张的渴求强烈;别的孩子对蜜饯糖果的喜爱,也不及奥兰多对墨水的需要。他会在大家聊天和游戏过程中偷偷溜走,藏在窗帘后面,或藏在牧师洞[15]里,或是他母亲卧室后面的壁橱里,那里面地板上有个大洞,散发着椋鸟粪便的臭味。奥兰多一手端着墨水瓶[16],一手拿笔,膝头放着一卷纸。他还没到二十五岁就完成了四十七部戏剧、历史剧、罗曼司和诗歌;有些是散文体,有些是诗体;有些是法语写的,有些是意大利语写的,全都是浪漫传奇的鸿篇巨制。其中一部书稿已由齐普赛街圣保罗大教堂对过的约翰·波尔"羽饰冠冕"印制。虽然看到作品付梓很开心,但他从不敢向母亲展示,因为他知道甫提出版,写作本身对于贵族来说都是不可宽恕的耻辱。

然而,此刻夜已深,万籁俱寂,他独自一人,从这个宝库里面选出了一厚沓书稿,名为《迷恋异域:一部悲剧》之类的名字,又取出了一份薄的文稿,叫《大橡树》(这是一大堆手稿里唯一的单音节标题),于是他凑近墨水瓶,用手指捋了捋鹅毛笔,还有些别的动作,凡是痴迷写作这种恶习的人,都惯于如此开始他们的仪式。但他停下来了。

这一停顿对他的人生意义重大,的确很多令被征服者屈膝、血流成河的战争也比不上这一停顿。这使我们问出了心头萦绕的疑问:他为什么要停下来?经过深入的思索,问题的答案如下。大自然和我们耍了这么多恶作剧,造就我们的材料不同,有的是用泥土,有的是钻石;有的是彩虹,有的是花岗岩[17]。大自然还把最不和谐的因素塞到了一个躯壳里,比如诗人生着一副屠夫的面孔,而屠夫偏偏有一张诗人的脸。大自然就喜欢这样的混乱和神秘,所以今天(1927年11月1日)我们也不知道为何要上楼,为何要下楼,我们每天的活动就像是轮船在未知的海域航行,桅顶的水手们用望远镜指着地平线问道,那边可有陆地?对此我们若是先知,就回答"有";我们若是诚实,就回答"没有"。比起这个笨拙的回答,大自然的回答恐怕要复杂得多。她会把我们搞得晕头转向,因为不仅往我们的脑袋里塞一大堆五颜六色的零碎破布,比如一条警察的裤子紧挨着亚历桑德拉王后[18]的结婚面纱,同时她还谋划着用一根细线将这些碎布块轻巧地连缀在一起。记忆就是这样一个裁缝,有着变幻莫测的手法。记忆穿针引线,里外穿行,上下翻飞。我们不知道接下来会发生什么,再后面又会是什么。就这样,世界上最普通的动作,坐在桌前,把墨水瓶拉近过来,便可能会搅起千百个零碎荒唐的碎片,忽明忽暗,悬在那里,前后摆动,上下浮沉,就像是有十四口人的大家庭,将内衣挂在晾衣绳上飘荡在风中。我们的日常生活并不只有单一直率、光明正大的行为,总会有些遮遮掩掩、羞于谈起的事情,开始时也免不了扇动翅膀,令光影起伏寥落。奥兰多也是这样。他用鹅毛笔蘸了蘸墨水,眼前浮现出那位失踪公主满是嘲讽的面孔,他立即有无数的问题自问,这些问题像是浸满了怨恨的利箭。她在哪里?她为什么离他而去?大使是她的叔父还是情人?他们是不是共谋了什么?她是迫不得已吧?她嫁人了没有?她是否还在人世?——所有这些问题向他喷洒着毒液。仿佛要将痛苦发泄到别处,他将鹅毛笔狠狠地插进墨水瓶里,结果墨水溅了一桌子,这个动作随你如何解释(也许根本无从解释——记忆是令人费解的),眼前公主的脸消失,而另一张面孔取而代之。他问自己,是谁的面孔?他迟疑了半分钟,盯着这张旧画面上覆盖的新画面,就像是幻灯片转换时新页面出现时上个画面若隐若现。接着他自言自语:"这就是那个衣着寒酸的胖子[19],当时他坐在特威切特的起居室里,那还是多年前'老伊丽莎白女王'[20]驾临庄园用膳时,我见过他",奥兰多又捕捉到一块记忆的彩色小碎布,接着说,"那时我正下楼瞄了一眼,他就坐在桌边,那双眼睛令人惊叹"。奥兰多说,"那时真是,可他到底是谁?"奥兰多追问着,眼前浮现出他的额头、他的眼睛,又有了油腻而粗糙的皱领,然后是件棕色的紧身上衣,最后是一双厚靴子,齐普赛街[21]那里英国人常穿这个。"他不是贵族,不属于我们这类人,"奥兰多说(这话他不会大声说出口,因为他是位顶有教养的绅士,但这表明贵族出身的观念深入人心,而同时也说明高贵的门第对成为作家有多么不利和艰难),"我敢说,他是位诗人。"按理说,记忆已经扰乱了他的心绪,此刻就应该抹去一切,而浮泛起一些荒唐而不相干的小事,比如狗追猫,比如老妇人用红色棉布手帕擤鼻涕等。奥兰多已不再奢望能跟上记忆的漫游步伐,他开始在纸上认真地一笔一画地写起来(只要我们下定决心,就能赶走记忆这个荡妇,还有她那些破烂东西)。但是奥兰多又停笔了,记忆仍在他眼前呈现出那个目光如炬的邋遢男子形象。他看着,仍停在那里踌躇不定。就是这些停顿摧毁了我们。接下来叛军就会攻入城堡,我们自己的军队也起义造反。而他之前也一度停笔,那时爱情攻了进来,裹挟着它那恼人的喧嚣,伴随着管乐声声,钹鼓阵阵,还有它那刚从肩膀上砍下来的头颅和沾满血污的发卷[22],全都蜂拥而入。他在爱情里受尽可怕的折磨。此刻,他又停下笔,于是泼妇"野心"、女巫"诗歌"和淫妇"逐名"携手跳入,在他的心中翩翩起舞。奥兰多孤身一人挺立在房间里,发誓要成为家族里的第一位诗人,让他的姓氏百世流芳。他历数先祖的名号和功绩,说鲍里斯爵士斩杀穆斯林;高文爵士斩杀土耳其人;迈尔斯爵士斩杀波兰人;安德鲁爵士斩杀法兰克人;理查德爵士斩杀奥地利人;乔丹爵士斩杀法兰西人;赫伯特爵士斩杀西班牙人。但这一通杀戮征战、宴饮求欢、挥金如土、骑马狩猎和大吃大喝之后,又留下了什么?一颗头骨,一根手指。他说着,转向桌上摊开的托马斯·布朗恩的书页,又停下笔来。书页上的那些文字犹如仙乐翩翩而至,又像是咒语在夜风和月光中,从房间各个角落幽幽升起。我们还是让这些文字掩埋在坟墓里吧,以防书页难以驾驭这些文字。这些文字不会死去,只是如肉身被涂上防腐香料,肤色依然红润,气息还那般平稳。奥兰多将布朗恩的成就与其先祖的战功相比较,不由高喊起来：先祖连同其功绩不过尘土灰烬，而这位作家和他的诗文才会永垂不朽。

他很快便想到，当年迈尔斯这些爵士为了赢得城池而鏖战全副武装的骑士，而现在他为了赢得不朽而缠斗英语语言，相形而下，战场上的艰难竟不及创作的一半。但凡略知写作的艰辛，便无须赘述便深谙个中细节：写时颇为自得；读读却又觉蹩脚；改了过来，又撕掉重写；删去这里，又添进那里；时而兴奋，时而绝望；晚上写得尽兴，早晨文思凝滞；灵感迸发，却又转瞬即逝；眼前浮现出全书的构架，但倏忽间又烟消云散；一边吃饭，一边演练自己角色的台词；边走边咀嚼这些细节；时而大哭，时而酣笑；在两种风格间摇摆不定；此时欣赏夸张宏大，彼时又爱平实简单；此刻流连在坦普峡谷[23]，转瞬又徜徉在肯特或康沃尔的田野；不知自己到底是世上最非凡的天才，还是最愚蠢的傻瓜。

为了解答最后这个问题，他在数月奋笔疾书后，决定结束多年的隐居生活，恢复与外界的社交。他在伦敦有位朋友，是来自诺福克郡的贾尔斯·艾沙姆[24]先生，那人虽然出身贵族之家，却结识了很多作家，无疑能让奥兰多接触这个神圣行业的成员。因为此时沉迷文学创作的奥兰多，认为写书且付梓的人周身都裹着荣光，足令"流血和攻下城池的荣耀"[25]黯淡。他想象着，思想超凡绝俗的人，外表也会气宇轩昂。他们头顶圣像光环，呼吸萦绕清芬，唇间绽放玫瑰——他自己和杜珀先生都不是这样的人。奥兰多能想到的最幸福的事，就是坐在窗帘后面听他们说话。即便是想象着他们那大胆洒脱的言谈，也足以将自己与宫廷朋友间的谈话衬得粗俗至极，因为他们凑在一起无非就是声色犬马、女人牌局一类的话题。他颇有几分自豪地想起，以前常有人喊他学者，还嘲笑他喜欢孤独，嗜好读书。他从不擅言辞。在贵妇的客厅里，只会一动不动地杵在那里，满脸通红，步态像士兵一样僵硬。他还因为心不在焉而从马上掉落了两回。还有一次琢磨韵律时，他碰坏了温奇尔西夫人[26]的扇子。他急切地回忆着自己与社交生活格格不入的种种例子，内心被一种难以言喻的希望所占据：他所有的青春躁动、他的笨手笨脚、他的脸红腼腆、他的笃爱散步和对乡村的热爱，无不证明他属于作家那个神圣的族群，而并不属于贵族——他是个天生的作家，而非贵族。从大洪水之夜以来，他第一次感到快乐。

这时，奥兰多委托诺福克的艾沙姆先生，将一封书信交给克利福德客栈的尼古拉斯·格林[27]先生，信中写满了对其作品的仰慕之情（尼克·格林当时已是颇有名气的作家），还希望与其结交。奥兰多诚惶诚恐地提出这个要求，怕无以为报。但若是尼古拉斯·格林先生能屈尊前来拜访，那么一辆四驾马车将会在先生指定时间出现在镣铐街的街角，将其安全送到奥兰多的宅邸。人们可以自行想象接下来的桥段：格林很快就接受了这位尊贵爵士的邀请，乘上马车，于4月21日周一早上七点整准时抵达大宅南面大厅，奥兰多当时欣喜若狂。

这座大宅曾经接待过众多国王、女王和大使，穿着白鼬皮衣[28]的法官们也曾驾临。英国最迷人的贵妇们曾在那里留下芳踪，最冷峻的勇士们也曾光临。大厅里挂着曾在弗洛登和阿金库特[29]飘扬的旗帜；那里还陈列着彩色家族纹盾，上面有狮豹和冠冕的图案。厅里的几张长桌上摆放着金银盘碟。意大利大理石砌成的宽大壁炉，一夜可以烧掉一整棵橡树，连同树上无数的叶子和乌鸦鹧鹋窝都化为灰烬。而那位诗人尼古拉斯·格林，此刻就站在大厅里，一身寻常装扮，头顶宽檐帽，身穿黑色紧身上衣，手上拎着小袋子。

这让赶忙迎上前来的奥兰多不免有几许失望。诗人不及中等身材，体态也并不出众，身形瘦削略有驼背。他进门时被獒犬绊了一跤，那狗又咬了他一口。而阅人无数的奥兰多，此刻却说不清该将这诗人归入哪个阶层。他身上有种气质，既不像仆人，也不似乡绅，更非贵族。他脑袋还算周正，天庭饱满，鹰钩鼻子，但下巴内收。眼睛倒是明亮有神，但嘴角耷拉，挂着涎水。这张面孔整体上看，表情有些令人不安。既没有贵族面容中那种令人赏心悦目的尊贵和沉着，也没有训练有素的家仆脸上的那种不卑不亢的顺从。他的脸满是皱褶，疲惫而憔悴。他虽然身为诗人，看上去却似乎常受责备而非奉承，常与人争吵而非轻声细语，常需攀爬争抢而非高骑马上，常为生计奔波而非休憩享乐，常受憎恶而非敬爱。这从他急切的动作和眼神中的暴躁与疑虑也能觉察。奥兰多有些感到意外，但还是请诗人同去用餐。

对于餐桌上的美味佳肴和桌边的众仆环绕，奥兰多从来都以为理所当然，而今天第一次莫名其妙地感到羞愧。而更奇怪的是，他想起自己那位挤过牛奶的先祖母莫莉时却生出了几分骄傲，而以往念及此事都有隐隐不快。他正要提起这位卑微的女性和她的挤奶桶，诗人却抢先发言，他说自己的姓"格林"看似毫不起眼，但令人难以置信的是，他们家族也曾是法国的名门望族，当年和征服者威廉一起来到英国。不幸的是，其家族日渐败落，最后只好把姓氏冠给皇家格林尼治区[30]。接下来的谈话不外乎是失去的城堡和纹盾，有位北方准男爵的远房表亲，与西部贵族的联姻，还有格林家族有些人在姓氏末尾加了"e"，而其他人却不加，滔滔不绝一直讲到鹿肉上桌。奥兰多想方设法说了句先祖母莫莉和她的奶牛，直到野味端了上来，他才终于感到释然。直到席间开始畅饮马姆奇甜酒[31]时，奥兰多才敢提起他认为有比格林姓氏或奶牛更重要的事——就是关于诗歌的神圣话题。一提到诗歌这个词，诗人的双眼便迸射出火花。他卸下装模作样的绅士伪装，把酒杯往桌子上一掼，便开始讲起自己的一部戏剧，那是关于他与另一位诗人和评论家的纠葛[32]，这是奥兰多除了从弃妇口中，所听过的最冗长、最复杂、最有激情，也最为苦涩的故事。至于诗歌本身，奥兰多从他那里只能听到：比起散文体来，诗歌虽然字少，却需要更长时间雕琢，而且更难卖出去。于是，他们的谈话东拉西扯，枝蔓横生。直到奥兰多斗胆暗示自己也冲动地开始写作，但这时诗人突然从椅子上蹦了起来，说护墙板里有只老鼠在叫唤。他又解释道，自己一直神经紧张，老鼠的叫声会让他两个礼拜都心烦意乱。无疑这座大宅里到处都有害虫老鼠，但奥兰多却从未察觉它们的动静。随后诗人向他完整讲述了自己近十年间的健康状况。他的身体糟透了，活着都让人觉得是个奇迹。他患过中风、痛风、疟疾热、水肿，还连得过三次热病；更厉害的是，他心脏肿大、脾脏肥大，肝也有问题。除此以外，他告诉奥兰多，自己的脊椎也有种说不出来的感觉。脊椎上数第三关节火烧火燎，而下数第二关节又冷得像冰。有时他一觉醒来，头沉得像灌了铅，而有时却又像点上了千根蜡烛，还像有人往里面扔烟花。他说他能感觉出来垫子下面的玫瑰花叶,还说能通过脚下的鹅卵石路而找到伦敦的大街小巷。总之,他是一台精密制造又奇特组装的机器(这时他仿佛无意识般地举起手来,而这只手的形状也确实美妙绝伦),所以他一直想不通为何自己的诗集只是卖出了五百册,当然这主要是因为有人暗中作梗,即便如此也还算卖得不错。最后他一拳头砸向桌面,说出了他的结论——诗歌艺术在英格兰已然日薄西山。

"这怎么可能呢?莎士比亚、马洛、本·琼森[33]、布朗恩、邓恩[34],都在执笔不辍,或者刚刚完成大作。"奥兰多并不认同这一点,他一口气历数出他最喜欢的偶像。

格林满是讥讽地冷笑起来。他承认莎士比亚写过不错的几场剧目,但那也都是从马洛那里抄袭来的。马洛是个迷人的小伙子,但不到三十岁就英年早逝,你还能指望什么吗?至于布朗恩,他用散文体写诗,而这种别出心裁的做法,人们不久就厌倦了。邓恩就是个江湖骗子,他用艰涩的词语包裹空洞的内容。读者们上当受骗,但这种风格维持不了一年。至于本·琼森,本·琼森是他的朋友,他不说朋友的坏话。

格林断言:伟大的文学时代已经逝去。伟大的文学时代在古希腊时期;伊丽莎白时代各个方面都逊色于古希腊时代。在伟大的文学时代,人们珍视神圣的理想,他称之为"荣耀"(他的发音是"荣悦"[35],以至于奥兰多一开始没听明白)。如今所有年轻作家都受雇于出版商,所以他们赶写出来的都是好卖的垃圾。这方面莎士比亚是罪魁祸首,他已经受到了惩罚,格林又说,当今这个时代崇尚造作的新奇和随性的实验——而这两点古希腊作家片刻也不能容忍。

虽然这样说让他特别伤心，因为他爱文学如生命，但是他认为今天毫无价值，而明天也毫无希望。说到这里，他又给自己倒了一杯酒。

奥兰多听了这番高谈阔论，震惊极了，然而他也注意到这位评论家似乎并不沮丧。相反，格林越是贬抑自己这个时代，他就越发自鸣得意。他说，记得有天晚上在舰船街的公鸡酒馆，科特[36]·马洛还有其他几个人也在场。科特兴致盎然，已经喝得醉醺醺，他很容易喝醉，所以当时在胡说八道。格林说他现在还记得当时的情景：马洛向同伴们挥舞着酒杯，打着嗝说"你戳中了我要害，比尔"（这句话是冲着莎士比亚说），"巨浪涌来，你就是浪尖上的弄潮儿"。格林解释道，马洛的意思是他们正要进入英国文学的伟大时代，而莎士比亚将成为重要诗人。幸好他自己两天后在醉酒斗殴中被打死，不必活着见证自己的预言。"可怜的傻孩子，"格林说，"走之前说这样的话。一个伟大的时代，的确是，伊丽莎白时代伟大的时代！"

"所以，我亲爱的爵爷，"他在椅子里调整了一下坐姿，用手指摩挲着酒杯，接着说，"我们只能尽力而为，珍视过去的时代，敬重那些作家——如今幸好还有些崇古作家，效法古代，不为赚钱、只为'荣悦'写作。"（奥兰多多么希望他把"荣耀"那个词说对）"荣悦，"格林接着说，"激励着高贵的头脑。我要是能得到按季付的三百英镑年金，我也将只为了荣悦而活。我会每天早上倚在床上读西塞罗[37]。我会模仿他的风格，甚至能以假乱真。那才是我所称的优雅文体，"格林说，"那才是我所谓的荣悦。但是要做到这些，必须要有年金。"

至此刻，奥兰多已经不再指望和这位诗人讨论自己的创作，而当话题转向莎士比亚、本·琼森等人的生平和品格时，奥兰多的注意力也被吸引过去了。格林和他们所有人都有私交，知道他们上千件轶事，每个讲出来都兴味盎然。奥兰多从来没有这样开心地笑过。这些人他曾敬若神灵！他们中竟然半数都酗酒，全都爱拈花惹草，也大多爱和太太吵架，无一不爱撒谎，个个都做过可鄙的勾当。他们把诗歌潦草地写在洗衣账单背面，然后在印刷店街面门脸递给老板。于是，《哈姆雷特》出版了，接着是《李尔王》，然后是《奥赛罗》。难怪像格林所说，这些剧作都错漏百出。剩下的时间，这些作家就在小酒馆或是露天啤酒座狂欢作乐、宴饮交游。他们说起话来荒诞不经，却被当成了机智俏皮；他们做起事来嬉笑玩闹，令那些最荒唐的朝臣也相形见绌。格林讲这些故事时兴致勃勃，也让奥兰多听得津津有味。格林尤其擅长模仿，能使场景再现得栩栩如生。书稿哪怕写于三百多年前，他也能说出里面最精彩的片段。

时间一点点流逝，奥兰多对这位客人有种奇特的五味杂陈，既喜爱又蔑视，既敬佩又可怜，还有种说不清道不明的东西，有一点点惧怕，又有一点点着迷。格林夸夸其谈，洋洋自得，但与他交谈却堪称乐事，即使听他讲自己得疟疾的故事，也觉意犹未尽。他很风趣，却又非常无礼；他口无遮拦，对上帝和女性都有亵渎之语。他会各种雕虫小技，脑袋里装着各种奇闻轶事。他能做三百种不同的沙拉，精通所有的调酒方法，还能摆弄五六种乐器。他首创在意大利大壁炉上烤奶酪，也无后来者效仿。但他却分不清天竺葵与康乃馨、橡树与桦树、獒犬与灰狗、两岁的羊崽³⁸与母羊、小麦与大麦、耕地与休耕地。他对庄稼轮种也一无所知,以为橘子长在地上、萝卜长在树上;他偏爱城市景观,反而不喜自然风光。凡此种种,都令奥兰多惊讶,他过去从来没有见过这样的人。瞧不起他的女仆,也会被他的笑话逗得咯咯笑;讨厌他的男仆,却也流连桌边听他讲故事。这座庄园真的从未像今天这样热闹过。所有这些都令奥兰多陷入了沉思,他将这种生活方式与以前相对照。想起过去常常谈论什么西班牙国王中风啊,什么狗交配啊,他想起那些在马厩和换衣间蹉跎的时光,他还记得贵族们喝得酩酊大醉,鼾声四起,谁叫醒他们就跟谁着急。他想着那些人体力充沛,四肢健壮,但精神上却萎靡不振,怯懦不堪。他因为这些想法而心神不宁,失去了平衡,最后得到一个结论:他将躁动不安的烦扰精灵引入家宅,从今往后再也没法安睡。

而与此同时,尼克·格林却正好得出了相反的结论。清晨他躺在床上,枕着无比柔软的枕头,盖着极为丝滑的被子,从凸窗望向下面的草坪,那上面三个世纪以来都没长过蒲公英和野草。他思忖着,要是不逃出去,住在这里真要憋坏了。他起床时听到了鸽子的咕咕叫声,穿衣时又听到了喷泉水流的声音,他觉得自己要是听不见舰船街上马车轧在卵石路上的隆隆声,就再也写不出一行诗句。"如果长此下去,"他琢磨着,听见隔壁男仆拨火、在桌上摆银碟的声音,"我便要沉沉睡去(这时他打了个大哈欠),将长眠不醒。"

于是,格林去奥兰多的房间找他,说他整宿没合眼,就因为周围太安静了。(的确,宅邸四周是方圆十五英里的私人猎苑,围墙约十英尺高。)他还说，寂静最压迫他的神经。当天早上他请求奥兰多，要结束此次拜访。奥兰多竟也感到如释重负，但又有些依依不舍。在他看来，诗人一走，这宅子又会变得沉闷乏味。离别之时，奥兰多鼓起勇气，把他自己写的戏剧《赫拉克勒斯之死》塞给诗人，求他读后指点一二（奥兰多之前一直都在回避这个话题）。诗人收下了，嘴里嘟囔着"荣悦"和西塞罗；奥兰多打断了他，允诺按季度付给他年金。格林连连表达仰慕之情，然后跳上马车回家了。

马车渐行渐远，偌大的宅邸从来没显得如此宽敞，如此壮观又如此空旷。奥兰多知道，他不再会有闲情逸致在意大利壁炉上烤奶酪，也不再会听到人打趣意大利绘画，不再有人来炫技般地调配潘趣酒，再也听不到那些珠玑妙语。然而，听不到那呱噪喧哗也算是种解脱，再一次回到孤独之中是多么奢侈！他边想着边松开獒犬，这狗已经被拴了六个星期，因为它一见到那位诗人，就会去扑咬他。

当天下午，尼克·格林在锁链巷的拐角处下了马车，他发现这里和走之前一点儿没变。也就是说，格林太太在一个房间里即将临盆；汤姆·弗莱彻[39]在另一个房间里喝着杜松子酒。书扔了一地；晚饭很不像样子，就搁在孩子们玩泥饼的梳妆台上。但是，格林感觉这才能为写作提供氛围；一回到这里，他就能写作了，而且他确实写出了东西。连题材都有了。"幽居的爵士""访乡间贵族"——就这样命名他的新诗好了。他小儿子正用他的笔来搔猫耳朵，他抢过来往蛋杯做的墨水瓶里蘸了蘸，大笔一挥当场完成了一首生动活泼的讽刺诗。效果如此之好，让人一眼就能看出他讽刺的年轻贵族正是奥兰多。这位贵族私密的言行、他的激情和荒唐,甚至他的发色和他发卷舌音"r"时的外国味,都描摹得惟妙惟肖。格林还引用了这位贵族所写悲剧《赫拉克勒斯之死》中的段落,并不加掩饰地指出,正如他所料,这些段落用词冗赘,空洞浮夸。若是有人不信这位贵族就是奥兰多,那么看了这几个段落,恐怕就会打消疑虑。

格林的这本诗集立即就印制了好几版,付清了格林太太第十次分娩的费用。很快关注此事的朋友就把这本诗集送到了奥兰多手里。奥兰多不动声色地从头读到尾,然后他摇铃唤来男仆,用钳子夹着小册子给他,让他扔掉,就扔到庄园里最肮脏污浊的粪堆里。男仆转身离开时,他又叫住了他。"去马厩里找匹最快的马,"奥兰多吩咐道,"以生死时速骑到哈维奇,去那里坐上开往挪威的轮船。到挪威国王的狗场买来最好的纯种皇家血统猎鹿犬[40],公母都要。即刻带回,不得耽搁。因为,"他一边低语着,一边转向自己的书,这句话微不可闻,"我已经厌倦了人类。"

那男仆训练有素,鞠了一躬后便离开了。他高效地完成了任务,三周后便回来了。回来这天,他牵着几只上好的猎鹿犬,当天晚上其中的一只母狗,便在餐桌底下生下八只可爱的小狗。奥兰多吩咐把这窝小狗抱到他的卧室去。

"因为,"他说,"我已经厌倦了人类。"

然而,他还是按季度付给格林年金。

就这样,这位年轻的贵族而立之年,便尝尽了生活的种种况味,看破了红尘中的种种不堪。爱情和野心、女人和诗人都是一样的虚荣。文学不过是一场闹剧。那天夜晚读过格林所作的

《访乡间贵族》后，他将自己的五十七部诗作付之一炬，只留下了《大橡树》，因为那是他童年时代的梦想，也只是首短诗。如今他只信任两件东西：狗和大自然、猎鹿犬和玫瑰花丛。缤纷多彩的世界，复杂变幻的人生，都浓缩于此二物中。狗和花丛就是全部的人生。所以他感觉摆脱掉了沉重的幻想，豁然开朗，一身轻松，他叫来他的狗，牵着它们在猎苑里散步。

他与世隔绝了太久，一直在写作和读书，差点忘记了自然的美好，到了6月份，自然更为宜人。他登上高高的山坡，晴好天气从这里可以俯瞰半个英伦，还能观赏到一点威尔士和苏格兰的风光。他躺倒在最爱的大橡树下，觉得如果余生不必与任何男女交谈，如果狗也不会进化出说话的功能，如果他不再遇到诗人或者公主，那么他预见自己的未来便是心满意足。

从此之后，他常常来到这里，日复一日，周复一周，月复一月，年复一年。他看山毛榉的树叶变得金黄，看蕨菜的嫩芽伸展开来；他看月缺月圆，弯弯月牙变成玉盘；他看……可能读者能想象出来后面的文字：看四周草木褪去绿颜，而洒上一片金黄；看月落日升，春夏秋冬，四季轮回，日夜更迭，风暴骤起，雨过天晴；二三百年时光荏苒，但万物依旧。只留下了灰尘蛛网，老妇半个时辰便可打扫干净。于是乎，人们不禁简单地感叹一句——"时光飞逝"[41](括号里可以标上具体时间)，一切如故。

但不幸的是，尽管时光令动植物依节律盛衰枯荣，却不会如此简单地影响人的思想。人的思想反而能奇特地影响时间。一旦奇思妙想加之于时间，一个小时便能延至五十个小时或一百个小时；另外，在人脑时钟的计时中，一个小时也能变成一秒钟。对于钟面时间和大脑时间的惊人不同,人们常常所知甚少,需要进一步研究探讨。可正如我们之前所说,传记作者的兴趣有限,需将陈述简单化:一个人到了三十岁,像奥兰多这样,思考时间就会大大加长,而行动时间又大大缩短。因此,他颇为迅速地发号施令,并处理好庄园的大量事务;然而当他在大橡树下的高坡上享受独处时,每一秒钟便像一滴滴圆鼓鼓的小水珠,充盈着仿佛不会滴落下来。时光膨胀起来,充盈了世间万物光怪陆离。他发现自己不仅要面对那些曾令哲人智者困惑的难题,比如何为爱情?何为友情?何为真理?而且当他直面这些问题时,所有往昔仿佛变得漫长而多彩,冲入了那即将滴落的水珠,大小膨胀了十几倍,也变得万紫千红,宇宙中的东鳞西爪都充溢其中。

在这样的思索中(或是随便称作什么),他过了一月又一月,一年又一年。不夸张地说,他早餐后出门时刚过而立之年,回家吃晚饭时便已近花甲。有几周,光阴如梭;又有时,度日如年。总之,我们无法估算人类的生命长度(更无法贸然揣测动物的生命长度),因为我们刚说生命漫长,便有人提醒我们人生苦短,甚至比不上玫瑰凋零的时间。短暂和漫长,这两种力量交替主宰着我们这些不幸的蠢人,而更令人困惑的是,它们也会同时掌控我们。而支配奥兰多的神灵,有时如粗壮象脚,有时却是蚊蚋飞虫。对他而言,生命似是无比漫长,有时又如白驹过隙,一闪而过。但即使生命延伸到最长,时光膨胀到最大,他仿佛独行于沉寂永恒的浩淼荒野中[42],却依然无暇来展开他心中和脑海中卷紧的羊皮纸,无暇去破解上面密密麻麻刻印的三十年来男男女女的尘封往事。他还没来得及想明白爱情(在此期间,大橡树萌生新叶、又落叶归根,已然十二个轮回)。抱负将爱情挤出场地,友情或文学又取代了抱负。而最初的问题——何为爱情,还未得到解答,所以一经触动,或者无缘无故地便会出现,将书籍、隐喻和生命意义的思考全都挤到一边,它们只好等在那里,伺机重新进入他的脑海。而让思考爱情的过程变得漫长的,是很多丰富的意象,不仅是画面——老态龙钟的伊丽莎白女王,倚靠在织锦沙发上,穿着玫瑰色的绸缎,手里拿着象牙鼻烟盒,身边靠着一把金柄剑,还有香味——女王香气扑鼻,还有声音——冬日里士满猎苑里的牡鹿在吠叫。于是,关于爱情的思索便似变成了一块琥珀,里面封存了冬日大雪、木头燃烧的火焰、俄罗斯女人、金剑、牡鹿吠叫、詹姆斯老国王流涎、伊丽莎白女王船上的焰火和船舱里的袋袋珠宝。每一件事,只要他试图从意识中赶走,就会发现上面总纠缠着其他东西,就像是一块玻璃埋在海底一年之后,上面便附着了骨头、蜻蜓、硬币和溺亡女子的发丝。

"天哪,又是一个隐喻!"他惊呼了起来(可见他思维无序而曲折,这也解释了为什么大橡树几度花开花落,他仍然百思不解爱情。),"这有什么意义?"他自问道,"为什么不能简单表达出来呢?"于是,为了用只言片语来描述爱情,他苦苦思索了半个钟头,也可能是两年半。"那个海底玻璃的隐喻显然不真实,"他争辩道,"因为蜻蜓不可能生活在海底,除非有什么特殊情况。如果文学并非真理的新娘和伴侣,那么她又是什么?都见鬼去吧,"他大喊道,"已经说她是新娘了,为何又说她是伴侣?为何不能一语中的了事?"

于是为了使诗歌朴素无华,他试着说草绿天蓝。对于遥不可及的诗歌,他依然满心敬意。"天蓝,"他念叨着,"草绿。"但抬头仰望,他却看到了不一样的景象。天空好似千百位圣母发间垂落的面纱;草黑压压的一片漫卷,如同一群少女在奔跑,欲逃脱魔法森林里的多毛萨堤人的好色拥抱。"要我说,"他开口道(他已经养成了自言自语的坏习惯),"我并不觉得一个比另一个更真实。两个比喻都十足的虚假。"他不再期望能够解释诗歌和真理的实质,不由得心灰意懒。

这里我们不妨借他的独白稍作停歇,想想眼前的景象多么不可思议。奥兰多在6月的一天,头枕着胳膊,躺在草地上;这个满腹诗书、身体健壮的优雅人儿,单看他红润的脸颊和结实的四肢就能看出,这样一个冲锋陷阵或去决斗都毫不犹豫的青年,竟会变得多愁善感,无精打采。而一提起诗歌,或是他自己的诗才,奥兰多就会羞涩得像个躲在妈妈门后的小姑娘。我们相信,格林对他悲剧的讽刺所带来的伤害,并不亚于公主对他爱情的嘲弄。但还让我们回到之前的话题吧。

奥兰多继续思索。他还在凝望着草地和天空,试着想象一位真正的诗人,能在伦敦出版诗作的诗人,会怎样来描写这草地和天空。与此同时,记忆(它的习惯我们已然描述)不断在他眼前呈现出尼古拉斯·格林的面孔,仿佛这个尖酸刻薄、信口开河,也确实背信弃义的人正是缪斯本人,仿佛奥兰多正该顶礼膜拜他。所以在那个夏日清晨,奥兰多献给格林各种各样的辞藻,有的朴实无华,有的文采斐然,尼克·格林不停地摇头,冷嘲热讽,还嘟囔着"荣悦、西塞罗、我们时代诗歌已死"这样的话。最终,奥兰多蓦地站起(那时已到寒冬),发了一个最狠的誓,没有比这更让他服从誓言。"我就天打五雷轰,"他说,"要是我再写一个字,或是再想写一个字来取悦尼克·格林或者缪斯。是好是坏都无所谓，从今天起，我只为自己而写。"仿佛他此刻将一整沓纸撕个粉碎，并扔向那个冷嘲热讽、信口开河的男人脸上。就好比你向狗扔石头，狗会低头去躲，记忆也将她呈现的尼克·格林的影像撤走了，取而代之的是——空无一物。

但是奥兰多却还在那里思考。他要想的的确有很多。当他将羊皮纸撕碎时，他也一并撕碎了那花体字写就[43]、饰有纹章的诗卷，那是他一个人在自己房间里自娱自乐写下的。像国王任命大使一般，他曾自封为家族第一诗人，时代第一诗人，为灵魂颁发不朽徽章，赐肉身与桂冠诗人同葬的荣耀，永远为世人所景仰。这一切都曾那样地动人，然而此时却被他撕成碎片、掷入垃圾箱。"声名，"他说，"就像（尼克·格林再也不会来阻止他，就让他沉浸于丰富的意象中，我们仅撷取一两个最安静的比喻）一件碍手碍脚的饰穗带大衣，又像一件勒得人喘不过气来的银甲，或是一只保护稻草人的彩色盾牌。"如此等等。他这些话的精髓在于，声名给人带来负累和限制，而寂寂无名却像雾一般将人团团裹住，无名是幽暗的、宽敞的、自由的，无名让人随心所欲地自行其道。使黑暗幸福地弥漫在无名者的四周，他来去都无人可知。他可以寻觅真理并广而告之，只有他自己是自由的，只有他自己是真实的，只有他自己是平和的。于是在大橡树下面，他沉浸于安宁静谧的心境。大橡树露在地面上的坚硬根须，比任何东西都令他身心舒悦。

他陷入沉思良久，思考寂寂无名带来的价值和乐趣，就像是波浪涌回大海深处；思考无名如何去除嫉妒和恶意带来的烦恼；思考无名如何使血脉中流淌着慷慨与大度；无名可让施与和接受时无须感激或颂扬。他想所有伟大的诗人必定如此（尽管他的希腊文造诣还不足以证实这个观点）。他觉得，莎士比亚写作诗篇，工匠建起教堂的巨殿，无不隐姓埋名，无须感激，不求名号，白天劳作，晚上也许喝点麦芽酒。"这是多么令人敬佩的生活，"他一边想，一边在大橡树下舒展开四肢，"为何不享受此刻呢？"这个想法像子弹一样击中了他。野心像重锤一样轰然落地。他不再因爱情遭拒而伤心，也不再为虚荣心受挫而难过。曾经追名逐利的生活，带给他无尽的刺痛和伤痕；如今他淡泊名利，这一切便不再折磨他。他睁开双眼，望见下方山谷里他的庄园；他以前虽然一直双目圆睁，可眼中所见仅有自己的遐想。

他的庄园沐浴在春日的晨晖中。看上去不像住宅，更像一座城镇。这城镇也并非是无规划随心所欲所建，而是由一位胸有成竹的建筑师细致规划而成。庭院楼宇为灰、红、紫三色，分布对称、整齐有序；庭院或长或方，喷泉和雕塑点缀其间；建筑高低层叠、错落有致，小教堂和钟楼耸立其中；大片大片的绿草地，一丛一丛的雪柏和争奇斗妍的花朵。这些景色被一圈高墙紧拥在怀，一切如此精心布局，似乎每个部分延展自如。炊烟从无数烟囱中腾起，袅袅升空。奥兰多思忖着，这个齐整有序的庞大庄园可容纳千人，还可供两千匹马容身，不知由多少无名工匠所建。多少世纪过去，多少岁月流逝，我那寂寂无名的家族，在这座大宅里默默无闻地生活。这些叫理查德、约翰、安妮、伊丽莎白的祖先，没有谁在身后留下印迹，然而他们却齐心协力，用一铲一锹，一针一线，在这里劳作和繁衍生息，才留下了这座大宅。

正因如此，这座大宅才显得至为高贵，充满了人情冷暖。

那他为何想要凌驾于这些人之上？试图超越那些无名匠人的生平杰作，超越那些故去劳工的一砖一瓦，那岂不是虚荣和高傲至极？与其做一颗流星划过，辉煌过后不留一丝尘埃，还不如默默无闻地离去，在身后留下一片拱顶、一个盆栽棚，一面缀满桃果的院墙。毕竟，望着绿树掩映中的大宅，他心潮澎湃，因为在里住过的爵爷和夫人们，虽然寂寂无名，却从未忘记为子孙后代留下些什么，未雨绸缪。厨房中总会有一个温暖的角落留给老牧羊人，总有食物为饥肠辘辘的人准备；他们病卧在床时，仍不忘擦亮高脚酒杯；弥留之际，仍令窗棂留下一盏灯。他们虽贵为爵爷，却甘心同捕鼠人和石匠一般，湮没于无名的尘埃。默默无闻的贵族，被人遗忘的建筑工匠，他要为他们热情地送上赞歌，这驳斥了那些说他冷酷无情、懒惰倦怠的评论家(真相往往和我们只是一墙之隔)，他还要用最感人的演讲来赞颂他的庄园、他的家族；当演讲结束之时(好演讲怎能缺少结束语?)，他搜索着合适的措辞。他想要将结束语说得堂皇华丽，以表明他要追随先人的步伐，再为庄园添砖加瓦。然而，这座庄园已经占地九英亩，再加一块砖似乎都显多余。难道以提家具结尾？以谈论人们床边的桌椅和小地毯结尾？演讲结语应该谈论庄园缺少的东西。此时，他将未完的演讲暂且搁置，阔步走下山去，打定主意要全身心投入装饰庄园。他命人立即叫来垂垂老矣的格里姆斯迪奇太太，善良的老太太得知能服侍他左右老泪纵横。他们一起巡视了整个庄园。

国王卧室的毛巾架缺了条腿儿(格里姆斯迪奇太太说，"老爷，是詹姆斯国王"住过的"，暗示国王下榻此处已是陈年往事，但可怕的议会时期结束了，如今的英格兰又恢复了君主制）；公爵夫人侍卫官接待室外的小房间，缺了个放大口水罐[45]的支架；格林先生那个讨厌的烟斗，当时弄脏了地毯，她和朱迪怎么擦也擦不干净。事实上，庄园里共有三百六十五间卧室[46]，当奥兰多筹划着为每间都添置红木椅、雪松柜、银盆、瓷碗和波斯地毯时，才发现这绝非易事。即使最后还能剩下几千镑家产的话，也仅够在长廊里挂些壁毯，在餐厅里添置精美的雕花椅子，给皇家卧房装上纯银镜子，再配好纯银椅子（他对纯银情有独钟）。

只需看一眼他列出的账目，便知道他现在已经一板一眼地操办起来。让我们瞅瞅他这次的购买清单，纸边的费用小计就略去不谈了。

"五十套西班牙毛毯，五十套红白相间塔夫绸窗帘，配红白丝绸刺绣的白缎子窗幔……"

"七十把黄缎面椅子和六十个厚棉布面高脚凳……"

"六十七张胡桃木桌子……"

"十七打匣子，每打里装五打威尼斯玻璃杯……"

"一百零二块三十码长的小地毯……"

"九十七个绯红色缎子靠垫，上面镶有银色羊皮纸花边，配同样缎面的脚凳和椅子……"

"五十盏枝状水晶灯，每盏十二个灯头……"

我们已经开始哈欠连天了，都怪这张购物清单。我们停下来的原因，不是因为清单列举完了，而是因为它太枯燥乏味了。清单还有九十九页长，总的开销高达好几千镑，换算到今天会是数百万的花费。如果奥兰多爵爷每天都要考虑装修花销的话，晚上就又要盘算，若是人工费每个小时十便士，那么铲平一百万个鼹鼠丘[47]要多少钱；一及耳[48]钉子如果五个半便士，那修好一圈周长十五英里的围场栅栏需要多少钉子。如此种种，不一而足。

依我们看，这装修的过程太枯燥了，因为柜橱与柜橱并没有什么不同，一座和一百万座鼹鼠丘也没什么分别。为了这些东西，他兴致盎然地跑来跑去，其中还有几次有趣的历险。比如，为了给一张银罗盖大床缝制帷幔，他找了布鲁日[49]附近全城的窗帘女工；还有他在威尼斯的历险或许值得一提，他从那里的一个摩尔人那儿（几乎用剑尖逼着他）购得了漆柜。而施工过程也有声有色。一会儿差人从苏克萨斯拉来大树，然后锯开好铺在长廊上做地板。一会儿他又从波斯买来一个填满羊毛和锯末的大箱子，结果里面只掏出来一只盘子和一枚黄玉戒指。

最终，走廊里没有地方再搁一张桌子，桌上也没有地方再摆一张小橱柜，小橱柜里也没有地方再放一只玫瑰花碗，碗里也没有一点地方再撒一把百里香，到处都是满满当当，什么也放不下了。一句话，宅子里都装修好了，什么也不缺。花园里雪莲、番红花、风信子、木兰、玫瑰、百合、紫菀和大丽花争奇斗妍，繁花似锦；梨树、苹果树、樱桃树和桑树，还有很多珍稀的开花灌木、常青树和多年生植物，它们盘根错节，叶茂枝繁，浓荫密布。此外，他还进口了羽毛艳丽的野禽和两只马来熊,他敢肯定,它们虽然举止粗鲁而暴躁,但内心中却诚信可靠。

此时一切都已准备就绪。夜幕降临,无数的银烛台点亮,轻风一直在走廊里吹拂,蓝绿相间的壁毯随之摇摆,壁毯上的猎手仿佛在策马狂奔,达芙妮在飞速逃离[50];银器闪闪发光,漆器容光焕发,木器也熠熠生辉;雕花椅子张开了双臂,墙上的海豚驮着美人鱼游弋;所有的一切都按奥兰多的喜好完成。他心满意足地在宅子里面漫步,后面跟着他的猎鹿犬。他想现在终于有素材来给演讲收尾了,也许最好重新开始演讲。然而,当在长廊里踱步时,他仍觉怅然若失。桌椅无论怎样精雕金饰,还有沙发的狮脚和天鹅颈支腿,柔软无比的天鹅绒床,所有这些都还不算圆满,上面有了人坐着躺着才有活力。于是,奥兰多现在开始设宴,来款待各方贵族乡绅。一时间,大宅里三百六十五间卧房整月都没有空闲,五十二处楼梯上下的宾客摩肩接踵。三百个仆人忙前忙后准备饭菜,因为庄园里夜夜都大排筵宴。于是几年下来,天鹅绒便被磨秃了毛,奥兰多的家产败掉了一半,但他也在四邻八舍赢得了一致好评。他在县里担任多个职位,他资助的诗人感激涕零,每年都会呈献十几本诗集,上书肉麻谄媚的奉承话献给这位爵爷。尽管奥兰多小心翼翼地避免与作家打交道,也总是远离那些有外国血统的贵族女子,但他依然对女人和诗人太过慷慨,因而也赢得了他们的仰慕。

然而,当宴饮达到高潮,宾客们酒兴正浓时,奥兰多抽身出来,独自回到自己的房间。他紧闭房门、确定无人后,拿出一个古旧的本子，缝本子的丝线还是当年从母亲针线盒里偷来的，本上是男孩的稚嫩字体《大橡树，诗一首》。他会在本上奋笔疾书直至午夜钟声敲响，有时还会到下半夜。但是，他写出多少行，便会删掉多少行，所以年终时诗的行数反而比动笔时要少，这样"写诗"反倒成了"删诗"。据文学史家所称，奥兰多的文风发生了惊人的转变：文字由华丽变得朴素，由恢宏变得克制。散文时代使其热情的文思泉涌凝固。外面的风景已不再是花团锦簇，石楠地也不再是荆棘密布、繁复杂乱。也许此时的感觉多了几分迟钝，味觉也不再受蜜糖和奶油的诱惑。同时，街道上的排水系统更为通畅，房屋里变得灯火通明，这些变化无疑都影响了他的文风。

一天，他正绞尽脑汁地往《大橡树，诗一首》上加一两行诗句，这时眼角的余光瞥见一个阴影晃过。很快他就发现那并非阴影，而是一个高个子女子，她身着斗篷兜帽，正穿过他房间对着的中庭。这本是他家最为隐秘的一个庭院，他也不认识这女子，所以纳闷她如何到了这里。三天后这个身影又出现了，而不久后周三她又来了。这一次，奥兰多决定跟着她，显然她也不担心被发现，因为她等他走近就放慢了脚步，转身直视着他。任何一位女子闯入贵族的私宅都会害怕；任何女子要是那样的面孔、那样的头饰、那样的神情，都会用披肩头纱来遮掩。这女子颇像只野兔，一只受惊但却执拗的野兔；一只不知胆怯、厚颜愚蠢的野兔；一只坐得笔直、用大凸眼怒视追赶者的野兔；她立着的耳朵在颤抖，尖尖的鼻子也在微微翕动。这只兔子六英尺高，其复古发饰让她显得更高了。所以和奥兰多遭遇后,她直勾勾地盯着他,目光中的胆怯和厚颜奇怪地混杂在一起。

她先是向奥兰多行了个屈膝礼,请他原谅自己的闯入,她的动作虽然笨拙,但还算体面。接着,她直起了身子(身高恐怕超过了六英尺两英寸),自称哈里雅特·格丽塞尔达女大公,来自罗马尼亚的芬斯特-阿尔霍豪和斯堪德-奥普-波恩[51]。她一边说一边紧张地咯咯笑,还发出了嘿嘿哈哈的声音,以至于奥兰多笃信她是从疯人院里跑出来的。她说自己最大的愿望就是与他结识。她寄宿在宅园门口的面包房楼上。她见过他的画像,觉得肖似她早已故去的一个姐妹,说到这里她放声大笑起来。她正在访问英国宫廷,王后是她的表姐。国王是个不错的家伙,但总喝得醉醺醺地上床睡觉。说到这里,她又嘿嘿哈哈地笑了几声。一句话,奥兰多没办法,只好请她进门喝杯酒。

进了门,她的举止又恢复了罗马尼亚女大公原有的那种傲气。幸好,她对酒的品鉴知识多于寻常女子,也能对武器侃侃而谈,还能头头是道地讲讲他们国家打猎风俗,要不然他们俩都没法聊下去。最后,她猛地站起身来,宣布转天还要来拜访,夸张地行了个屈膝礼后就离开了。第二天,奥兰多骑马躲出去。第三天,他背过身去不理她。第四天,他拉起了窗帘。第五天下雨了,他不忍心让女士在外面淋雨,也不反感有人陪他聊天,于是就将她请进门。他给她展示他先祖的一副铠甲,问她这到底是雅各宾还是托普的作品。他认为是后者所造,而她则持相反意见,答案并不重要。但对我们故事发展颇为重要的是,为了说明自己的观点,演示搭扣的系法,哈里雅特女大公把纯金腿罩套到了奥兰多的腿上。

之前说过,奥兰多有一双举世无双的美腿,其他贵族都望尘莫及。

也许是她扣上脚踝搭扣的方式,也许是她弯腰的姿势,也许是奥兰多与世隔绝太久了,也许是两性间的自然共鸣,也许是勃艮第葡萄酒的催化,也许是火烤得太热……其中任何一个原因都有可能。像奥兰多这样的贵族出身,在庄园里面款待这样一位女士,她比他年长许多,脸有一码长,目光空洞无神,衣着可笑,在这样暖和的天气里还穿戴骑行斗篷兜帽,他竟然对她动了情,而且无法抑止,以至于不得不逃离房间,这一定事出有因。

可我们不妨要问,这是什么样的激情呢?答案是双重的,正如爱情有两张面孔。我们暂时先抛开一会儿爱情吧,来看看当时的实际情况:

当哈里雅特·格丽塞尔达女大公弯腰系搭扣时,奥兰多突然毫无来由地听到,远方有爱情在扇动翅膀。那柔软的羽毛在远方颤动,在他心中唤起了百折千回的记忆——那奔涌的洪水、那皑皑的白雪、那无情的洪水;那声音由远及近,他脸红了,浑身颤抖;他原以为不再会动心,然而此刻却心潮澎湃;他正准备扬手让美丽的爱情之鸟栖息在肩头,突然,好恐怖!似是乌鸦的嘎嘎叫声传来,在林间回荡;那粗糙的黑翅膀仿佛遮黑了天空;低沉嘶哑的叫声四起,稻草、嫩枝和羽毛纷纷落下,俯冲落在他肩头的是最笨重最污浊的鸟,是一只秃鹫。奥兰多冲出房间,让侍从送哈里雅特女大公上马车。

我们现在可以回到爱情这个话题。爱情有两张面孔，一张白净，一张漆黑；爱情有两个身体，一个光滑，一个粗糙。爱情有两只手、两只脚、两条尾巴，什么都是两个，完全相反的两个。然而它们又紧密相连，难解难分。对于奥兰多而言，爱情向他飞来时，露出的是她白净的面孔，她光洁美丽的身躯。她飞得越来越近，随风飘来宜人的香气。突然之间（也许是瞥见女大公的那一刻），她掉转身来，爱情露出了另一面，那漆黑、多毛、野蛮的一面，那不是爱情这天堂之鸟，而是象征淫欲的秃鹫，它肮脏、可憎地重重落在他的肩头，所以他要逃跑，于是便喊来侍从。

但赶走这只大鸟并非易事。不仅女大公要继续住在面包店，而且奥兰多日夜被那可憎的幽灵纠缠。他给房子里摆上银器，在墙上挂上挂毯，好像全成了徒劳之举，因为一只浑身污浊、满是粪水的鹫鸟会随时落在他的写字台上。她会在椅子间砰然落下；他看见她在走廊里不雅地摇摆走动。此刻，她头重脚轻地栖落在壁炉栅上。他把她驱走，她又会飞回来，啄着玻璃，直到把玻璃啄碎。

于是，奥兰多意识到，他的家是没法待了，必须采取什么举措马上结束这一切。凡人都会做出这样的选择：他请求查理国王派他作为特别使节出使君士坦丁堡。国王正在白厅里散步。奈尔·格温[52]正在他身边，给他剥榛子仁吃。"太可惜了，"那位多情的女士叹息道，"这样一双美腿少年，要背井离乡。"

然而，命运无情；她所能做的，只能在奥兰多动身启程之前抛给他一个飞吻。

1. 伍尔夫在开始写《奥兰多》时，完成了一篇杂文《新传记》(The New Biography)，杂文开篇引用了西德尼·李爵士 (Sir Sidney Lee) 的一句话:"传记旨在真实表现人物性格。"伍尔夫表达了与其相反的观点：事实和人物性格往往是相反的，虽然传记需要事实，但事实常常无法轻易或舒服地嵌入虚构作品中，也很难与人物内心描写相结合。

2. 这是当时通行的治疗方法。

3. 伍尔夫在后文故意列举了很多完全相反和矛盾的疗法，以讽刺当时医生医术的低劣和治疗方法的荒谬。

4. 奥兰多七天的昏睡，一个遗忘或者死亡的形象，使读者们有了心理准备迎接本章后文中提到的"叛乱"，也为后续出其不意的情节发展做了铺垫。

5. 强麦酒 (ale)：旧时用大麦等谷物发酵酿成。

6. 奥兰多祖先的地下墓室就在其宅邸下方，象征着人类存在背后的死亡意识，这促使奥兰多望着这些久远的骸骨生出一段哈姆雷特式的自白。

7. 此处略带嘲讽，说奥兰多最不愿意精简文字。前文提到奥兰多深受伊丽莎白时代文风的影响，语言冗赘、矫揉造作；后文尼克·格林也讽刺奥兰多所写戏剧冗长而浮夸。

8. 托马斯·布朗恩 (Thomas Browne, 1605—1682)：一位诺维克医生，但以雄辩的拉丁散文出名，其代表作《瓮葬》(Hydriotaphia, or Urn Burial, 1658) 是对死亡、时间和永恒的思索。他的另一作品《宗教沉思》(Religio Medici) 也深受好评。理查德·萨克维尔和伍尔夫本人都很欣赏布朗恩的散文。

9. 这个柜子是维塔的，她用来保存所有最秘密的信件。当伍尔夫问维塔时，她想的是："这封信会进壁橱吗？"（1927年10月30日，《信件》第3卷，第434页）

10. 埃阿斯 (Ajax)：希腊神话人物。他身材魁梧、骁勇善战。在特洛伊战争中，他是希腊联军中勇猛的斗士。阿喀琉斯死后，他与奥德修斯争夺阿喀琉斯的盔甲，但最终落败。埃阿斯悲伤至极，选择了自杀。

11. 帕尔麦斯 (Pyramus)：罗马诗人奥维德《变形记》里的人物。他和提斯柏是巴比伦城中一对年轻的恋人，因为误会而殉情。

12. 依菲革涅亚 (Iphigenia)：希腊神话中希腊联军统帅阿伽门农之女。阿伽门农为了获得去特洛伊的顺风，险些献祭了自己的女儿。希腊联军出征特洛伊时，从奥利斯港出发。

13. 希波吕忒斯 (Hippolytus)：希腊神话人物。他是雅典王忒修斯之子，崇拜狩猎女神阿耳忒弥斯，厌恶女人和爱情，因而招致爱神的愤怒。爱神使希波吕忒斯的后母爱上他后向其求爱，被拒后自杀，后母临死前对丈夫诬告希波吕忒斯企图玷污她。忒修斯王听了大为震怒，请求海神派公牛撞倒希波吕忒斯的马车，使其丧命。

14. 墨勒阿革洛斯 (Meleager)：希腊神话中的著名英雄之一，是狩猎卡吕冬野猪活动的发起者。同时也是阿尔戈英雄，曾随同伊阿宋一起寻取金羊毛。

15. 牧师洞 (priest's hole)：伊丽莎白时期建的一些秘密小房间，仅可容一二人在内，原本是为了庇护天主教神父躲避迫害。

16. 原文是inkhorn，指的是旧时用牛角制成的便携式墨水瓶。

17. 这一段呼应伍尔夫的散文《新传记》：她做了这样的区分："真相有时候像花岗岩一样坚固，人性却如同彩虹一样无法捉摸"，提出了新的传记特征，"混合了传记和自传，掺杂了事实和虚构，裤子是柯赞的，鼻子是普利穆索尔小姐的"。

18. 亚历桑德拉王后 (Queen Alexandra, 1844—1925)：丹麦国王的孙女，1863年嫁给了英格兰王储阿尔伯特·爱德华，他们生了六个孩子，其中包括未来的国王乔治五世。

19　这是莎士比亚的面孔。

20　Old Queen Bess：因为伊丽莎白女王将近半个世纪的统治使英国走向强大，所以她也被亲切地称为"英明女王"（Good Queen Bess）和"荣光女王"（Gloriana）。

21　齐普赛街（Cheapside）：伦敦的主要市场，是沟通伦敦东区、伦敦市金融城和伦敦西区的主要街道之一。它的名字来源于古英语"ceap"，原意为"市场"，如今演变成现代英语中的"cheap"。在狄更斯时代，这条街被描述为"世界上最繁华的街道"。

22　伍尔夫此处指涉古希腊神话，在一群疯狂女性的"令人厌烦的骚乱中"，诗人俄尔甫斯（Orpheus）的头被扯了下来，这也可能遥相呼应了弥尔顿的诗《利西达斯》（Lycidas），在诗里，爱情也威胁了诗歌成就。

23　坦普峡谷（the vales of Tempe）：位于希腊，靠近奥林匹斯山，在古典诗歌中常因其美而被赞誉。

24　诺福克的贾尔斯·艾沙姆（Giles Isham of Norfolk）：贾尔斯·艾沙姆爵士（Sir Gyles Isham，1903—1979）是伍尔夫的远房外甥，是她表妹米莉森特的儿子。他1926年从牛津大学毕业后做过莎剧演员。

25　此句引自詹姆斯·雪莉（James Shirley）最有名的一首诗起始诗行，此诗出自其戏剧《埃阿斯和尤利西斯的争论》（The Contention of Ajax and Ulysses，1659）。原书起始诗行为："我们流血和攻下城池的荣耀；是幻影，而非实际之物。"

26　温奇尔西夫人的扇子（Lady Winchilsea's fan）：温奇尔西公爵夫人安·芬奇（Ann Finch，1661—1720），她写诗，伍尔夫还在《一个人自己的房间》（A Room of One's Own，1928）第四章里讨论过她的几首诗。这个短语还呼应着王尔德的戏剧《文德米尔夫人的扇子》（Lady Windermere's Fan，1892）。

27　尼古拉斯·格林（Nicholas Greene）：是个想象出来的作家，其灵感部分来源于伊丽莎白时代的雇佣文人、小册子作者、诗人和剧作家罗伯特·格林（Robert Green，1558—1592）。格林还在《一个人自己的房间》里第3章出现，是引诱莎士比亚（虚构）的妹妹朱迪斯的人："最后演员经纪人尼克·格林怜悯她；她发现怀了这位绅士的孩子，于是……在一个冬日的夜晚自杀了。"

28　白鼬皮衣（ermine）：黑花白底毛皮，常为法官或国王穿戴，象征着法官的权力或者国王的高位。

29　英国军队在1513年的弗洛登（Flodden）战役击败了苏格兰人，并在1415年的阿金库特（Agincourt）战役打败了法国人。

30　皇家格林尼治区（Royal Borough of Greenwich）：位于伦敦东南部，泰晤士河南岸。15世纪初，英国王室就将格林尼治作为防守伦敦的要塞，在这里设置炮台和瞭望塔，还修建了许多宫殿。周围的山林草地，则是王室打猎的御苑。1675年，英王查理二世在格林尼治山顶的瞭望塔上建立英国皇家天文台。文中提到的格林尼治名称起源是诗人格林的杜撰。历史上有两个未证实的说法：一说是丹麦人入侵伦敦时给这里命名，意为绿址；二说是罗马人取的名字，伦敦古名Londinium意为月亮，而格林尼治意为太阳。

31　马姆奇甜酒（Malmsey）：一种甜口的马德拉葡萄酒。

32　尼克·格林的原型，伊丽莎白时期的作家罗伯特·格林，因嫉妒莎士比亚而臭名远扬，他曾将莎士比亚贬抑为"一只饰以美丽羽毛的暴发户乌鸦"，还污蔑莎士比亚抄袭马洛的剧作。

33　本·琼森（Ben Jonson）：戏剧作家。他的画像就挂在诺尔庄园的诗人厅里，据说多塞特第三代伯爵理查德·萨克维尔是他的资助人。

34　奥兰多的偶像就是他那个时代的主要剧作家和诗人。约翰·邓恩（John Donne），玄学派诗人和圣保罗大教堂的司祭长,他曾经在诺尔庄园的小教堂布道。

35　格林故作高雅,想说一个法语词"Gloire",英译为"Glory",但是他弄巧成拙,发音错误,说成了Glawr。

36　克里斯托弗的昵称。

37　西塞罗(Cicero,公元前106—前43):罗马政治家和演说家。在文艺复兴时期,他的散文风格众所称颂,也广为模仿。

38　teg:两岁大的公羊;ewe:母羊。

39　汤姆·弗莱彻(Tom Fletcher):英国17世纪初的剧作家,年轻时曾受莎士比亚的提携,与其合作完成两部剧作《亨利八世》和《两贵亲》。

40　猎鹿犬(elk-hounds):北欧国家,如挪威产的猎鹿犬,也叫猎麋犬,为中等高矮、粗短身材的猎犬,毛灰厚,尾后卷至背部。奥兰多转而从狗狗和园艺那里寻求慰藉。

41　这里伍尔夫在嘲讽她前一部小说《到灯塔去》的终章"时光飞逝"(Time Passes)。下文对时光的思索是小说家以轻松欢快的表达来讨论严肃的艺术话题。

42　原书为"desert of vast eternity":出自安德鲁·马维尔(Andrew Marvell)的《致羞涩的情人》(To his Coy Mistress)中对时间性质的思考:"但是我常常听见在我身后/时间的飞轮正匆匆逼近;/那边哟,那边,在我们面前/是荒野的浩渺、沉寂的永恒。"(曹明伦译)

43　此处原词为scrollop,是伍尔夫自创的词,指那种蜿蜒伸展的、带圈的、装饰的动作。

44　诺尔的国王卧房,据说是为了接待詹姆斯一世而装修。在王朝复辟时期,多塞特第六任伯爵查尔斯·萨克维尔在这间卧房里放置了"一套完全用纯银打造的家具:桌子、挂镜和三足鼎"。詹姆斯一世之子查理一世,在1649年被处死,奥利弗·克伦威尔代表议会在摄政期统治英格兰。查理二世1660年登上王位。萨克维尔家族一直是坚定的保皇党人。

45　大口水罐(ewer):旧时用来盛卧室盥洗用水的水壶。

46　据《诺尔》(第4页)记载,庄园里有7个庭院、52个楼梯和365个房间(不完全是卧室)来对应一年中日子和星期的划分。下文中的购物清单,虽然有很大夸张,也是受到了1624年的一次装修购物的启发。

47　鼹鼠丘(molehill):由鼹鼠打洞扒出的泥土堆成的小山。

48　及耳(gill):英美制液体的计量单位,相当于$\frac{1}{4}$品脱。

49　布鲁日(Bruges):位于比利时西北部的文化名城。12—13世纪末,布鲁日的羊毛纺织业和布料贸易繁盛,这里在14世纪也成为欧洲最大的商港之一。

50　在古希腊传奇中,达芙妮是从阿波罗那里逃走,化作一棵月桂树。类似的文字曾出现在《诺尔》里维塔对庄园的描写:威尼斯大使的卧房里有一面蓝绿相间的挂毯,不断被吹过的风拂动;走廊里的雕花椅子"永远伸展开它们的双臂,永远会失望落寞";舞厅里的一个檐壁饰带,上面是美人鱼和海豚的图案。

51　这位女大公的人物形象来自亨利(哈利)·拉萨勒斯勋爵,他曾追求过维塔,并在1912年向她求婚。

52　奈尔·格温(Nell Gwyn, 1650—1687):英国女演员,是查理二世的情妇,也是多塞特第六任伯爵查尔斯·萨克维尔的情妇。萨克维尔曾担任过使节,主要是法国或荷兰的大使。维塔的丈夫哈罗德·尼克尔森曾在君士坦丁堡的英国使馆里工作。

第三章

在职业生涯的这个阶段[1]，奥兰多在英国政坛发挥了举足轻重的作用，然而我们对此却所知最少，这实在颇为不幸，且令人深感遗憾。我们知道，他恪尽职守，广受好评，这从他获巴斯勋章[2]和公爵爵位可知一二；我们还知道，他参与了查理国王和土耳其人的一些最为棘手的谈判，对此档案馆保密室里的条约可以佐证。但是他在任期间，爆发了革命，随后又是大火[3]，损毁了所有载有可信记录的文件，所以我们提供的信息残缺不全，实在可叹可惜。往往是最紧要句子当中被烧焦了。我们刚以为能破解迷惑历史学家百年的秘密时，却发现手稿中烧了个手指大的窟窿。从存留下来的那些烧焦纸片中，我们竭尽全力拼凑出来一个大体的模样，但细节往往还有必要来推测、猜想，甚至想象。

奥兰多的一天似乎是这样度过的。他大约七点起床，披一件土耳其长袍，点上一支方头雪茄[4]，手肘倚在阳台围栏上，站在那里凝望着脚下的城市，颇有些如痴如醉。清晨这个时候浓雾弥漫，圣索菲亚大教堂[5]的穹顶和周围一切都似飘浮在空中。渐渐雾气散去，城市露出了它的真面目，穹顶像气泡一样牢牢立在那里，那边有河流，有加拉塔大桥，还有面目模糊的绿头巾朝圣者正在乞求施舍，野狗在扒拉残羹冷炙，还有包头巾的女人，数不清的驴子，手持长竿骑马的男人。很快，整个城市沸腾起来，回荡着鞭子的噼啪声、敲锣打鼓声、扯着嗓子的祷告声、抽骡子声、铜箍车轮的隆隆声。空气中弥漫着面包发酵、焚香和香料混在一起的酸味，一直飘到了皮拉山[6]顶，仿佛是来自这个喧嚣、多彩的野蛮族群的气息。

望着阳光下闪闪发光的景色,他琢磨着,这里与素里和肯特郡的乡村风光,或与伦敦及坦布里奇韦尔斯的城市景观,大相径庭。左右两侧都是光秃秃的亚洲山脉,山石崚嶒,荒凉不毛,峭壁上有个山寨,可能驻扎过一二匪首,但绝无牧师住所,也无庄园采邑,没有村庄农舍,没有橡树、榆树、紫罗兰、常青藤,也没有野蔷薇。没有可供蕨类生长攀爬的树篱,没有牛羊可以吃草的田野。房子全都又白又秃好似蛋壳。而令他惊讶的是,他这样一个土生土长的英国人,竟然从内心深处迷恋上了这荒凉广袤的景色,竟然久久凝望着那些山隘高地,计划着只身步行穿越那唯有山羊与牧羊人才能踏足的山地;竟然狂热地爱上了那些鲜艳的奇花异草,爱上了那些脏兮兮的野狗,胜过自家的猎犬;竟然迫不及待地吮吸街上那些辛辣刺鼻的味道。他琢磨着,莫非当年十字军东征时,自己的一位祖先曾与切尔克斯[7]的农妇相好,想想很有可能,毕竟一直觉得自己肤色偏暗。他想着想着回到房间,开始洗漱。

一个时辰后,他洒了香水,梳好了卷发,抹了油膏,开始接待来访的秘书和其他高官。他们接踵而至,各个拎着红盒子,只有奥兰多的金钥匙才能将它们打开。当时盒里都是生死攸关的文件,如今留下的只有些许碎片,碎片上或可见花体字,或可见烧焦丝绸上的印章痕迹。我们无从得知里面的内容,只能证明奥兰多当时工作十分忙碌,不时要用到蜡封和公章,还要给文件系上各样各色的丝带,然后端正地题上头衔,还要描画大写字母的花体。一直忙到开餐的时间,他可以享用三十道菜的丰盛午宴。

餐毕,仆人禀报他,一辆六驾马车已候在门口,于是他便起身去拜访别国的大使和政要。身着紫衣的土耳其禁卫军[8]一路小跑,挥舞着高过头顶的鸵鸟羽毛扇在马车前开路。访问的仪式总是千篇一律。抵达政要府邸庭院后,禁卫军用扇子拍打前门,大门立即打开,映入眼帘的是一间金碧辉煌的接待大厅,厅内端坐男女二人。宾主之间互相郑重地行鞠躬礼和屈膝礼。在第一间会客厅只能谈论天气。寒暄完天气阴晴冷暖后,大使便移步下一间会客厅,那里又有二人起身相迎。在这里只能比较君士坦丁堡和伦敦,看看哪里更为宜居。大使自然要说他更青睐君士坦丁堡,而主人们自然要说喜欢伦敦,虽然他们未曾到过那里。在下一间会客厅里,宾主要不厌其烦地讨论查理国王和苏丹的健康。在下一间会客厅要讨论大使本人和主人妻子的健康,但会简短些。在下一间会客厅,大使要夸赞主人的家具,主人要恭维大使的衣着。在下一间会客厅,会有果脯端上来,主人要谦虚地表示味道欠佳,而大使则要极力赞颂这是人间美味。最终仪式在吸水烟和喝咖啡中结束,虽然抽烟和喝咖啡的动作一板一眼,但烟斗里并没有烟草,杯子里也没有咖啡。要是真有的话,人的身体岂不就要吃不消了。因为刚结束这次拜访,大使就要开始下一轮。在其他政要的官邸里,同样的仪式要以一模一样的顺序重复六七次。所以往往大使深夜才能回家。虽然奥兰多恪尽职守地完成了这些任务,他从不否认这也许是最重要的外交官工作,但这些仪式无疑令他筋疲力尽,情绪低落抑郁,宁愿独自和自己的狗一起享用晚餐。人们听见他用独特的语言和狗聊天。有时夜深人静时他会溜出来,乔装打扮得连士兵都认不出来。于是他混迹于加拉塔桥上的人群，或在露天集市里闲逛，或脱掉鞋子在清真寺里和众人一起祈祷。一次他对外宣称发烧生病，但去赶集卖羊的牧羊人说，他们在山顶遇到了一位英国贵族，听见他正向自己的神灵祷告。人们认为那就是奥兰多本人，他的祈祷无疑就是在高声诵诗，据说他一直随身携带一份写满标记的手稿，就藏在斗篷里。仆人们在门外常常偷听到，大使独自在房间里奇怪地吟咏着什么。

从这些零星的碎片里，我们才竭力拼凑出来奥兰多这个时期的生活画面和个性特征。关于奥兰多在君士坦丁堡的生活经历，至今依然流传着悬而未定的流言、传奇和轶事（我们略引一二）。这些可以看出，正值盛年的奥兰多有种令人心驰神往的魅力，人们往往对此记忆犹新，却忘记了维持这魅力的更为持久的品质。这是一种神秘的力量，融合了美貌、出身和一些更稀有的天赋，我们可称之为魅力。正如萨莎所形容的"成千上万支蜡烛"在他身上燃起，无须他自己费力点亮。他动如牡鹿，却从不会在意自己的美腿。他漫不经心地开口，便有银铃般的声音回响。于是他身边谣言四起。许多女人都心动于他，还有些男人为他着迷。他们未必与他说过话，甚至都未必亲眼见过他；他们只是想象出在浪漫的场景中，譬如夕阳西下，一位锦衣玉带的年轻贵族玉立的身影。为他倾倒的人不只富人，还有未受教育的穷人。牧羊人、吉卜赛人、赶驴人，都在吟唱"将翡翠抛撒井中"的英国贵族，这无疑说的就是奥兰多。据说有一次，他盛怒之下，也可能欣喜若狂，扯下珠玉扔于泉中，后来被当差男孩捞了出来。但是众所周知，与他这种浪漫魅力相伴相生的，往往是一种极为内敛的气质。奥兰多似乎从未呼朋唤友。而且据悉他也并无倾心之人。一位贵妇大老远从英格兰跑来追求他，整日纠缠不休，但他仍不知疲惫地履行大使职责，以致在金角湾[9]担任大使不足两年半，查理国王就表示要将他擢升最高爵位。嫉妒他的人说这爵位是因为奈尔·格温一直念念不忘他的美腿，但她不过只见了他一面，而且那时她正忙着给国王剥榛壳。所以奥兰多加官晋爵靠的很可能是他的美德，而非他的美腿。

写到这里，我们必须稍作停留，因为已经到达奥兰多生涯至关重要的时刻。授予奥兰多爵位这事远近闻名且颇具争议，所以我们为了讲清楚其来龙去脉，不得不在烧焦的文件和布条里尽力搜索见证。恰好在拉马丹[10]斋月结束时，巴斯勋章和爵位特许证，随阿德里安·斯科罗普爵士指挥的护卫舰到来。奥兰多的授予仪式成为君士坦丁堡历史上空前绝后的盛况。那是个美好的夜晚，人头攒动，大使馆内灯火通明。这里的细节再次缺失，皆因大火烧毁了所有相关记载，只留下引人浮想联翩的碎片，而最重要的信息却含混不清。不过当时客人里有位叫约翰·芬内·布里格的英国海军军官，我们从他的日记[11]中可以揣测出一些信息，庭院里挤满了来自世界各国的人，"挤得像沙丁鱼罐头"。布里格挤得受不了，就爬到了一棵紫荆树上，那里倒是一览无余。当地人传闻，此处即将施行神迹（这再次证明奥兰多具有左右人们想象力的神秘力量）。"于是，"布里格写道（可他的手稿也烧得千疮百孔，有些句子模糊难辨），"当焰火升上夜空时，我们都惶恐不安，担心当地人会满心……尽是不愉快的后果……毕竟有很多英国太太小姐们在场,我承认当时手按短剑。幸好,"他接着絮絮叨叨地写着,"这种恐惧似乎当时并无根据,而看到当地人的举止……我便断定,这种对焰火制造技术的展示颇具价值,哪怕只是令他们深刻感觉到……英国人的强大……的确这璀璨壮观的景象无法描述。我发现自己一会儿在赞美主,他默许……又祝愿我那可怜的母亲……大使命令敞开那些长窗户,这些窗户彰显了东方建筑的壮观,尽管他们很多方面都很无知;我们看到室内正展现静态舞台造型[12],英国绅士淑女们……表现的是一部假面剧……听不见他们在说什么,但能见到这么多我们的同胞,身着无比优雅华丽……让我如此动情,也没什么不好意思的,虽然无法……我目不转睛地注视着一位夫人的惊人举止,如此摄人心魄,却令女性和她的国家蒙羞,当……"不幸的是,紫荆树的树杈断了,布里格中尉掉落在地,剩下的日记便只是大谈他对主的感激(这在他日记里占据很多篇幅),还细写了他的伤势如何。

幸好,佩内洛普·哈托普小姐,哈托普将军的女儿,在室内亲眼目睹这个场景,并在一封信中继续讲述了这段故事,这封信最后虽然也是面目全非,但终于辗转来到她在坦布里奇韦尔斯的一位女友手中。佩内洛普小姐的激情,丝毫不亚于那位英勇的军官。她在一页纸竟写了十次"迷人"来赞叹,"令人惊叹……完全难以言表……纯金的盘子……枝形烛台……穿着长毛绒马裤的黑仆……冰雕金字塔……尼格斯酒喷泉……做成陛下船队形状的果冻……做成睡莲样子的天鹅……金笼子里的小鸟……穿着绯红丝绒开衩礼服的绅士……太太小姐们的头饰至少有六英尺高……音乐盒……佩里格林先生说我看上去可爱极了，这话我只对你一个人说，亲爱的，因为我知道……噢！我太想你们大家啦！……胜过我在潘蒂尔斯看到的一切……美酒源源不断……几位绅士拜倒在……贝蒂夫人太迷人了……可怜的波汉姆夫人太倒霉了，以为她身后有椅子就坐下去了……绅士们都那么风度翩翩……千万遍祝福你和亲爱的贝特西……但是所有人的目光，都聚焦到……大家都公认，没有人邪恶到否认这一点，聚焦到大使本人身上。这样健美的双腿！这样英俊的容颜！！这样尊贵的举止！！！目光追随着他走进房间！又追随着他走出房间！他的表情多么有趣，不知为什么，让人感觉他在受着折磨！他们说皆因一位女子。那个无情无义的魔鬼！！！我们女子的温柔远近闻名，怎会有人如此厚颜无耻！！！他尚未婚娶，但在场一半的女子爱他如痴如醉……千万个吻给汤姆、加利、彼得和亲爱的喵喵（可能是她的小猫）"。

从当时的《公报》上，我们收集到这样的信息："当十二点的钟声敲响时，大使出现在悬挂昂贵壁毯的中央阳台。六名身高六英尺有余、手举火炬的土耳其皇家侍卫分立其左右。大使登场时，焰火冲上高空，人群中欢呼声雷动，大使深深鞠躬示意，用土耳其语向人群致辞答谢，讲得一口流利的土耳其语也算他的另一个优点。接下来，身着全套英国海军上将服的阿德里安·斯科罗普爵士走上前来。大使单膝跪地，上将将巴斯最高勋章的项圈挂到了他的脖颈上，又在他胸前别了颗星形勋章。随后，另一位外交使节威严地走上前来，将公爵礼袍披在他的肩头，并呈递给他置于红垫上的公爵冠冕。"

最后，奥兰多深深鞠了一躬，然后傲岸地挺直了身体，以一种无比尊贵优雅的手势，接过草莓叶金圈戴到自己的头上，这种手势令人过目难忘。就在这一刻开始出现第一次骚乱。或许是人们期待的神迹没有出现，因为有人说先知预言天空将降下金雨；又或许戴冠冕是发动进攻的信号。似乎没人知道来龙去脉，但当奥兰多将冠冕戴在眉宇之上时，人群中一片鼎沸喧哗。钟声骤然响起，人们大声喊叫，其上又叠加着先知尖厉的呼告声。许多土耳其人都趴在地上连连磕头。大门洞开，当地人蜂拥闯入宴会厅。女人们尖叫起来。一位据说疯狂迷恋奥兰多的女士，抓起一盏枝形烛台掼到了地上。要不是阿德里安·斯科罗普爵士和一队英国水手[13]在场，谁也说不准会发生什么。但是上将命人鸣响军号，一百名水手马上立正待命。骚乱平息下来，至少在当时，现场归于平静。

到现在为止，我们的叙述尽管不够完整，但已有部分还是确凿可信的。但那天晚上后来究竟发生了什么，却无人知晓。不过，哨兵等人的证词似乎都能证明，人群散尽后，大使馆如常在夜间两点关闭。有人看见大使回到自己的房间关上门，当时他还戴着公爵徽章。有人说他还锁了门，但这不符合他平时习惯。还有人说夜间晚些时候，听到大使窗下的庭院里响起了乡村乐声，就是牧羊人常弹奏的那种乐曲。有个洗衣妇因为牙疼睡不着，说看见阳台上走出来一个男人的身影，裹着斗篷或是睡袍。然后那男人从阳台上放下绳索，把一个姑娘拽了上来，那姑娘裹得严严实实，但很明显是个农家女。洗衣妇还说，他们"像恋人一样"热烈地拥抱,然后一起进了房间,拉下窗帘,所以后面就什么也看不到了。

第二天早晨,秘书们发现公爵(我们还得这样称呼他)还躺在凌乱的床单上昏睡。房间里一片狼藉,公爵小冠冕滚到了地板上,斗篷和吊裤带团成了一堆,扔在椅子上。桌子上乱糟糟地散落着纸片。刚开始时谁也没觉得可疑,毕竟昨天晚上他太累了。但一直到了下午,他还昏睡不醒,于是他们就请来了医生。医生又照搬了先前的疗法,膏药、荨麻、催吐等等,但都没有疗效。奥兰多依然昏睡不醒。他的秘书们这才想到应该查查桌上的纸片。纸片上潦草地写着诗句,其中反复提到大橡树。那里还有不同国家的公文,还有些他在英格兰房产的私人文件。但最后他们找到了一份极为重要的文件。那正是一份婚约,一份已经起草、签名、公证过的婚约。新郎是嘉德骑士奥兰多爵爷,新娘是罗西娜·佩皮塔[14],一个身世不明的舞女,但据传闻,其父亲是个吉卜赛人,母亲是个加拉塔桥边集市卖废铁的小贩。秘书们面面相觑,惊愕不安。可奥兰多还在昏睡。从早到晚,他们都守着他。奥兰多呼吸均匀,脸颊依旧泛着深玫瑰色,但除此之外他没有呈现其他生命迹象。人们用尽了各种科学方法,也使遍了奇招妙计,但都没法叫醒他。他依然在昏睡。

在他昏睡的第七天(5月10日周四),可怕的血腥叛乱打响了第一枪,布里格中尉最早觉察了迹象。土耳其人反抗苏丹起义,他们在城里四处放火,遇到外国人不是乱剑砍死,就是施以杖刑[15]。一些英国人想办法逃脱了,但正如所料,英国大使馆的绅士们誓死捍卫红盒子[16],万不得已还要吞下钥匙串,以使它们不致落入异教徒之手。暴徒闯入奥兰多的卧房，但是看见他躺在那里死人一般，便没有碰他，只是抢走了他的公爵冠冕和嘉德骑士袍。

此刻，事实又变得模糊不清。我们真想在心中呐喊，最好再模糊些吧！干脆就再模糊些吧！这么模糊，我们什么也看不到！我们干脆大笔一挥在作品上写下结语吧！我们干脆就告诉读者，说奥兰多已死，已经下葬，读者们就不必惦记后面的故事了。但是，就在此刻，啊，三位严厉的神祇——真相之神、坦率之神和诚实之神，却守在传记作家的墨水瓶旁边监视着，大声呼喊"万万不可"！他们将银号举至唇边，齐声吹响："真相！"接着再次吹响："真相！"他们第三次齐声吹响号角："真相，只要真相！"

赞美上苍！给了我们喘息的机会。门轻轻打开了，仿佛飘来一阵无比轻柔而圣洁的西风，三个身影走了进来。[17]首先出场的是"纯洁小姐"，她额头束着一条洁白无比的羊羔毛发带，长发如飞泻而下的积雪，她手持白色鹅仔毛笔。后面跟着的是"贞操小姐"，步态更为庄重，她头戴冰凌状王冠，仿佛熊熊燃烧的塔楼；她的双眸如澄澈的星星，你若触碰她的手指，会觉得冰彻入骨。紧随其后的是"谦卑小姐"，她们最为娇弱和美丽的妹妹，隐没在更为端庄姐姐的身影下，她的脸庞如同弯弯的新月，半遮半掩于云彩之后。她们三人一步一步走向房间中央，奥兰多还在这里沉睡。我们的"纯洁小姐"挥着迷人而威严的手势，先开了口：

"我是这只沉睡小鹿的守护神。我珍爱皑皑白雪、初升新月和银波大海。我的长袍遮盖有斑点的鸡蛋和有条纹的贝壳；我遮盖邪恶和贫穷。我的面纱落下，会覆盖所有软弱、阴郁和疑虑之物。所以，不要声张，莫要泄露。宽恕，啊，宽恕！"

此时嘹亮的号角响起。

"纯洁走开！滚开纯洁！"

"贞操小姐"于是开口说话：

"我的触碰使人化为寒冰，我的眼神使人变为坚石。我让舞动的星星停步，我让汹涌的波涛凝滞。高耸的阿尔卑斯山是我的居所。我行走时，闪电在我的发间亮起；我目光所及之处，万物凋零。与其让奥兰多醒来，我更要使他冰冻入骨。宽恕，啊，宽恕！"

此时嘹亮的号角又响起。

"贞操走开！滚开贞操！"

接下来，我们的"谦卑小姐"开口了，她的声音低不可闻：

"我就是人们唤作的'谦卑小姐'。我还是处子之身，而且会永葆贞洁。那硕果累累的田地和富饶的葡萄园非我所爱。繁衍生息也令我厌恶。当苹果变多、羊群增殖，我就逃走、逃走。我垂下斗篷，用发遮眼。我所见无几。宽恕，啊，宽恕！"

嘹亮的号角再次响起：

"谦卑走开！滚开谦卑！"

三姐妹一副悲伤哀恸之姿，她们携起手来，撩起面纱，一边轻歌曼舞，一边缓缓离去：

"真相莫要从你那可怕的巢穴跑出。藏得再深些吧，可怕的真相。你在光天化日里炫耀的，乃是恐为人知、后悔不迭的错事。你掀开了面纱，显露了可耻的真相；你将黑暗中的一切暴露无遗。藏起来！藏起来！藏起来！"

她们此时似乎要用裙摆遮住奥兰多。同时那号角还在高声鸣响。

"真相，只要真相。"

听到号角声，三姐妹急欲用面纱堵住号嘴，不让它们发声，但却未能成功，因为此刻所有号角一齐吹响。

"可怕的三姐妹，走开！"

三姐妹心烦意乱，她们齐声哀号，仍在转个不停，面纱上下翻飞。

"时过境迁！男人们已经抛弃了我们，女人们也厌憎我们。我们走，我们走。我去鸡窝（纯洁说）。我去未被污染的素里高地（贞操说）。我去爬满常青藤和窗帘簇拥的舒适角落（谦卑说）。"

"因为那里不像此地（她们向沉睡的奥兰多绝望地挥手告别，并手拉着手齐声说），都还有人热爱我们，尊重我们。他们无论是在安乐窝还是在闺房，无论是在办公室还是在法庭，都爱我们；那些人无论是处子还是市井男子，无论是律师还是医生，都爱我们；那些人无论是阻止别人还是拒绝别人，那些人无论是毫无来由地敬重还是莫名其妙地赞扬别人，都爱我们；那数之不尽的体面人（感谢上苍），那些非礼勿视、非礼勿听的人，那些喜欢被蒙蔽不想要真相的人，都为着某些原因而崇拜我们，因为我们会赐予他们荣华富贵和安逸奢靡。我们要离开你，去投奔那些人去。来，姐妹们，快来！这里不欢迎我们。"

她们匆匆离去，在头顶上挥舞着裙裾，仿佛要挡开那些不敢直视之物，她们关上了身后的门。

此时此刻，房间里只剩下我们和号角手们，来陪伴沉睡的奥兰多。号角手们列队站好，声嘶力竭地吹出一个可怕的声音：

"真相！"

在号角声中，奥兰多醒了过来。

他伸了个懒腰，站起身来。他全身赤裸地直立在我们面前，而号角声还在嘶吼："真相！真相！真相！"我们别无他法只好承认——他变成了一个女人。

号角声渐渐远去，奥兰多站在那里，不着寸缕。从鸿蒙初辟以来，从未有人如此美丽迷人。他身形中既有男子的力量，又有女子的妩媚。他玉立于此，银号拉长了音调，仿佛留恋号角声唤起的这个美好夜晚。贞操小姐、纯洁小姐和谦卑小姐，显然因为好奇而在门口偷看，她们抛来一件像毛巾一样的衣服，但遗憾的是，衣服落在离奥兰多几英寸的地方。奥兰多在整身穿衣镜里上下打量自己，竟没有丝毫不安，向浴室方向走去。

我们可以借此间隙，稍作停留来做些说明。奥兰多成了一个女人，这确凿无疑。但除此之外，奥兰多和以前一模一样。性别的转变，虽然改变了人的未来，却不会改变人的身份。实际上，他们容貌依旧，这有画像为证。他的记忆——为了遵循习俗，将来要把"他的"改成"她的"，而且也要称"她"来替代"他"——她的记忆于是自由无碍地穿越到过去，重温那点点滴滴。偶尔可能会有些许模糊之处，仿佛几点墨滴坠入记忆的清澈池水。有的事情变得不那么清晰，但仅此而已。在毫无痛痒的情况下，奥兰多完成了这种彻头彻尾的转变，他自己都没感到一丝惊诧。提到这点，许多人都坚称性别的改变有违天性，他们会大费周章地证明：（一）奥兰多以前就是个女人；（二）奥兰多此刻是个男人。让生物学家和心理学家来断定吧。我们只需陈述简单事实就够了：奥兰多三十岁之前是个男人，后来变成了女人，之后就一直是女人。

还是让别人讨论性别和性吧[18]，我们尽快结束这些讨厌的话题。奥兰多此刻已经洗漱完毕，穿上了那种男女通用的土耳其外套和裤子，她不得不考虑自己的处境。一直怀着同情心关注其经历的读者们，首先想到的肯定是其处境极为危险和尴尬。她原本是个英俊潇洒的年轻贵族，结果一觉醒来发现自己成了一位处境极为微妙的贵族小姐。她当时要是按铃喊人、大声尖叫、或是昏厥过去，都无可厚非。但是奥兰多没有表现出丝毫不安。她举止极为从容，让人觉得这似乎是她的预谋。她先仔细查看了桌上的纸片，拿起几张写有诗词的纸片藏到了自己的怀里。然后她唤来了自己那条挪威猎犬[19]，这些天它一直寸步不离地守着她的床榻，饿得奄奄一息。她喂饱了猎犬，又给它梳理了毛发。接着她把两支手枪别到腰间，最后还挂衣服上几串精美绝伦的东方翡翠和珍珠，这是大使装束的一部分。穿戴完毕，她往窗外一探身，低低吹了声口哨，然后走下了血迹斑斑且破损不堪的楼梯，那上面遍地都是废纸篓、合约、快信、印章、封蜡等，她这样进了院子。在一棵高大的无花果树影下,一位骑驴的吉卜赛老人正在等她,那人手里还牵一头驴子。奥兰多抬腿跨了上去。就这样,大不列颠驻苏丹宫廷的大使骑着驴,旁边跟着一条瘦骨嶙峋的狗,与一个吉卜赛人一同离开了君士坦丁堡。

他们骑行了几天几夜,路遇各种艰难险阻,无论面对天灾还是人祸,奥兰多都展现出非凡的勇气。不到一星期,他们就赶到了布鲁莎[20]城外的高地,那里驻扎着吉卜赛部落的主要营地,奥兰多就是来投靠他们。她在大使馆时,经常能从阳台望见这些山脉,那时就向往能到那里去。对于一个深沉多思的人来说,能有朝一日抵达心心念念之地,免不了浮想联翩。可有时候,她又太喜欢这种变化,不想因为思考而败坏它。再也不用给文件盖章签字,再也不用描饰花体字,再也不用去拜访谁,这种乐趣足矣。吉卜赛人逐草而居,牛羊把草吃光了,他们就换个地方。要是需要洗浴,就去溪流。再也没有红盒子、蓝盒子或是绿盒子要呈现给她。整个营地都没有一把钥匙,更甭提金钥匙了。而"拜访"这个词,在他们这里都是闻所未闻。她挤山羊奶,拾柴,不时还偷个鸡蛋,但拿走蛋后常会留枚钱币或放颗珍珠。她放牛,摘葡萄藤,踩葡萄汁,还用山羊皮囊盛酒豪饮。她回忆起过去,每天这个时辰,她总要假装喝咖啡和抽烟,其实那咖啡杯是空的,烟斗里也没有烟草。每当想起这些,她就忍不住大笑起来,便又给自己切了一大块面包,找老鲁斯蒂[21]讨口烟抽,而那烟斗里填的是牛粪。

吉卜赛人似乎将她视为自己人(这常是一个民族给外人的最高礼遇),

显然她在暴动之前就与他们私相联络，而她的深色头发和暗肤色，都让人觉得她生来就是吉卜赛人，只不过尚在襁褓时便被一位英国公爵从坚果树上掳走了，又被带到一个野蛮之邦，那里人们住在房子里，只因体弱多病，没法忍受户外空气。虽然她在很多方面都低他们一等，但他们还是愿意帮她成为吉卜赛人那样，教她做奶酪和编篮的技巧，传授她偷盗和诱鸟的诀窍，甚至打算让她嫁到吉卜赛部落里。

但是奥兰多在英格兰就养成了一些习惯或是缺点(随你怎么想)，似乎很难改掉。一天傍晚，他们正围坐在篝火旁，落日火烧般的晚霞映照在特萨里安山[22]上，奥兰多大声感叹着：

"太好吃了！"

(吉卜赛人的语言里没有"美"这个词。"好吃"就是最接近的一个词。)

吉卜赛的小伙子和姑娘们都哄堂大笑起来。天空好吃，竟然这么说！然而见识过更多外国人的长者们却起了疑心。他们注意到奥兰多总是一连几个钟头枯坐那里四处张望。他们有时还会在某个山头碰到她，发现她眼睛直勾勾地盯着前方，不管山羊是在吃草，还是跑散了。他们开始怀疑她与他们的信仰不同，老人们觉得她可能落入了自然的掌控，那可是最邪恶最残酷的神灵。他们的猜测也并非错得离谱。她天生就染了英国病，那就是迷恋大自然。比起英格兰，这里的大自然更为广阔，更为动人。她从未如此尽情投入大自然的怀抱。唉，众所周知，这种病是个老生常谈的话题，所以无须赘述，只简单交代一下吧。那里有高山、峡谷、溪流。她攀登高山，漫步峡谷，静坐于溪边。她将山比作堡垒，比作鸽子的胸脯，比作母牛的肋腹。

她将花朵比作珐琅,将草皮比作磨薄了的土耳其地毯。树是年老色衰的女巫,绵羊是灰色的石头。每件东西都找到了相应的比喻。她在山顶看到一个小湖,差点想纵身跃入湖中,去寻觅其中隐藏的智慧。她从山顶远眺马尔马亚海那边的希腊平原,辨认出来雅典卫城(她视力极好),认定上面那一两道白色是帕特农神庙。[23]她驰目骋怀,目之所见甚为辽阔,灵魂便也浩瀚无边。她祈祷自己去分享这山峦的壮美,去体验那平原的静谧,所有热爱自然的人都有这样的期盼。她低头所见,是红色的风信子和紫色的鸢尾,不禁欣喜若狂地欢呼大自然的善良与美丽;她又举目仰望,看到飞鹰高空翱翔,想象着它的狂喜,感同身受。归途中,她致敬每一颗星星,每一座高峰,每一堆篝火,仿佛它们只同她一人交流。最后她回到吉卜赛人帐篷,扑倒在自己的垫子上时,不禁放声大喊:太好吃了!太好吃了!(奇怪的是,人类竟有这样不完美的沟通方式,只能用"好吃"来代替"美丽"之意,但是他们宁愿忍受嘲讽和误解,也要一吐为快,不愿独享这种体验。)吉卜赛年轻人都哄堂大笑。但鲁斯蒂·艾尔·沙迪,就是那位骑驴把奥兰多带出君士坦丁堡的老人,却坐在那里默默不语。他的鹰钩鼻像短弯刀,脸上布满皱纹,沟壑纵横,饱经风霜。他肤色黝黑,目光锐利,坐在那里一边拽水烟袋,一边观察奥兰多。他深信奥兰多拜自然为神。一天他见她热泪盈眶,就认为是她的神惩罚了她,便说他毫不惊讶。他给她看他的左手手指,遇霜冻萎缩;还给她看他的右脚,被落石砸瘸了。他说这就是她的神对人们所行之事。她用英语说"但大自然多美啊",他摇摇头;她又说了一遍,他便生气了。老人看得出,她不相信他的信仰,尽管他年高智明,这也足够让他怒不可遏。

奥兰多在此之前一直很快乐,而此时的意见相左让她心烦意乱。她开始琢磨,自然到底是美丽还是残酷。于是她自问何为美,美存在于事物自身,还是来自人心灵的感受。所以她又进一步追问,何为现实的本质,何为真理的本质,何为爱情、友谊和诗歌的本质。她又像往日在家乡山坡上那样,陷入了沉思。这些思索难以言表,所以她前所未有地渴望纸笔来写作。

"哦!要是能写下来该多好!"她大声感叹,因为她也和那些作家一样,古怪地认为用文字书写便可分享。她没有墨水,纸也不多,便用浆果和酒自制出墨水,在《大橡树》手稿纸边和空白处,想办法速记几笔,写长素体诗来描摹风景,或是同自己对话来精炼探究美和真理。这让她接连几个钟头都欢欣雀跃。可吉卜赛人起了疑心。开始,他们注意到她挤奶和做奶酪时越发笨拙,而且回答问题时也迟疑再三。还有一次,一个吉卜赛男孩睡醒觉时,惊恐地发现她正盯着自己看。有时候整个部落男男女女十几号人都觉得如坐针毡。他们觉得(他们感觉十分敏锐,远比语言表达能力强)自己干啥都出岔子,一番努力成泡影。比如,一位老婆婆一边编着筐一边心满意足地唱着歌,一个小伙子在剥羊皮时也自得其乐地哼着小曲。奥兰多进了帐篷,扑到篝火旁,盯着火苗入神。她甚至不用看他们,他们都能感到有人在怀疑;(我们从吉卜赛语粗略翻译过来)有人在漫无目的地做着什么,在漫不经心地看着什么;有人心不在羊皮上,也不在筐上,但却另有所属(他们此时惊惧地在帐篷里四处张望)。于是小伙子和老婆婆心中便有了隐隐的不快。他们的蒿柳[24]折断了,手指也划破了,他们气急败坏。他们希望奥兰多离开营地，不要再回来。可他们承认奥兰多性格开朗热情，她一颗珍珠就足以买下布鲁莎最好的羊群。

奥兰多慢慢觉出与吉卜赛人之间的隔阂，这让她不时地犹豫是否同吉卜赛人成婚，是否永远留在这里。起初，她这样解释隔阂：她来自一个古老而文明的种族，而吉卜赛人是愚昧民族，比野蛮人强不了多少。一天晚上，他们让她讲讲英格兰，她就忍不住夸耀自己出生的庄园，说那里有三百六十五间卧房，而这庄园在她们家族手中已长达四五百年。她补充道，她的祖先尽是伯爵乃至公爵。结果她发现吉卜赛人听后局促不安，但也不似她先前赞颂自然时那般生气。这些人此刻非常客气，显出了几分关切，正如教养良好的人不经意间发现陌生人的卑贱或贫穷时的反应。奥兰多走出帐篷，鲁斯蒂一个人跟着，安慰她不必介意父亲的公爵身份，也不用自卑拥有她说的那些卧房和家具，吉卜赛人不会因此低看她一眼。听完这些话，奥兰多心中反倒涌起未曾有过的羞愧。显然在鲁斯蒂和其他吉卜赛人看来，四五百年的家世实在拿不出手。他们自己的家族至少能回溯两三千年的历史。在耶稣诞生几百年前，吉卜赛人的祖先就建好了金字塔。所以对他们而言，霍华德和金雀花家族[25]，与史密斯和琼斯家族相比，并无高低贵贱之分，皆微不足道。吉卜赛人这里，连放羊娃都有古老的家族谱系，所以出身古老家族并不值得纪念或者羡慕，毕竟流浪汉和乞丐都是如此。尽管老人出于礼貌没说出口，但显然在吉卜赛人眼中，拥有上百个卧房不过是最庸俗的野心，毕竟他们已经拥有整个地球。说此番话时，他们正立于山巅之上，头顶浩瀚星空，脚下群山环绕。奥兰多深知，在吉卜赛人看来，公爵只不过是个牟取暴利的奸商和巧取豪夺的强盗，而被他们剥削的人却常常视金钱如粪土，认为一间陋室足够，而风餐露宿也顶好。相形之下，贵族偏偏要盖三百六十五间卧室，实在闲极无聊。她无法否认的是，先祖们囤积了数之不尽的良田、屋舍和封号，但却从未出过圣徒或是英雄，也未曾有过为人类造福的恩主。而且无法反驳的是（鲁斯蒂有绅士风度，不会强迫她接受他的观点，但她完全理解），如果现在还有人像她三四百年前的祖先一样，都会被谴责为暴发户、投机商、新富，而最严厉的批判则指向她的家族。

奥兰多想用自己熟悉的方法来回应这些观点，也就是旁敲侧击地指出吉卜赛人生活粗鲁而野蛮。于是很快他们之间的敌意加深了。的确，这样的观点相左足以引发流血和革命。小型的冲突都能令城镇遭到洗劫，数之不尽的殉道徒宁可被烧死在火刑柱上，也不愿在观点的争辩中退让分毫。人心中最热切的渴望，莫过于使他人皈依自己的信仰。而最令人不幸、令人愤怒的，莫过于自己珍视的信念遭人践踏。辉格党和托利党，自由党和工党，他们争斗不休的，不就是名望吗？地区之间反目成仇，教区之间盼着彼此倒台，那并非出于对真理的热爱，而是渴望胜出。人人寻求的无非是心灵的平静和他人的顺从，而不是真理的胜利和美德的升华，但是这些属于道德范畴的问题，既然如死水般枯燥乏味，那就留给历史学家去研究。

"四百七十六间卧室对他们来说不值一提。"奥兰多叹了一口气。

"她喜欢日落胜过羊群。"吉卜赛人说。

后面该如何是好,奥兰多一脸茫然。离开吉卜赛人,接着去做大使,她可忍受不了。但永远待在这里,也同样不可能。这里没有笔墨纸张,也丝毫不敬重泰尔伯特家族,而且对拥有那么多卧室又颇有微词。一个明媚的清晨,她在阿索斯山[26]的山坡上,一边放羊,一边苦苦思索。她所信任的自然,不是和她开了个玩笑,就是在她身上施了个神迹,人们对此议论纷纷,莫衷一是。奥兰多闷闷不乐地凝望面前的陡峭山崖。此时正值仲夏,如果我们非要将山间风景比作什么的话,那就是嶙峋的枯骨,或是绵羊的骸骨,或是被无数秃鹫啄尽的巨大头骨。天气酷热,奥兰多躺在小无花果树下,阳光透过树叶在她的轻薄披风[27]上印上碎影斑斑。

突然对面光秃秃的山坡上,不知怎的出现了一个阴影。它颜色迅速加深,转眼原本的荒岩上出现了一片绿色山谷。她看着这山谷的葱茏愈发浓密,蔓延开去,在山脊形成了一块开阔的青郁园地。她能看见那里有绿茵起伏的草地、点缀其间的橡树、枝叶间雀跃的画眉。她能看见小鹿在林荫间灵动地跳跃,能听见昆虫的低吟,听到英格兰夏日的呢喃和战栗。她入神凝视了好一会儿,天上开始飘雪了;很快金色的阳光消失了,整片景致笼罩上一层淡紫色阴影。此刻她看见大车沿路而来,载满了沉甸甸的树桩,她知道那是要被锯开来烧火的,接下来她眼前又出现了自家的屋顶、钟楼、高塔和庭院。雪还一直纷纷落着,她能听到雪从屋顶滑下、落到地面的声音。无数的烟囱飘出袅袅炊烟。一切都那么清晰细致,她甚至能看见一只寒鸦在雪中啄食虫子。后来,紫色阴影渐浓,遮住了马车、草坪和大宅。所有一切都被吞没了。这时绿谷中的一切都消失了,那茵茵的草坪又变回了荒芜的山坡,仿佛已被无数的秃鹫啄食干净。目睹这一切,她不禁潸然泪下。大步走回吉卜赛人的营帐,她告诉他们自己要在次日坐船回英国。

多亏她这样做了。那些吉卜赛年轻人已经密谋想要杀死她。他们说是为了荣誉,因为她与他们道不同。可他们也不愿痛下杀手,所以很高兴听到她离去的消息。所幸有条英国商船正停在港口,准备启航返回英国。奥兰多又从项链上取下一颗珍珠,付完了船费之后还余些钞票在钱包里。她原本想把这钞票送给吉卜赛人,但知道他们蔑视财富,所以只好和他们拥抱作别,至少她的拥抱是真心实意的。

---

1 奥兰多在君士坦丁堡的经历是这部小说一个重要部分。此地对维塔很重要,同时伍尔夫本人也在1906年和她的姐姐、兄弟游过此地。

2 巴斯勋章(Bath):乔治一世在1725年设立的最为尊贵的骑士勋章,以这种方式受到册封的为"巴斯骑士"。奥兰多此时被授予了巴斯骑士勋章,而且从伯爵擢升至公爵,显然是作为他出使君士坦丁堡的奖赏。

3 这都发生在奥兰多驻扎君士坦丁堡的时候,当然也可能是再现了发生在半个世纪之前的1652年革命和1666年的伦敦大火。

4 方头雪茄(cheroot):一种两端都切平的雪茄。弗吉尼亚·伍尔夫本人也抽这种雪茄,她还劝维塔抽过。

5 圣索菲亚大教堂(Santa Sofia):土耳其最负盛名的拜占庭风格教堂,以大穹顶闻名于世。它最早是天主教教堂,奥斯曼土耳其人在1453年征服君士坦丁堡后,将圣索亚大教堂改为阿亚索菲亚清真寺。

6 皮拉山(hills of Pera):在金角山脉的土耳其一侧,加拉塔高塔(Galata Tower)就屹立于皮拉山顶。

7 切尔克斯人(Circassian):来自黑海和里海之间的高加索山住民。

8　土耳其禁卫军（Janissaries）：土耳其苏丹的禁卫军。

9　金角湾（Golden Horn）：君士坦丁堡一处天然峡湾，从马尔马拉海伸入欧洲大陆，是当时重要的商业据点。

10　拉马丹斋月（Ramadan）：伊斯兰纪年的九月，白日需要谨遵斋戒。

11　伍尔夫借此来戏仿18世纪的日记和信件。在原手稿中，布里格信件中一些空白填上了一些词，与现版有细微不同，连起来是"舞台造型表现的是司酒宴之神（Comus）的假面……英国诗人弥尔顿"。这些戏剧造型演出，"都是我们英格兰鼎鼎大名的人物，比如霍华德、斯坦利、赫伯特、萨克维尔、台伯特……"（此时枝权断裂）。假面剧预示了后文奥兰多性别转换的见证者。

12　舞台造型（tableau vivant）：由活人扮演和精心表现的单个或一组静态画面或舞台造型等，流行于19世纪欧美上流社会。

13　英国水手（blue-jackets）：英国皇家海军的水手。

14　罗西娜·佩皮塔（Rosina Pepita）：维塔的外婆是罗西莎·德·奥利瓦，一位著名的西班牙舞者，她更令人熟知的名字就是"佩皮塔"。她与萨克维尔第二代勋爵莱奥纳尔·萨克维尔·韦斯特同居，为他生了五个孩子，最小的女儿维多利亚就是维塔的母亲。

15　杖刑（bastinado）：用藤条作为惩戒工具进行责罚，尤其是打在脚底板上。

16　红盒子（red boxes）：用于存放官方文件。

17　奥兰多的七天昏睡，呼应了第二章开头部分的情节。此章中，三姐妹出场的假面剧，是想避免她对自己身体变化的"不体面"的发现。真相最后赶走了她们，将其赶到"未被污染的素里高地"，那里有常青藤和窗帘的庇护。

18　简·奥斯汀《曼斯菲尔德庄园》（*Mansfield Park*）第48章开头："让其他作家去讨论内疚和悲惨吧，我尽快结束这些讨厌的话题，实在等不及让大家……稍稍舒服些。"

19　挪威猎犬（Seleuchi hound）：1926年2月维塔在巴格达时，买了一只挪威猎犬，并带到了德黑兰，将其作为礼物送给哈罗德。

20　布鲁莎（Broussa）：就是现在的布尔萨（Bursa）——奥特曼帝国的旧都，坐落在土耳其西北马尔马拉海边的山上。弗吉尼亚在1911年时到过那里，因为当时她姐姐瓦妮莎正同丈夫克里夫·贝尔和罗杰·弗莱在那里度假，忽然她生病了。

21　鲁斯蒂（Rustum）的名字来自菲尔达瓦西（Firdawsi）的伟大波斯史诗《列王纪》（*Shah-nama, Book of the Kings*）中的一位英雄人物。

22　特萨里安山（Thessalian）：希腊北部的山脉，在布鲁萨西边，隔海相望。

23　从布尔萨背靠的山脉，可以看到马尔马拉海对面的希腊，但不可能看到雅典、雅典卫城以及山上的帕特农圣女庙。伍尔夫在1906年去君士坦丁堡旅行时去了雅典。

24　蒿柳（withys）：柳树的细枝条，通常用来编筐。

25　都是英格兰的古老家族，金雀花是皇族，霍华德是贵族，他们都是后文提到的泰尔伯特人（Talbots）。

26　阿索斯山（Mount Athos）：在希腊东北部，那里有一个修道院，女性和母性都严禁踏足附近区域。

27　披风（burnous）：阿拉伯人穿的一种带头巾的披风。

第四章

奥兰多卖掉了项链上的第十颗珍珠,她用剩余金币给自己买了套当时流行的女裙。此刻她正坐在"钟情女子号"甲板上,一身贵族淑女的装扮。奇怪的是,直到此时她似乎还未留意过自己的性别。也许是因为她一直穿着土耳其长裤,分散了自己的注意力;而且吉卜赛女人的着装,也和男人相差无几,只有一两处重要细节有别。无论如何,直到这一刻,她感觉到裙子裹在腿上,船长殷勤地为她在甲板上撑起遮阳篷,她才惊讶地意识到女性身份带来的缺点以及特权。这种惊讶倒是有点出乎她意料。

也就是说,她惊讶并非只是因为想到了自己的贞节,想到了如何保持贞节。通常情况下,一位靓丽少女独行时都会记挂着贞节,女性行为规范的整座大厦便是以贞节为基石;贞节是女性的珍宝,是她们最重要的饰品,她们会狂热地捍卫贞节,若失贞便会舍身求死。可是,倘若一个人身为男儿身三十多年,又做过大使,有女王投怀送抱(若传闻属实),还左拥右抱过一两位贵妇,还娶了罗西娜·佩皮塔,等等,她就不会在贞节问题上这么大惊小怪了。奥兰多吃惊的原因十分复杂,无法一语道破。确实也没人觉得她机智,能瞬间看到事物本质。整个航行旅程中,她都在从道德角度出发来解释自己的吃惊,所以我们不妨还是遵循她的节奏吧。

"我的天哪,"她从惊讶中平静下来,在遮阳篷下全身舒展躺好,琢磨着,"这种生活当真是慵懒而美妙,可是,"她伸了伸腿,接着想,"这些裙子真是讨厌,缠到了后脚跟。可这种碎花棱纹丝织[1]面料倒是世上最美,从未有将我肤色衬得如此好看。"她想着就把手搁到膝盖上。可我能穿着这身衣裙下水游泳吗?不!所以我还得倚赖水手的保护。我要反对他们保护吗？现在的我要反对吗？她有点疑惑，一直以来自己的思路都很顺畅，这是遇到的第一个心结。

晚餐送来时，她还没有解开这个心结。而风度翩翩的尼古拉斯·本尼迪克特·巴特勒斯船长，亲手为她切了一片腌牛肉，便帮她打开了心结。

"来点肥的吗，小姐？"他问道，"我为您切指甲盖那么一小块吧。"听闻此言，她全身感到一阵美妙的震颤。鸟儿啁啾，激流涌动。这让她想起初见萨莎时那种难以言表的喜悦，与今仿佛隔了万水千山。彼时他穷追不舍，此时她却逃之夭夭。两种感觉，哪个更令人沉醉？是男人的追求，还是女人的逃避？或者也许并无二致？不一样的，她思忖着（谢过这位船长，但还要拒绝他），拒绝并看他愁眉苦脸，是最美妙的感觉。哦，如果他希望如此，她就吃最薄、最小的一片[2]。顺从并看他喜笑颜开，才是最美妙的震颤。她一边思索着，一边又坐回到甲板上的躺椅里。"这世上最让人着迷的莫过于，欲迎还拒，或是欲拒还迎，精神上得到的愉悦无法比拟。所以我可不敢保证，"她接着想道，"我不会跳下水去，单单为了得到被水手搭救的乐趣。"

（要记住，她此时就像一个刚刚拥有游乐园或玩具柜的小孩子，这些想法可不是成熟女人该有的，因为她们应有尽有，可以呼风唤雨。）

"不过，以前和我在'玛丽·罗斯号'掌舵的年轻人，会怎么看待这种为得到被水手搭救的乐趣而跳水的女人？"她琢磨着，"我们有个词评价这种女人来着。哦！我想起来了……"（但我们略去这个词吧，它不堪入耳，而女士说出来就更不雅了。）"上帝！上帝！"她为自己的结论再次喊出了声,"那我要开始尊重异性的意见,哪怕是荒唐之说吗?如果我得穿裙子,如果我没法游泳,如果我必须要被水手搭救,哦上帝啊!"她喊着,"只能如此了!"想到这些,她闷闷不乐起来。奥兰多天性坦率,讨厌各种含糊其词,也觉得说谎没劲。在她看来这都是兜圈子。然而,她想,碎花棱纹丝织,还有被水手搭救的乐趣,如果这些只能通过拐弯抹角的方式获得,那么她想就只能硬着头皮兜圈子了。她还记得,当她还是男儿身时,就坚信女性应该顺从贞洁、红袖添香、衣着考究。"现在我自己不得不为这些男人的欲望付出代价了,"她想,"以我自己的短暂女性经历来说,女人们并非天生就顺从贞洁、红袖添香、衣着考究。她们都是后天努力,经过最枯燥的训练才获得这些优雅风度,而少了这些她们就没法享受生活的快乐。比如单说梳头这一项,"她想,"在早上就要耗费我一个钟头,要是再照镜子,又得一个钟头。还要紧身衣束腰系搭绳,还要洗漱施粉,衣服还得换来换去,从丝绸换到蕾丝又换到棱纹丝织,还要年复一年地保持贞节……"她不耐烦地甩了甩脚,露出一段小腿肌肤。桅杆上恰有一水手此刻向下张望,瞥见后一惊以至于失足踏空,险些丢了性命。"如果一个有家室的老实人,看一眼我的脚踝就会丧命,那我必须出于人道遮好脚踝。"奥兰多想,可她的双腿乃是身体最美妙之处。她想着,若要为防水手从桅杆掉落,就来遮盖女子的美丽,岂不太过荒谬。"见鬼去吧!"她生平第一次意识到,要是生为女儿身,那她从儿时起所受的教育,就会是女性的神圣职责。

"这将是我最后一次咒骂,"她想着,"一旦踏上英国的土地,我将再也不能揍男人的脑袋，戳穿他无耻的谎言，或者拔剑刺透他的身体，也不能和贵族谈笑风生，不能戴公爵的冠冕，不能在队列中昂首踏步，不能予夺人的生死，不能号令军队，不能在白厅前策马腾跃，也不能在胸前佩戴七十二枚各式勋章。踏上英国的土地后，我所能做的就只是给爵爷端茶倒水，您要什么口味？加糖吗？加奶油吗？"她拿腔拿调地说出这些话来，便惊恐地发现自己如此蔑视异性，蔑视那曾经引以为豪的男性气质。"单单看了一眼女士的脚踝，"她想，"就从桅杆顶上掉下来；穿着盖伊·福克斯³那样的奇装异服招摇过市，就为了讨女人的赞赏；不让女人受教育，唯恐女人会笑话你；拜倒在黄毛丫头的石榴裙下，却装出救世主的模样。噢，天哪！"她想，"看他们把我们哄骗得团团转，我们真傻呀！"从她含糊的措辞可知她既指摘男人，又责备女人，仿佛她不属于任何一方；的确，她一时间似乎在摇摆不定。她既是男人，又是女人，她知道双方的秘密，了然两性的弱点。她这时真的感到迷惘至极、天旋地转，似乎完全不似懵懂无知时那样舒适安逸。她成了狂风中飘摇的羽毛。所以难怪她挑起了两性的对抗，结果发现两性都有可悲可叹的弱点，她也不知道自己属于哪一个。她差点大喊出来想回到土耳其，继续做个吉卜赛人。这时，船抛锚入水在海面溅起了浪花，船帆降到了甲板上，她这才看到船即将在意大利海岸下锚了。这些天，她一直陷入沉思无法自拔，所以对一切都视而不见。船长派人来请她赏脸与他一起乘艇登岸。

翌日清晨，她回到船上，在遮阳篷下的躺椅上舒展了一下，得体地整理好裙摆，特意盖好了脚踝。

"尽管与男性相比，我们女性无知而贫困，"她顺着前一天的思路继续揣摩，"他们以各种知识武装自己，却连字母也不让我们学，可他们还是从桅杆顶掉了下来。"从这句开场白就显而易见，昨天晚上发生了什么事让她更为同情女性，因为她此时的口气更像是女性，而非作为男性的立场，但却还带着一点点男人常有的洋洋自得。这时，她打了一个大哈欠就睡着了。待她醒来，船正乘着微风沿岸航行，峭壁上竦峙的小城，仿佛要掉入海中，幸好崖边有巨岩和盘根错节的橄榄古树拦护。岸上大片大片的橘林，硕果累累，她在甲板上都能闻到阵阵橘香飘来。二十几条蓝色海豚，扭动着尾巴，不时腾空而起。她展开双臂（知道自己的手臂不像美腿那样摄人心魄），感谢上苍，她不必骑马气宇轩昂地走过白厅，也不必予夺人的生杀大权。"这样更好，"她想着，"披着无知和贫穷的外衣，那深色的衣饰本来就属于女人；把治理世界的责任留给男性吧，抛下建立军功的野心，摒弃对权力的贪恋，去除所有男人们的欲望，才能更充分地享受人类灵魂最崇高的喜悦，"她大声说了出来，她深受触动时总会这样，"那就是沉思、孤独和爱情。"

"感谢上帝，让我成为女人！"她欢呼着，几乎陷入了以性别为荣的窠臼，真是愚蠢至极，无论男女到了这种地步都令人烦恼。她遇到了一个词停顿了下来，其实我们一直尽力让这个词安分地待在那里，但它还是悄悄地在句子末尾溜出来，这个词就是"爱情"。"爱情，"奥兰多脱口而出，爱情立即（它总是这样冲动）幻化为人形（爱情以能现身人形而自豪）。其他思想都满足于保持抽象形态，唯有爱情若想满足，就非要变得有血有肉，非要穿上披肩和衬裙，非要有长筒袜和短上衣。以前奥兰多爱的全是女人，可如今她虽是女儿身，但爱的依然是女人，这要怪人类机体适应常规的滞后性。倘若意识到爱上的也是女性，那只会使他当年做男人时的感觉更敏锐、更深刻。以前她觉得晦暗不明的千百种暗示和神秘情感，如今都变得澄澈无比。以前两性之间隔着一层朦胧，阴影中也潜伏着数之不尽的污浊，如今这些暧昧与不洁消失了。诗人探讨真与美的内涵，那便是在美中找回虚假中失落的真情。最后，她大喊着，终于理解萨莎了，这新发现的热情灌注了她全身心，苦苦追寻的珍宝此刻显露了真容，她欣喜若狂、如痴如醉，以至于她耳边响起一个男声时，感觉像是加农炮在轰响："请，小姐。"一个男子用手将她扶了起来，他的手指向地平线，中指上文了三桅帆船的图案。

"小姐，那是英格兰的悬崖峭壁。"船长说着，把指向地平线的手抬起来敬了个礼。奥兰多此刻又吃了一惊，比第一次更受震撼。

"耶稣基督！"她喊着。

所幸，她的震撼和惊呼可以找到借口，那就是多年未曾得见家乡故土，要不然她会很难向巴特勒斯船长解释她内心中的悲喜交集和感慨万千。如何告诉他，此刻依偎在他臂膀颤抖的女子，曾是位公爵和大使？如何向他解释，这棱纹丝织裙摆簇拥的百合般的丽人，曾经砍下敌人头颅，也曾在郁金香盛开、蜜蜂嗡嗡的夏夜，在外坪老台阶停泊的海盗船上，与放荡女子在船舱珠宝袋中间共度春宵？她甚至都没法和自己解释，当船长右手坚定指向不列颠岛的悬崖时，她何至如此心潮澎湃。

"拒绝然后让步，多么令人快乐；"她低语着，"追求然后征服,多么令人敬畏;感受然后思辨,多么崇高。"在她看来,这些词组合在一起毫无问题;然而,当白垩岩悬崖逼近眼前时,她却感到内疚和耻辱,觉得自己不贞洁,而这是她未曾有过的念头,实在奇怪。船越来越靠近悬崖,最后肉眼都可以看清那些悬在峭壁上的采海崖芹[4]人。看着他们,她感到一个调皮鬼儿在自己内心里上蹿下跳,转瞬间就要掀起她的裙子,然后又卖弄式地跑没了影儿,这就是她失去的萨莎,她记忆中的萨莎,她刚刚令人惊讶地证实了萨莎的真实。她感到萨莎正冲着悬崖上的采海崖芹人,扮着夸张的鬼脸,比画着不体面的手势。当水手们开始齐唱"再见,再见,西班牙女郎[5]"时,歌词在奥兰多忧伤的心中回荡。她觉得,无论上岸后生活多么舒适、多么富有、多么有权有势(因为她肯定能挑选一位王公贵族为佳偶,统治半个约克郡[6]),但如果这也同时意味着因循守旧、遭受奴役、受人欺骗、被剥夺爱情、捆缚手脚、不让开口、言语受限,那她会转身上船,再次扬帆启航,回到吉卜赛人那里。

在奥兰多脑海中匆匆闪过的这些想法中,忽然出现一样东西,如同光滑、洁白的大理石穹顶。无论是真是幻,都深深地刻印在她激情澎湃的想象中,以至于她久久驻足在这个意象上,仿佛见到一群颤动翅膀的蜻蜓,心满意足地落在玻璃罩上,罩子里护住的是鲜嫩蔬菜。在她天马行空的狂想中,玻璃罩的形状唤起了挥之不去的遥远记忆。一位天庭饱满的男子坐在提切特的起居室里写作,也许他在那里张望,但肯定没在看她,因为他似乎视而不见衣着光鲜的她立在一旁,不可否认她当时定是位潇洒少年。奥兰多一想到那人,思想就铺展开来,宛若涌动的水面上升起一轮明月,洒下片片银波粼粼的静谧。此刻她将手伸向怀中(另一只手还搭在船长手臂上),那里安然无恙地藏着她的诗稿。那原可以成为护身符存在那里。性别及其意义带来的烦忧渐渐淡去,此刻她心中唯有诗歌的荣耀,马洛、莎士比亚、本·琼森和弥尔顿的伟大诗行在她的耳畔激荡、回响,仿佛一把金锤敲响了教堂钟塔上的金钟,那钟塔便是她的思绪。实际上,是她眼前出现大理石穹顶的模糊影像,因而联想到诗人的前额[7],继而又浮想联翩。所以说大理石穹顶并非虚构,而是现实存在的。船借顺风行驶于泰晤士河上,大理石穹顶及相关遐想都变成了现实,那恰好是教堂穹顶,就屹立在精雕细刻的洁白尖顶中间。

"圣保罗大教堂,"立于她身侧的巴特勒斯船长说,"伦敦塔,"他接着说,"格林尼治医院,先皇威廉三世为了纪念他的玛丽皇后而建,西敏寺,议会大厦。"随着他的介绍,这些著名建筑一一映入眼帘。这恰好是晴朗的9月清晨。无数轻舟小船在两岸间穿梭。在归乡游子的眼中,这实在是最欢快有趣的景象了。奥兰多靠在船头,沉浸于惊喜之中。她已经看了太久的野蛮人和荒蛮自然,这样的城市美景怎能不令她心驰神往。那就是圣保罗大教堂的穹顶,是她离开英国期间,由雷恩先生设计建造的[8]。旁边的石柱上方是一头金发的造型,巴特勒斯船长在她旁边解释那是"伦敦大火纪念碑"[9],说在她离开期间,这里爆发了瘟疫和大火。尽管她想忍住,但泪水还是夺眶而出。可她忽然想到女人哭也无妨,所以便任由泪水流下。她记起当年那场盛大的狂欢节就在这里。波涛轻轻拍岸之处,正是当时皇家凉亭所在位置。也是在这里她与萨莎初逢。大约也是这里(她低头望向波光粼粼的水面),人们看见了冰面下冻僵的女小贩，她坐在船上怀里放着要卖的苹果。一切的辉煌与腐朽远去。已成尘烟往事的还有漆黑的暗夜、瓢泼如注的大雨和肆虐的滔天洪水。那时这里曾经有土黄的冰山旋转着横冲直撞过来，上面挤着惊恐万状的可怜难民。如今这里是一群优雅端庄的天鹅随波漂浮[10]。与上次所见，伦敦已然改头换面。她记得，那时伦敦到处是阴暗拥挤的屋舍。坦普尔栅门上挂着叛军狞笑的首级。鹅卵石人行道散发着垃圾和粪便的臭味。如今，船经过外坪时，她瞥见了宽阔整齐的街区。膘肥体壮的高头大马拉着豪华马车停在门口，宅邸的弓形窗、平板玻璃、擦得锃亮的门环，无不标榜着宅邸主人的富有和低调的高贵。身着碎花丝绸（她将船长的望远镜举到眼前）的淑女们漫步在高出马路的人行道上。穿着绣花大衣的绅士们在街角灯柱下吸着鼻烟。她看见各种颜色的招牌随风摇摆，一瞥便知上面画的是店内售卖的烟草、毛料、丝绸、金银器、手套、香水等各种商品。当船在伦敦桥附近停泊时，她瞥见了那里的咖啡馆窗户，因为天气晴好，很多体面的市民悠闲地坐在阳台上，面前摆着瓷盘，旁边有陶土烟斗。其中一个人在读报纸，常常被同伴的大笑或是评论打断。这些是小酒馆吗？这些人是才子吗？都是诗人吗？她问巴特勒斯船长，船长殷勤地告诉她，如果她的头能左偏一点，顺着他食指的方向看过去，他们正经过可可树咖啡馆[11]，对，他在那里，可以看见艾迪生先生正在啜饮咖啡。而另外两位绅士是德莱顿先生和蒲伯先生（"女士，那边，在灯柱靠右一点，一个人有点驼背，另一个人和你我一样。"）。"爱闯祸的家伙，"船长说，他是想说他们都是天主教徒[12]，"但也很厉害。"他补充了一句，然后匆匆向船尾走去指挥商船靠岸了。[13]

"艾迪生、德莱顿、蒲伯。"奥兰多反复念叨着,仿佛这些词是咒语。刚才她看见的还是布鲁莎的高峰,一转眼,她便已踏上了故乡的土壤。

可是现在奥兰多即将领略到,在铁面无私的法律面前,即使最狂暴的激情涌动也无用武之地。她还体会到,法律比伦敦桥的石头还要坚硬,比加农炮的炮口还要严厉。她刚一回到位于布莱克弗雷尔[14]的家宅,就接连来了好几个送信人,包括博街[15]的传唤警察和严肃的法庭信使,她这才知道在自己缺席的这段日子里,有三个大官司起诉了她,同时因之而起和与之关联的,还有无数个小官司。对她提起的主要诉讼是:(一)她已经死亡,因此名下不应持有任何财产;(二)她是女性,因此名下也不应持有任何财产;(三)她曾作为英国公爵与一位叫罗西娜·佩皮塔的舞女成婚,与其育有三子,如今这三个儿子宣称他们的父亲已死,要求继承其父的所有财产。这些重大指控,当然需要时间和金钱来摆平。在诉讼期间,所有她的不动产都由大法官[16]监管,她的头衔归属暂时搁置。因此,这一切都含混不清,在没有确定她是死是活,是男是女,是公爵还是寻常百姓的情况下,她回到了自己的乡下庄园。在判决出来之前,法律只允许她隐姓埋名地生活,而且其性别也要依判决结果而定。

在12月的一个美好夜晚,她回到乡下庄园。天空中飘着雪,那淡紫色的斜影,正如她从布鲁莎山顶所见的景色。硕大的庄园看起来与其说是个宅邸,不如说更像一个小镇。在大雪中,庄园呈现出棕色、蓝色、玫瑰色和紫色的斑斓之色。所有的烟囱里都炊烟袅袅，忙忙碌碌，似是焕发了盎然生机。她看到草地上宁静而壮观的庄园，不由失声痛哭。黄色的马车驶入了庄园，沿着林木成荫的车道滚滚而行。赤鹿抬起头来，仿佛是在期待她的归来。它们并未显出天生的胆怯，而是跟着马车前行，直到马车停下才驻足立在院中。当奥兰多踩着放下的踏板走下马车时，小鹿们有的晃了晃鹿角，有的蹄子蹬地。据说还有一只竟真的跪在她面前的雪地上。她刚想伸手去叩门环，结果两扇大门都大敞四开，格里姆斯迪奇太太、杜珀先生和全体仆人，手中高举着灯烛和火把，全都出来迎接她。但是，这井然有序的仪式首先被挪威猎犬卡努特的冲动打断了，它热情地扑过来，差点儿把女主人扑倒在地。接着捣乱的是格里姆斯迪奇太太，她好像是想行个屈膝礼，结果激动得语无伦次，只能气喘吁吁地喊道，老爷！夫人！夫人！老爷！最后奥兰多诚挚地吻了吻她的双颊，才使她安抚下来。随后，杜珀先生照着一张羊皮纸刚读了几句，狗就叫起来，猎人们吹响了号角，牡鹿们也趁混乱闯进了庭院，不停地冲着月亮吠叫。仪式再也进行不下去，人们都簇拥着女主人，以各自的方式表达了对她归来的喜悦。之后，仆人们各自散去。

没有人质疑，奥兰多仍然是他们所熟知的奥兰多。若真有人不信，那小鹿和狗的亲热，也足以驱散这些怀疑，因为众所周知，不会说话的动物对身份特征的判断，往往要胜过人类。而且那天晚上，格里姆斯迪奇太太一边喝茶，一边和杜珀先生说，即使她的爵爷现在变成了女人，那也是她见过的最可爱的女人，所以根本没必要关注主人是男是女，两个都很好，就像一根枝条上的两只桃子。格里姆斯迪奇太太悄悄地说（此时她神秘兮兮地点了点头），她觉得没什么好惊讶的(此时她又会心地点了点头)。而且从她的角度看，这也不啻一种安慰，因为毛巾需要缝补，或是小教堂会客厅的窗帘流苏正被虫蛀，现在他们正需要有位女主人。

"而且以后还会有几个小男主人和小女主人。"杜珀先生补充道，他作为神职人员，是有权谈论这些敏感话题的。

当老仆们在下人房里东聊西扯时，奥兰多秉着银烛灯，又像当年那样在大厅、走廊、庭院和卧房间信步漫游。她仿佛再次感到祖先们，其中曾为掌玺大臣和宫务大臣的，正神情阴郁地俯视着她。她时而坐在贵宾椅上，时而倚在遮篷欢乐榻上，看着随风摆动的壁毯上——策马追赶的猎手和飞逃的达芙妮。月光透过窗户上的豹形盾徽，将一片黄色光影洒在地上，她像儿时喜欢做的那样，任手臂浸浴其中。她在长廊的地板上翩然掠过，这本是粗糙木材制成的地板，表面却被打磨得十分光滑。奥兰多摸摸这里的丝绸，碰碰那里的锦缎。一会儿想象着那雕刻的海豚游动起来，一会儿又用詹姆斯国王的银发刷梳梳头，把脸埋在玫瑰花干花制成的百花香[17]里，那制作方法还是几百年前征服者威廉教给她祖先的。她还眺望花园，想象番红花在酣睡，大丽花也在安眠，看见仙女们的娇弱的白色身影在雪中闪过，她还看见夜幕下的红豆杉巨篱厚重宛如屋舍。她看到柑橘林和高大的欧楂树……她满目所见，所有的景致和声音，使她心中充满了欢乐的渴望和慰藉，我们只能匆匆记下。最后，她筋疲力尽地走进小教堂，坐在那张古老的红色扶手椅中，她的先祖们过去常在这里听礼拜圣乐。她点燃一支方头雪茄烟(这是她从东方带回来的习惯)，打开了祈祷书。

这本祈祷书十分小巧，以丝绒为封面，用金线装订，正是苏格兰的玛丽女王上断头台时手中的那本。信徒的眼睛能分辨出上面的一块棕色污渍，据说是皇家血滴的印迹。既然在所有交流中，这种与神祇的交流最为神秘，那么谁又敢妄下结论，说出这本祈祷书在奥兰多心中唤起了怎样圣洁的思想，又安抚了怎样罪恶的激情？小说家、诗人和历史学家没有信心来解谜，而虔诚信徒本人也无法启发我们，因为虽然他笃信，宗教信仰使人视财物为虚空，而又乐于拥抱死亡，但他真的比别人更愿献出生命、更渴求将财产分享给他人吗？他不是也流俗地拥有成群奴婢、宝马香车吗？在玛丽女王的祈祷书上，除了血迹，还有一绺头发和一块面饼屑。奥兰多又往里面加了片烟草作为新的纪念物。她一边抽烟一边读着祈祷书，头发、面饼屑、血迹、烟草——这些人间旧物使其深受触动。她于是陷入沉思冥想，呈现出适合这种氛围的虔敬气质，尽管据说她与我们常说的上帝并无交流。论神，只认一神论；论宗教信仰，只认布道者的宣教。上面这种假定最为常见，也最为傲慢。奥兰多似乎就秉持自己的信仰。她饱含世上最浓烈的宗教热情，反思自己的罪孽以及灵魂深处的不完美之处。她想，在诗人作品中，字母S代表了伊甸园中的撒旦化身——蛇。尽管她尽力回避，但是其诗作《大橡树》的首个诗节，就满是这罪恶滔天的爬行动物。在她看来，S与ing结尾相比，就是小巫见大巫了。既然我们相信存在魔鬼，那么这种ing结尾的现代分词就是魔鬼本人。因此，她得出了如下结论：诗人首先的职责就是回避这种诱惑，因为耳朵是灵魂的前哨，那么诗歌比起欲望或是火药来，肯定更容易掺入杂质，也更具有摧毁性。于是她接着想,诗人的职责就是最高职责,因为诗人的语言比普通人传播得更远。莎士比亚的一首打油诗,对穷人和恶人产生的影响,要胜过世上所有的布道者和慈善家。所以,为了使我们的信息在传播中不被歪曲,投入再多的时间和精力都不为过。我们必须用心地遣词造句,使文字可以清晰准确地传达我们的思想。思想是神圣的,显然,她又回到了自己的宗教领地,不在英国的这段时间,她的信仰愈发坚固,却也愈发不能容忍异教。

"我成熟了,"她边想着,边端起了灯烛,"我已经抛下一些幻想,"她说着,合上了玛丽女王的祈祷书,"可能又有了别的幻想。"她走下其先祖骸骨埋葬的地下墓室。

但是,自从那晚在亚洲山地上,鲁斯蒂·艾尔·沙迪对她的贵族家族史嗤之以鼻后,她祖先的骸骨,包括迈尔斯爵士、葛瓦兹爵士和其他祖先,都失去了那种神圣性。这些骸骨的主人,在三四百年前,也像很多现代暴发户一样,借着购宅囤田、加官晋爵而谋取功名,一心钻营要出人头地;而诗人、伟大的哲人和有修为之人,反而偏爱乡村的静谧,而且他们为自己的选择付出了代价,那就是一贫如洗,此时他们在斯特兰德大街上叫卖大幅报纸,或是在田间放羊。这些事实令她痛悔自责。当她站在地下墓室里时,想着埃及的金字塔和下面埋藏的尸骨。那一刻,她感到,虽然这个庄园房间众多,床上绫罗锦被,桌上银盘银盖,但与之相比,反而是马尔马拉海上的那片广阔而空旷的群山,似乎是更好的栖息之地。

"我成熟了,"她边想着,便端起灯烛,"我正抛弃一些幻想,也许为了获得新的幻想。"她沿着长廊慢慢走回她的卧室。成长是个不愉快且麻烦丛生的过程。但是也是个极为有趣的过程,她想着想着,就把腿伸到火堆旁边烤火(因为现在没有水手在旁边窥视)。她回味着自己从过去一路走来的成长历程,仿佛行走在广厦林立的林荫道上。

懵懂少年时,她多么迷恋声音啊,认为那唇间喷薄而出的串串音节,仿佛最美妙的诗篇。后来,许是因为萨莎带来的幻灭,仿佛墨滴落入极度的狂热中,使这狂热变成倦怠。慢慢地,某种复杂的情绪在她心头扩散,如散文而非韵文,千回百转又似迷宫一般,需要手擎火把来探索。她还记得当年狂热地研究诺维克的那位医生作家布朗恩,常把他的书放在自己手边。与格林交往的事端之后,她在孤独中已经形成了,或者说正在努力形成一种抗争精神,天知道这种成长过程多么漫长。"我要写,"她曾说过,"我喜欢写的东西。"于是,她大笔一挥,写就二十六部作品。可尽管出门遨游、四处历险,尽管常常深刻思考和辗转反思,她的创作还只是虚构和编造。天知道,这样能有什么前途。变化持续不断,而且变化也许永不停息。高大森严的思想壁垒,看似磐石般坚不可摧的习惯,在另一种思想的触动下,会顷刻间土崩瓦解,化为一片阴影,只留下无遮无挡的天空和亮闪闪的新星。她边想着,边走到窗前,不顾外面的寒冷推开窗子。她探出身去,让自己浸润在夜晚潮湿阴冷的空气里。她听到林中的狐狸叫声,还有野鸡在枝叶间扑腾的声音。她听到了积雪从屋顶滑落到地上的声音。"从我的生活经历来看,"她欢呼着,"这比在土耳其好上千倍,鲁斯蒂,"她喊出声来,仿佛是正与这个吉卜赛人争论

(她得到一种新的能力,那就是用脑子里的观点与那些不在场且无法反驳的人争辩,这也显示了她精

神的成长),"你错了。这比土耳其好。头发、面饼屑、烟草……构成我们的,正是这些零碎的俗物,"她说话时想的是玛丽女王的祈祷书,"人的思想变幻不定,汇聚了各种千奇百怪之物!此时我们哀叹自己的出身和地位,渴望禁欲的崇高,彼时我们又被花园古径的香气征服,为画眉的歌声潸然泪下。"她仍像往日一样为纷繁事务而困惑不已,这些事情等待我们去解释,只留下信息,却对其意义未留任何提示。她把雪茄烟头扔出窗外,上床睡觉去了。

第二天清晨,她回味着昨天的思绪,拿出纸笔,要重写《大橡树》。对于曾用浆果汁在纸边将就写作的人来说,充足纸墨带来的乐趣是难以想象的。她现在时而因删掉一词而堕入绝望的深渊,时而又因加上一词而攀上欣喜的高峰。这时一道阴影投射到纸面上,她匆匆藏好自己的手稿。

她的窗户正对着庭院中央,而且她又吩咐过不见客,况且她在这里谁也不认识,从法律上来讲,也没人认识她,所以她先是对这道阴影感到惊讶,继而感到愤怒,接着她抬头看见了来人,又觉得好笑。因为这身影既熟悉,又古怪,正是罗马尼亚的芬斯特-阿尔霍豪和斯堪德-奥普-波恩的女大公哈里雅特·格丽塞尔达。她正大步慢跑过庭院,还是像以前一样穿着黑色骑装,披着斗篷。她的模样丝毫未变。那时就是这个女人从英格兰对她穷追不舍!这就是那只龌龊秃鹫的巢穴,她本人就是给人带来厄运的猫头鹰!想到当时为了逃避这个女人的引诱(此时那魅力已荡然无存),而一路逃到土耳其,奥兰多忍不住放声大笑。她眼前的一切有种难以言表的喜感。奥兰多以前就一直觉得,这女人像一只怪异丑陋的野兔。这女人的眼神总是直勾勾的，两颊瘦削，高高的发式也像兔子。她此刻停下了脚步，活像只兔子僵直地蹲在玉米地里，觉得没人看见它，她死死地盯着奥兰多，奥兰多也从窗户向外盯着她。她们就这样对望了好一会儿，奥兰多没辙只好邀请她进来，很快两位女士就互相寒暄赞美起来，这时女大公掸了掸斗篷上的积雪。

"老天快惩罚女人吧，"奥兰多一边去酒柜倒葡萄酒，一边自忖道，"她们从不给人一刻安宁，再见不到比她们更爱四处打探、多管闲事的人了。就是为了躲开这个发型像五月花柱的女人，我才离开了英格兰，可现在……"她转身想把托盘递给女大公，却看见……刚才那个位置，竟然站着一位高大的黑衣绅士。一堆衣服搭在壁炉围栏上。此刻与她独处的，竟然是一位男士。

奥兰多突然意识到自己的性别，刚才已把这点忘得一干二净。同时她也意识到，女大公变成了男人，这也一样令她不安，奥兰多顿时感到一阵眩晕。

"啊！"她喊出声来，用手叉腰，"你可吓坏我了！"

"温柔的小姐，"女大公喊道，同时单膝跪地，把一杯甜酒举到奥兰多的唇边，"原谅我过去对你的欺骗。"

奥兰多啜饮着甜酒，大公跪地，吻了她的手。

简言之，二人精力充沛地扮演了男人和女人的角色，十分钟后才开始自然交谈起来。女大公（今后她要被称作大公）讲述了自己的经历——他本来就是个男人，而且一直都是。可他看到了奥兰多的画像，便不可救药地对他一见钟情。为了达到目的，他男扮女装，寄宿在面包店。当奥兰多逃亡土耳其时，他无比孤单寂寞。

而当听到奥兰多变成了女人，他便匆匆赶来为她效劳（他发出来的嬉笑声真令人难以忍受）。哈里大公说，在他眼中，奥兰多永远都是最闭月羞花、最奇珍难得、最完美无瑕的粉红佳人。要不是他话中掺杂的"嘻哈"和"呵呵"声怪里怪气，这些形容词中的三个"最"字便更具说服力。"如果这就是爱情，"奥兰多看着围栏那边的大公，心里想着，此刻完全出于女人的视角，"这件事真是荒唐至极。"

大公跪下来，满含激情地向她求婚。他说他有两千万金币放在自己城堡的保险箱里，他名下所有的土地，超过英格兰任何一位贵族。他那里是狩猎的天堂：他许诺她可以打到一袋子雷鸟和松鸡，这在任何一片英格兰或苏格兰的荒原都无法实现。当然，他不在家的那些日子，松鸡染疫，母鹿早产，但他们如果一起定居罗马尼亚，她会让一切都好起来。

他说话时，泪水溢满了暴突的眼睛，沿着他瘦长的面颊淌了下来，留下了浅棕色的痕迹。

从自己身为男儿的经历，奥兰多体会到男人和女人一样爱哭，而且哭得莫名其妙；但她开始意识到，当男人在女人面前流露真情实感时，女人应该表现得十分震惊，而她此刻正是惊讶极了。

大公道歉了。他调整好情绪，说此刻告辞，但明天还会来等候回音。

这是个星期二。星期三他来了，星期四来了，星期五来了，星期六也来了。实际上，他每次拜访都是一上来就求爱，中间还求爱，临走时再求爱，中间二人沉默不语。他们坐在壁炉两侧，有时候大公会碰倒火钳什么的，奥兰多就会把它们扶好。接着大公回忆他在瑞典曾经射杀了一只麋鹿，奥兰多就问那只麋鹿大不大，大公说还没有他在挪威射的驯鹿大；奥兰多又问他有没有射过老虎，大公回答他射中过一只信天翁，奥兰多半掩住自己的哈欠说信天翁是不是和大象那么大，然后大公无疑会说几句场面话，但奥兰多没有听进去，因为她不是在看自己的写字台，就是望向窗外，要不就瞅瞅门口。大公刚说"我爱你"，奥兰多就正好会说："看，下雨了"，两个人都不免十分尴尬，脸涨得通红，无言以对。的确，奥兰多黔驴技穷，不知道该说些什么。幸好想起了那个叫"苍蝇卢牌"的游戏，这个游戏不用动脑子就能挥掷千金。她想着要没有这个游戏，恐怕就得嫁给他了，要甩掉大公，她实在无计可施了。这个游戏很简单，只需要三块方糖和足够多的苍蝇。这个游戏可以帮她克服谈话时的尴尬，也能避开结婚的话题。此刻，大公拿出五百镑和她赌苍蝇落在某块方糖上。因此，他们整个上午都不会无所事事了，需要一直目不转睛地盯着苍蝇。要知道，这个季节的苍蝇都比较慵懒，常常要在天花板那里盘旋个把钟头，最后一只优美的青蝇做出了选择，方令比赛决出胜负。游戏中几百英镑在他们之间输来赢去。而大公天生好赌，发誓每一把都像赌马一样精彩，所以他可以玩个不停。但是奥兰多很快就疲惫不堪了。

"如果每天都要用整整一个上午，来陪一位大公看青蝇，"她问自己，"那佳人的风华正茂岂不虚度？"

方糖开始让她讨厌，苍蝇也让她头晕。她想一定有办法能摆脱这难题，但是她依然不愿意用所谓的女性手段，又没法将人一拳打倒或是一剑封喉，实在想不出更好的方法。她抓到了一只青蝇，轻轻把它碾死（它其实已经半死不活了，要不然她这么善良不会伤害小动物），然后用一滴阿拉伯树胶把苍蝇粘在一块方糖上。趁大公盯着天花板看时，她灵巧地把他押赌注的方糖，替换成这块粘好苍蝇的糖，然后大喊"卢，卢！"宣布自己取胜。她猜想大公擅长打猎和赛马，应该能识破她作弊，况且在卢牌上作弊最可耻不过，男人们会因此被人类社会放逐，只能在热带永远与猿为伍。她揣测，他可能足够有男子气概，拒绝与她再有任何瓜葛。但是她没有想到这位可爱的贵族竟会如此单纯，对苍蝇缺乏判断力。死苍蝇活苍蝇在他眼中都一个样儿。她故技重施二十来次，可他乖乖地输给她一万七千二百五十英镑（约合我们现在四万零八百八十五英镑六先令八便士），直到最后奥兰多的作弊手法拙劣到连笨笨的大公也上不了当了。他终于明白过来，接下来便是一场苦情戏。大公腾的一下站起身来，脸色通红。泪滴一颗一颗滚下脸庞。她从他那里赢走了大把钱，他毫不在意，很愿意给她；但她欺骗他，这让他有点儿难受，让他黯然神伤；但她居然在卢牌上作弊，这可让他没法忍受。他说自己怎么可能去爱一个赌牌作弊的女人。说到这儿，他彻底崩溃了。等稍稍平静下来，他说，幸好没有旁人看见。毕竟她只是个女人。一句话，他准备用骑士精神来宽恕她，并执意求她原谅自己语言的粗暴。当他低下自己高傲的头颅，奥兰多为了速战速决，将一只小蟾蜍塞进了他的贴身衬衫里。

必须说句公道话，她宁愿用剑解决问题。想想吧，蟾蜍这种黏糊糊的东西，谁愿意把它贴身藏整整一个上午。但又不让人用剑，只能求助于蟾蜍了。他们俩人的事儿，蟾蜍和笑声有时候比冷钢冷剑要管用。她捧腹大笑。大公涨红了脸。她接着笑。大公骂了几句。她还在笑。大公摔门而去。

"感谢老天!"奥兰多欢呼道,她还在笑着。她听见院子里马车飞驰而去的声音,听见车轮在地面滚动的声音。那声音逐渐远去,直至完全消失。

"终于只剩我一个人了。"奥兰多大声自语道,反正一旁不会有人听见。

喧嚣之后愈显寂静,这还需要科学的佐证。但被求爱之后,孤独感也愈发明显,这许多女人都能佐证。随着大公的马车车轮声远去,奥兰多感到离她渐行渐远的,是一位大公(她对此毫不在意)、一笔财富(她对此毫不在意)、一个头衔(她对此毫不在意)、婚后生活的安逸氛围(她对此毫不在意),但是她听到离她远去的,是生活和恋人。"生活和恋人。"她低语着,走到自己的书桌前,她用笔蘸了蘸墨水,写道:

"生活和恋人。"这句诗既不符合韵律,又与前面的文字无关,前面写的是如何正确地给绵羊药浴以防疥疮。翻来覆去地读,她红了脸,又读了一遍:

"生活和恋人。"她放下笔,走进卧室,立于镜前,去整理脖颈上的珍珠项链。她觉得身上的织花薄棉晨衣衬托不出来珍珠的美,于是就换上了一件鸽灰色塔夫绸,又换成桃花图案的,然后又换成酒红色缎子的衣服。许是需要打点脂粉,把头发盘到眉头上方就好了。她脚伸进一双尖头便鞋,戴上一枚翡翠戒指。"现在好了。"她边说,边在镜子两旁点上两盏银烛灯。想必没有女人不愿在亮光中欣赏这样的景致,这样的雪中火舞——镜子里出现一片白雪皑皑的草地,而她仿若一团火,一丛燃烧的灌木,头两侧的烛光摇曳如同银叶。然后，镜子又变成了一潭碧水，她则化作一只美人鱼，珍珠绕颈，那是洞中塞壬，用歌声诱得水手从船上俯身，跳入水中来拥抱她。她是如此黑暗，又如此明媚照人，如此冷若冰霜，又如此柔软温存，如此百媚千娇，很遗憾当时没有人用直白的英语脱口而出"天哪，夫人，你就是美丽的化身"，这千真万确。即便奥兰多这样毫不恃美而骄的人，此刻都见识到了自己的美。她不由得笑了，与镜中自己的美不期而遇。这种自然而然的美无法自持，如水盈而滴落，如泉满而涌出。奥兰多正是这样一笑倾城的佳人，她又静听了片刻，只听到树叶拂动，麻雀啁啾，她叹了一口气，"生活啊，恋人啊"，旋即遽然转身，扯去颈上的珍珠，脱去锦缎晨衣，玉立在那里，只着一件普通贵族男子所穿的黑色丝绸灯笼裤，摇铃唤来仆人，吩咐他立即备好六驾马车。她有急事要去伦敦。大公告辞不到一个小时，奥兰多也乘马车而去。

奥兰多赶路时沿途只是朴素的英格兰风光，无须太多笔墨描述，所以我们请读者们趁机多关注之前叙述中悄悄插入的一两处评论。例如，人们看到，奥兰多被人打扰时藏起了自己的手稿。还有她久久凝视镜中的身影。此刻，她在赶往伦敦的途中，人们注意到，她嫌马跑得过快时被吓了一跳，但忍住不叫出声来。她写作时的谨小慎微，对外形的虚荣和对安全的担忧，似乎都暗示着我们之前的说法有误，即性别变化并未给奥兰多带来别的影响。她现在更像女人了——对自己的头脑更不自信，对自己的外形多了点儿虚荣。某些脆弱的情感正要占据上风，而某些强势的要素却在减少。某些哲学家要说，这和换装有很大关系。他们认为，衣服看似是无用小事，但却有比保暖更重要的作用。衣服改变了我们对世界的看法，也改变了世界对我们的看法。比如，当巴特勒斯看到奥兰多的裙子时，就立即命人为她撑起遮阳篷，竭力劝她再吃一片牛肉，还邀请她坐大艇一起上岸。如果她不是裙裾飘飘，而是穿着剪裁得体的马裤，肯定就没有这些待遇了。有人给我们献殷勤时，我们总会记挂着回报。奥兰多行了个屈膝礼，会表现出顺从的姿态，还会恭维这位绅士的幽默，而如果她所穿的女裙变成了男裤，她的缎子紧身衣变成了穗带男外套，就不用多此一举了。因此，有很多理由可以证明，是衣服在穿我们，而不是我们在穿衣服。我们可以按照手臂或胸膛的形状来缝制衣服，但是衣服却按其喜好来塑形我们的心灵、头脑和语言。所以奥兰多现在穿了一段时间裙子后，身上显出了某种变化。如果我们比较奥兰多在男女两段时期的画像时，会发现虽然无疑是同一个人，却有些许变化。男人可以闲下来一只手握剑，而女人必须用双手控制锦缎衣裳，免得它溜下肩膀。男人可以直面世界，仿佛世界为他所造，并为满足他的喜好而改变。而女人却不敢直面世界，她的眼神是躲闪的，充满了敏感和疑虑。如果男女都穿一样的衣服，那恐怕他们的世界观便会趋同。

这是某些哲学家和智者的观点，但是总的来说，我们倾向于另一种说法。两性间的差异，幸好是高深莫测的。服装不过象征了某些深藏于内的东西。奥兰多自身的改变，促使她选择女性服装，表现出女性的性征。可能她天性单纯开朗，所以把比一般人更大方地展现出这种变化；而其他人身上也可能发生这种变化，但他们大多秘而不宣。至此，我们又陷入困境。尽管两性之间存在差异，但男女特征往往混合在一起。每个人身上都会发生在两性间摇摆的情况，服装往往只在表面上彰显男女的性别特征，而内在的性别特征常与服装相反。由此而产生的混乱和疑惑，每个人都曾经历过。但是在这里我们不去泛泛地讨论两性特征，只关注它在奥兰多这个特例中发挥的奇怪作用。

因为奥兰多是男女两性的混合，先是为男人，后又变成女人，所以这常令其举止出现意料之外的转变。好奇的女人会说，如果奥兰多是女人，那她更衣时间怎么从不超过十分钟？她的着装选择不是很随意，甚至有时破旧寒酸呢？而她们又会说，她也不像男人似的循规蹈矩，热衷权力。她心存慈怜，看不得驴子挨打或是小猫溺死。而且她们也注意到，奥兰多厌恶家庭琐事，夏天不等天亮就起床，在太阳升起前就到田里去。她知道的庄稼，比任何一个农夫都多。她豪饮量大，又喜欢赌运气的游戏。她善骑马，能驱六驾马车飞驰于伦敦桥上。然而，虽然大胆活跃如男性，但据说看到别人身处危难，总会勾起她最女性化的心悸。一点点刺激就会让她泪如雨下。但她对地理学缺乏概念，也觉得数学晦涩难懂，她更是有女性典型的任性无常，比如她觉得向南旅行就是走下坡路。所以很难说，也没法判断，奥兰多到底更像男子还是女子。此刻她的马车在鹅卵石地上嘎嘎驶过。她到了在伦敦城里的住处。马车踏板放下来了，铁门打开了。她走进父亲在布莱克弗雷尔的宅邸，虽然时尚已经迅速抛弃了这个街区，但这宅邸仍不失为宽敞宜人的住所，花园通到河边，还有令人愉悦的栗子林可徜徉其间。

她在这里住了下来，并着手四处寻觅来伦敦的目标——生活和恋人。生活，能不能找到可能还难说；但恋人，她到了两天后，就不费吹灰之力地找到了。星期二她进了城。星期四她去白金汉宫前面的林荫大道[18]散步，那是贵族们的习惯。她刚在大道上转了一两个弯儿，就被一小群平民百姓看到，他们在这里转悠，就是专门来窥探上等人生活。当她从他们身边走过时，一个怀抱小孩的粗俗女人凑上前来，放肆地盯着奥兰多的脸大声喊道："快来看，这不是奥兰多小姐吗！"她的同伴们一拥而上，奥兰多发现自己顷刻间被团团围住，身边死死盯着她的尽是些市民和商妇，他们全都想看看这个沸沸扬扬案子的女当事人。可见这场官司当时的轰动程度，引来了百姓的关注。她忘记了上流社会淑女不该独自在公众场合散步，要不是一位高大绅士急忙上前相助的话，她恐怕会陷入拥挤人群的重围，不便脱身了。此人便是大公。看到他，她既觉得无比痛苦，又觉得十分好笑。这位宽宏大量的贵族不仅宽恕了她，而且为了表示他并不介怀她的蟾蜍恶作剧，还想方设法弄来一块蟾蜍造型的宝石，当他扶她上马车时，一边把那宝石塞给她，一边又再次向她求婚。

那围观人群，那位大公，还有那块宝石，可以想象，这都让她回家途中心情跌到了谷底。难道去散个步，还非得被挤个半死，被强送一个翡翠的蟾蜍饰品，被大公求婚？第二天，她对昨天遭遇的看法有了些许的改观，因为发现早餐桌上有几张短笺，来自当时英国最尊贵的贵妇们——萨福克夫人、索尔兹伯里夫人、切斯特菲尔德夫人、塔维斯托克夫人等，她们在短笺中彬彬有礼地提到,她们家族历代交好,渴望有幸与她相识。第二天是个星期六,这些夫人中好几位都亲自登门拜访。星期二中午时分,她们又派人送来请柬,邀请她在近期参加各种各样的大型聚会、晚宴和集会。所以奥兰多很快便进入了伦敦的社交圈,并在这片水域溅起了水花和泡沫。[19]

要想真实描述当时的伦敦社交界,甚至真实描述任何时代的伦敦社交界,传记作家或者历史学家恐怕都很难办到。只有那些不太需要事实,也并不尊重事实的人,比如诗人和小说家,才能游刃有余,因为在社交界并不存在事实。什么也没有。全是乌烟瘴气,海市蜃楼。说得明了些,奥兰多凌晨三四点从某个社交盛会回家,脸颊如同圣诞树光彩照人,眼睛像闪烁的星星。她会拽开一条饰带,在房间里走几圈,然后再拽开一条饰带,停下来,再在房间转悠一会儿。常常在太阳照耀索斯沃克烟囱时,她才会磨磨蹭蹭地上床睡觉,然后躺在那里翻来覆去,又是大笑不已,又是唉声叹气,折腾一个多钟头才能睡着。而这一切喧闹都是为了什么?社交。社交时都说了或做了什么,让这样一位理智的淑女如此兴奋?说白了,啥也没说,啥也没做。第二天,她绞尽脑汁,却记不起一个词,只能用一个大写字母来代替名字。O勋爵骑士风度,A勋爵彬彬有礼,C侯爵魅力四射。M先生逗趣幽默。可是当她试图回忆他们是如何展现的骑士风度、彬彬有礼、魅力四射或是逗趣幽默的时候,肯定会觉得自己的记忆出了问题,因为那里一片空白。总是这个样子。尽管当时亢奋激动,但转天就忘得一干二净。因此我们被迫得出这个结论,社交宛如熟练的管家在圣诞节端上来热乎乎的烧酒,其口味取决于十几种配料的精心调制。但若是单取出其中一种配料，它本身是索然无味的。同样，将O勋爵、A勋爵、C侯爵或是M先生单请出来，他们每个人都不值一提；但若将其搅在一起，便散发出令人陶醉的口味，飘散出最诱人的香气。然而这种令人陶醉的口味、诱人的香气，我们却不得其解。所以，社交既是包罗万象，又是空无一物。社交既是世界上最强大的混合，又是缺乏真实的存在。只有诗人和小说家能对付社交这个怪物，而其作品也因这些莫可名状的东西而成为鸿篇巨著，所以我们出于善意，就将社交这怪物留给诗人和小说家去处理吧。

前辈们都说，安妮女王时代的社交界璀璨夺目，无与伦比。我们也只当如此。每个素有教养之人都渴望跻身社交界。风度仪态胜过一切。父亲这样教导儿子，母亲这样规训女儿。礼节仪态的保持，鞠躬和屈膝礼的艺术，用剑和执扇的技巧，牙齿的护理，腿部仪态，膝盖的灵活，进出房间的得体礼仪，以及其他社交圈层人士挂在嘴边的种种礼数，无论男女若是没有学好这些，就不能说得到了完整的教育。奥兰多少年时向伊丽莎白女王呈递玫瑰花水时，其姿态就赢得了女王的欢心，所以她在仪表方面应该算是完美无缺了。然而她还总有些漫不经心，所以有时会显得笨手笨脚。女孩子们应该想的是布料，而她总爱琢磨些诗词曲赋；她走路昂首阔步，也不太像个女孩子；还有她有些愣手愣脚，偶尔会打翻茶水。

不论这个小小的瑕疵是否会抵消她那绰约风姿，也不论她是否继承了其家族血脉中太多的阴郁秉性，但能肯定的是，她参加社交活动不过十多次的时候，就有人听见她自问："我到底怎么啦?"当时她身边只有她的西班牙猎犬丕平听见。那天是星期二,1712年6月16日。她刚从阿灵顿宫的一个盛大舞会回家。那时天空中晨光熹微,她正在脱下长筒袜。"今后即使不见人,我也不在乎。"奥兰多说着,泪水夺眶而出。恋人,她已有成群结队;而生活,毕竟非常重要,却从她身边溜走。"这就是人们所谓的生活吗?"无人应答,"这就是,"她还是又问了一遍,"人们所谓的生活吗?"小猎犬抬起她的前爪表示同情。她还用舌头舔了舔奥兰多。一句话,这是小狗和它女主人之间最为真挚的意气相投,而不可否认的是,动物不会说话,所以没法进行细腻深入的交流。它们摇尾乞怜,前弓后翘,打滚蹦高,抓挠刨地,哀嚎吠叫,口水横流,它们自有百变花招,但是一切都是徒劳,毕竟它们不会说话。她将狗轻轻放在地板上,想着这就是她厌恶阿灵顿宫的那些大人物之处。他们也是这样的摇尾乞怜,前弓后翘,打滚蹦高,抓挠刨地,口水横流,而且他们也不能算会说话。"我进入社交界已经好几个月了,"奥兰多说着,将一只长袜甩到房间那边,"我听见的那些话,丕平也会说。我冷了,我好高兴,我饿了,我抓住了一只老鼠,我埋了一块骨头。请亲亲我的鼻子。"而这是不够的。

她为何在这样短的时间里,对社交界由迷恋转为厌憎,我们只能这样解释:所谓的社交这种神秘的调制酒品,自身并无绝对的优劣,虽然其含有的酒精易挥发,但后劲很强。你要是和奥兰多一样认为它给人快乐,它便让你沉醉其中;你要是和奥兰多一样认为它令人厌憎,它也能让你头痛欲裂。至于口才是否影响社交,我们存疑。往往沉默的时光最为迷人,而巧言令色却不可言喻的乏味。不过，我们还是接着讲故事，把这个话题留给诗人吧。

奥兰多又接着甩掉了另一只袜子，然后沮丧地上床睡觉去了，下定决心要永远告别社交界。但是结果是，她的决定为时尚早。第二天早上她醒来后发现，在她桌上的日常邀请卡片中，有一张来自一位无比尊贵的R公爵夫人。前天晚上还发誓不再踏足社交界的奥兰多，马上派人火速赶往R公馆，说她能应邀登门拜访荣幸至极。我们只能这样解释她的行为，当时在顺着泰晤士河航行的"钟情女子号"上，尼古拉斯·本尼迪克特·巴特勒斯船长曾向她耳语了三个动听的名字——艾迪生、德莱顿和蒲伯，船长当时是指着可可树咖啡馆说的，此后这三个名字就像咒语一样在她的脑海里回荡。这三个名字一直影响着她，直到这次应邀。谁会相信这种傻事？但就是有人这样做。她和尼克·格林交往后没什么长进。对于她，这类文学大家仍是如雷贯耳的名字。也许我们必须有所信仰，我们曾说奥兰多并不信一般的神灵，而她会信奉伟人，但不是所有的伟人。元帅、士兵、政治家，从不会令她动心。而对于大文豪，单是想到他们的名字，便让她顶礼膜拜，她几乎相信这些大文豪是不可见的。她的直觉一向不错。人也许只会崇拜自己看不见的东西。她从船甲板上瞥见这些大文豪的身影，觉得是自己的幻觉。她甚至怀疑他们的瓷杯和报纸也是幻觉。当O勋爵有一天说他前一天晚上曾和德莱顿共进晚餐，她拒绝相信。现在R夫人的客厅已远近闻名，被誉为文豪云集的前厅。善男信女聚集在那里摆动熏香，冲着墙上壁龛里的文豪半身像唱圣歌。有时候上帝本人也会惠赐君临此地。只有智者方能进入这个客厅,据说这里所说的话,句句都是机智的隽语。

因此,奥兰多进入R公爵夫人的会客厅时诚惶诚恐。她发现在壁炉边已经围了半圈人。R夫人年事已高,肤色偏暗,头上系着一块黑色蕾丝薄纱巾,正坐在中央的大扶手椅里。虽然她有点耳背,但依然能和两旁的人谈笑风生。她左右的男女宾客全都鼎鼎有名。据说,其中的男子都当过首相;悄悄地说,其中的女人都曾是国王的情妇。当然人人都是才华横溢,声名显赫。奥兰多满怀敬重,默默地坐了下来……三个小时过后,她郑重其事地行了个屈膝礼,然后离开了。

读者也许会有些气恼地问,这期间发生了什么?三个小时里,这样一群人所说的,一定是世上最机智、最深刻、最有趣的话。似乎确实如此。但事实上他们又好像什么也没说。所有光彩熠熠的社交活动皆有这个奇异特征。老杜芳夫人[20]和她的朋友,没完没了地谈了五十年。他们留下了什么?也许只有三句隽语吧。所以我们可以随意揣度,要不他们什么也没说,要不他们没说什么精辟的话,而这三句隽语经过了这一万八千二百五十个日夜,所剩的那点智慧,摊到每个人身上恐怕就寥寥无几了。

如果我们能大胆地用"事实"这个词的话,那事实似乎是,这里所有人都着了魔。客厅女主人R公爵夫人就是现代的西比尔[21]。她像女巫一样,给所有的宾客施了魔法。在这座房子里,人们觉得自己很开心;在那座房子里,人们觉得自己很机智;在另一座房子里,人们又觉得自己很深沉。这一切全是幻象(不是说幻象不好,因为幻象是所有东西里最有价值,最不可或缺的东西,能够创造幻象的人对世界有莫大的恩情),而幻象依然名声不佳,因为幻象遭遇现实便会被击得粉碎,所以幻象盛行之处,便容不下真正的幸福,真正的机智和真正的深沉。这也解释了为什么杜芳夫人在五十年间说的隽语不过三句。她要再多说几句,其社交圈里的幻象就会毁于一旦。妙语一出口,便会破坏正在进行的对话,如同落下的一颗炮弹,炸毁一片紫罗兰和雏菊的花丛。当她说出那句著名的"圣丹尼之语[22]"时,绿草被烧焦一片。接踵而至的是幻灭和凄凉。人们沉默不语。"夫人,看在老天的份儿上,别再说这样的话了!"她的朋友们异口同声地喊道。于是她答应了。几乎十七年,她再也没说过什么令人难忘的隽语,而一切都相安无事。在杜芳夫人的社交圈里,幻象上的美丽罩子一直完好,在R夫人的社交圈里亦是同样的情景。客人们觉得自己很开心,认为自己很机智,认为自己很深沉。他们的这种想法,在其他人那里被夸大了。于是人们盛传,最令人愉悦的莫过于R夫人的聚会。人们都羡慕那些受邀客人;而受邀客人则为别人羡慕他们而沾沾自喜,于是便这样循环往复、永无止境——而我们现在所讲述的倒是个例外。

大约是奥兰多第三次参加聚会的时候,发生了一件事。她当时仍未摆脱幻象,认为自己正在聆听世界上最美妙的隽语警句,而实际上,C将军只不过在那里絮絮叨叨,讲他的痛风如何从左腿转移到右腿上。而L先生常在别人提到某个名字时插嘴,"R?噢!我对比利·R了如指掌。S?是我好的朋友。T?我和他在约克郡住了两个星期"。这就是幻象的魔力,听上去似乎是聪明透顶的妙语巧辩,是最犀利的人生感悟,使在场人都笑声雷动。这时,门开了,一位小个子绅士走进来,奥兰多没听清他叫什么名字。奇怪的是，很快她便觉得浑身不自在起来。从大家的脸上，她发现别人亦有同感。一位绅士说这里有穿堂风。C侯爵夫人则担心沙发底下藏着猫。仿佛一场美梦醒来，他们慢慢睁开眼睛，映入眼帘的只有一个廉价的脸盆架和一块脏兮兮的床单。仿佛美酒的醇香也在慢慢消散。将军还在说道，L先生还在记忆中翻找。但是越来越明显的是，将军的脖颈那样红，L先生的头那样秃。至于他们说话的内容，乏味透顶，琐碎至极。每个人都坐立不安，有扇子的就用扇子挡着打哈欠。最后R夫人用扇子敲了敲那张大扶手椅的扶手，两位绅士这才住嘴。

于是，小个子绅士说，

他接着说，

他最后说。

(注：这些话尽人皆知，无须重复，都将收录在他出版的作品中。）

这，毫无疑问，就是真正的风趣，真正的智慧，真正的深刻。在场的人都大为惊愕。这样的话一句就已糟糕透顶，何况是三句，一句又一句接踵而至，在同一个晚上！没有一个社交圈能挺过来。

"蒲伯先生，"R老夫人声音颤抖地说，满含着讥讽和愤怒，"你很为自己的风趣沾沾自喜啊。"蒲伯的脸红了。人们都静默不语。他们在死一般的寂静中枯坐二十分钟。接着，客人们一个一个起身，悄悄离开了客厅。有了这种经历，不好说他们是否还会再来。能听见持火把的小厮们在南奥德利街上招呼马车的声音，能听见门砰砰关上的声音，能听见马车驶远的声音。奥兰多下楼梯时，蒲伯先生就在她身旁。因为百感交集，他瘦削畸形的身体在颤抖,抖得像片叶子;其目光中闪过了恶意、愤怒、胜利、风趣和恐惧。他看上去又像一只蛰伏的爬行动物,脑门上似有块灼热的黄晶石。此时,一股强烈而怪异的情感攫住了倒霉的奥兰多。不到一个小时前,那十足的幻灭感折磨着她,令她的心情大起大落。在她看来,任何东西都比之前荒凉萧瑟十倍。对人精神而言,这是最危险的时刻。在这一时刻,女人会去做修女,男人会去做神父。在这一时刻,富有的人会散尽家财,快乐的人会割喉自戕。奥兰多愿意做这所有的事情,她还会有更鲁莽之举,而且她付诸了行动,那就是邀请蒲伯先生和她同乘马车回家。

若是赤手空拳深入狮窟是鲁莽之举,若是独舟穿越大西洋是鲁莽之举,若是单脚独立圣保罗大教堂之巅是鲁莽之举,那么与一位诗人回家则为鲁莽中的鲁莽。一位诗人等于大西洋和狮子的叠加。大西洋会溺死人,狮子会咬死人。我们就算能狮口逃生,也会葬身浪底。毁掉幻象的人,本身既是洪水又是猛兽。幻象对于灵魂来讲,就好比空气对于地球一样必不可少。夺去了温柔的空气,植物就会枯萎,大地将不再五彩缤纷。我们脚下的土地也会化作焦土一片。我们踩着泥灰岩,双脚被火热的鹅卵石灼伤。揭开真相,我们便会不久于人世。生活是一场梦,而梦醒则带来了死亡。夺走我们的梦想,无异于夺走我们的生命。(后面我可以洋洋洒洒再写六页,如果您愿意读的话,但是那样会冗长乏味,所以最好还是到此为止吧。)

依上面的说法,当马车驶到她位于布莱克弗雷尔的家时,奥兰多应该已化为一堆炭渣了。然而她依然生龙活虎,只不过疲惫不堪罢了。这完全是因为我们在上文中提到的一个事实,那就是我们看到的愈少,相信的就会愈多。从梅菲尔[23]到布莱克弗雷尔的一路上,那个时候路灯都十分昏暗,但那也比伊丽莎白时代要亮得多。那时的夜归人都要靠星星或是守夜人的火把,才不会掉进公园巷的沙砾坑,或是身陷托腾汉姆庭院路觅食野猪出没的橡树林。但即便如此,也比不上我们现在的照明效果。每两个煤油灯灯柱间隔两百码左右,所以灯柱之间有很长的一段路漆黑一片。因此奥兰多和蒲伯先生每行十分钟的黑暗,才能享受约半分钟的光亮。于是奥兰多滋生了奇怪的心态。当光线暗下去,她便觉得最宜人的慰藉悄然弥漫全身。"对于一位年轻女子来说,能与蒲伯先生同乘一车,实在荣幸之至。"她一边想着,一边看着他鼻子的轮廓,"我真是最有福气的女子,女王疆域中最大的才子离我不到半英寸远。确实与我近在咫尺,我能感到他膝盖上的丝带结蹭到了我的大腿。后世的人们想到这个场景,会好奇和羡慕得发疯。"马车又来到灯柱那儿。"我真是个愚蠢的家伙!"她想,"名气和荣耀不值一提。后世的人会对我或蒲伯先生不屑一顾。'时代'算什么?'我们'又算什么?"马车路过伯克利广场时,他俩就像两只瞎蚂蚁,在伸手不见五指的沙漠里摸索,时不时撞到了一起,对彼此毫无兴趣。她颤抖不已。但是又陷入一片漆黑。她的幻象又回来了。"他眉宇之间气宇轩昂,"她想着(在黑暗中误将靠垫上的鼓包当成了蒲伯先生的额头),"这里面得蕴含着多少才华!风趣、智慧和真理……所有这些价值连城的财富,人们愿意用生命来换取!您的光芒将是永远不灭的明灯。要不是您,人类将在永远的黑暗中踯躅。"(这时,马车摇晃了一下,陷入公园巷的一道车辙里)"没有天才,我们将会惶惶不可终日,直至消亡。您是那道最显赫、最清明的光芒"……她还在对着垫子上的鼓包顿呼,这时他们又驶到伯克利广场的一盏路灯下面,她才意识到自己看错了。蒲伯先生的额头并不比普通人饱满。"可恶的人,"她想着,"你骗得我好苦!我把那个鼓包当成了你的额头。当看清了一切,才知道你是如此可耻,如此卑鄙,如此不堪!你这个畸形而虚弱的人,丝毫没有令人敬重之处,只能引来人们的怜悯,更多是鄙夷。"

马车又在黑暗中行了一会儿,她的愤怒才平息下来,因为什么也看不见,只能看到诗人的膝盖。

"可我自己才可鄙,"当他们又陷入一片昏暗中时,她琢磨着,"你要是卑鄙,那我岂不是更卑鄙?是你滋养保护了我,你吓走了野兽和野人,给我做丝绸衣服和羊毛地毯。如果我想要崇拜,你不正是为我呈现出你自己的形象,并在空中显现吗?难道你的关心不是随处可见吗?我难道不应该谦卑、感恩和温顺吗?让我怀着喜悦来侍奉你、尊敬你和服从你。"

他们来到街角的高大灯柱下,如今这里是皮卡迪利广场[24]。她双眸闪着光,看见几个下等妓女在一块荒地上,还有两个可怜的矮子。他们都全身赤裸,孤苦伶仃,脆弱无依。他们也都自顾不暇,谁也帮不了谁。奥兰多直视蒲伯先生的脸,思忖道:"你认为你可以保护我,我认为我会崇拜你,这全都是自命不凡。真理的光直射在我们身上,不留一丝阴影。真理的光令我们俩都暴露无余。"

当然,一路上他们相聊甚欢,作为有身份有教养的人,他们的话题是女王的脾气和首相的痛风。马车从亮处进入黑暗,又驶过干草市,沿着斯特兰德街,向北进入舰船街,最后到达她在布莱克弗雷尔的宅邸。一时间,灯柱之间变得不那么昏暗了,而煤油灯本身也变得不那么亮了——也就是说，太阳在冉冉升起。在夏日清晨那柔和而朦胧的光线中，似乎一切都若隐若现，但又什么都看不真切。蒲伯先生扶着奥兰多下了马车，奥兰多向蒲伯先生行了个一丝不苟的屈膝礼，无比郑重地请他在前面步入她的宅邸。

从上文看，我们决不能认为天才的火焰永远熊熊燃烧。否则我们不是看透人生真相，便是在和天才相处的过程中被烧为灰烬。(那时天才被当成一种病，这在英伦三岛已经绝迹，据说已故的丁尼生爵士是最后一个天才。) 天才如同灯塔一样，发出一道光芒，然后隔段时间才会发光；而天才会比灯塔更任性一些，他们可能会一下子连续射出六七道光束(就像蒲伯先生那天晚上的表现一样)，然后会陷入长达一年的黑暗，或是永远沉入黑暗。靠这种天才的光束指引方向几乎不可能，而当天才处于黑暗沉寂期时，据说他们和常人无异。

奥兰多虽然一开始有些失望，但后来就开心多了，毕竟她现在的生活有天才相伴。天才和我们普通人之间，并不像大家想象的那样，其实没有那么大区别。她发现艾迪生、蒲伯、斯威夫特都爱喝茶。他们还喜欢凉棚藤架，爱收集各种彩色玻璃。他们喜欢洞穴，并不反感等级。他们喜欢听到恭维。他们今天穿杏色正装，明天就会穿灰色西服。斯威夫特先生有根精美的马六甲手杖。艾迪生先生会给自己的手绢喷香水。蒲伯先生常受头痛折磨。他们也爱嚼舌根，还都有嫉妒心。(我们匆匆写下奥兰多的一些杂乱思绪。) 起初，她很生气自己关注的都是琐事，于是又准备了本子来随时记录他们的隽语，但是那个本子一直只字未记。尽管如此，她又恢复了从前的精气神儿，将晚宴请柬通通撕碎，空出自己晚上的时间来，翘首以盼蒲伯先生、艾迪生先生和斯威夫特先生等人的到来。如果读者将现场情形与《劫发记》《旁观者》或是《格列佛游记》对比一下，就能准确理解文中神秘字词的含义了。如果读者接受这个建议的话，确实传记学家和评论家能省些力气。因为当我们读到：

> 是林泽仙女违背了狄安娜的法令，
> 还是脆弱的瓷罐有了裂痕，
> 那玷污的，是她的名誉，还是她的锦缎新裙，
> 是她忘记了祈祷，还是错过了化妆舞会，
> 在舞会上，她失落的，是一颗心，还是一串项链。[25]

我们仿佛听到蒲伯先生的舌头如同蜥蜴一般摇曳，看到他双目光芒闪烁，他的双手瑟瑟发抖，我们知道他的所爱、他的谎言和他的痛苦。简言之，作家灵魂的每一个秘密，他生活中的每一次经历，他意识中的每一个特征，都清晰地展现在他的作品中。然而我们需要评论家来阐释他的作品，需要传记家来解读他的人生。而这些评论和传记的数量激增，皆因为人们手头出现大把休闲时光。

所以，我们读一两页《劫发记》就可了然，为何那天下午奥兰多如此兴味十足，又如此惴惴不安，容光焕发，双目熠熠生辉。

此时奈莉太太来敲门，禀告艾迪生先生求见。蒲伯先生听了，冷笑着起身，鞠躬告辞，一瘸一拐地走了。艾迪生先生进来。

让我们趁他就座时,读一下《旁观者》上的一段文字:

> 在我看来,女人是美丽浪漫的动物,可饰以貂裘、缀以珠玉、配以丝绸。猞猁应将皮投于女人足下,为其制成披肩;孔雀、鹦鹉、天鹅要献出自己,为其做手笼;大海为其奉上贝壳,岩石为其呈上宝石,整个大自然都要倾尽所有,来装饰这世上最完美的造物。我将容忍她们占有这一切,但唯有我一直挂在嘴边的衬裙,让我难以容忍,我不赞同女人穿衬裙。[26]

对这位绅士的一切,包括他的无檐三角帽,我们都已了如指掌。让我们再用水晶球看看他吧。他长袜上的每一条褶皱不都一目了然吗?他才智中的每一道涟漪不都一清二楚吗?他的仁慈、羞怯和温文尔雅不也都一览无余吗?还有他将娶一位伯爵夫人,最后体面地走完人生,这不也是清晰可见吗?艾迪生先生刚说完,门上就响起一阵猛烈的敲门声,斯威夫特先生未经传报就闯了进来,他总是这样随心所欲。等一下,《格列佛游记》呢?在这里!让我们读一下慧骃国那段描写:

> 我享有健康的身体和冷静的头脑,没有朋友欺骗或背叛我,也没有秘密或公开的敌人伤害我。我无需行贿、奉承、告密,也不用讨好大人物及其走狗。我也不必抵抗欺骗或者压迫;没有医生毁坏我的身体,也没有律师令我倾家荡产;没有告密者监视我的言行,也没有

人罗织罪名来诬陷我。没有人冷嘲热讽，指责诽谤中伤，没有小偷、强盗、入室打劫、律师、老鸨、小丑、赌徒、政客、才子，也没有暴躁乏味的谈客……[27]

但是，停一停，你这样的喋喋不休停一停吧，免得我们难受，你自己也不痛快！那个猛烈抨击的人说得再清楚不过。他这样粗鲁，却又那么直白；他那样残忍，却又那么善良；他鄙视全世界，对女子说话却那样温柔，他最后在疯人院里了却残生，我们会怀疑吗？

于是，奥兰多为他们端茶倒水。天气好时，她会陪他们去她的乡间庄园，在圆厅[28]里大排筵宴来招待他们。她把这些大文豪的画像，在圆厅的墙上挂了一圈，这样蒲伯和艾迪生两位先生就不会计较谁排在前面了。他们都很风趣，但他们的风趣大都在其书中。他们也教会了她最重要的风格，那就是说话时语调自然，这若非亲耳听到，很难被模仿，连最擅模仿的格林先生都自叹不能。这种语调因风而起，如浪花般在家具之间游走翻滚，然后慢慢远去。无法被捕捉，更甭说半个世纪之后的人们，支起耳朵聆听也没有用。奥兰多只是从他们说话声音的抑扬顿挫就领会了精髓，于是她自己的风格也改变了，写出了宜人风趣的诗歌和散文中的人物。她慷慨地献出美酒佳酿供他们饮用，还把银行支票放在餐盘下面，文豪们欣然笑纳，并将他们的作品都敬献给奥兰多，这让她觉得这种交换十分荣幸。

时光就这样静静流逝，常有人听到奥兰多在那里自言自语，而她语气的凝重可能会令听者生疑。"凭心而论，这是什么生活!"她依然在寻找"生活"这样东西,可随后的际遇让她更投入地审视这件事情。

一天,奥兰多正在为蒲伯先生倒茶,蒲伯正蜷缩在她旁边的椅子上。从上面几段引用的诗行,人们可以看出来,他目光炯炯,善于观察。

"天哪,"她一边夹着方糖,一边暗忖,"后世的女人该多嫉妒我们!可是……"她稍稍停顿,因为她正要专心给蒲伯先生添糖。可是……让我们循着她的思路……当有人说"后世将会嫉妒我,"那可以肯定,他们并不满足现状。这种生活真的像回忆录作者写得那么动人心魄,那么引人入胜,那么绚丽多彩吗?首先,奥兰多讨厌喝茶;而且,才智虽说神圣,值得人顶礼膜拜,但却寄居于褴褛不堪的躯壳中,而且才智常常侵吞其他官能。所以往往当头脑占据了主位,心灵和情感便被挤到一隅,而慷慨、仁慈、容忍、善良等则更无立锥之地。于是,诗人们往往孤高自许,鄙薄他人。他们往往怀有敌意、伤害、妒忌和争辩,然后又巧舌如簧地向别人贪婪索求同情。这些话我们要小声说,免得被才子们偷听到。于是斟茶倒水此等小事既要小心完成,还要显得热情。而且(我们还要压低声音,免得女人们听到)男人之间还会分享小秘密。切斯特菲尔德勋爵[29]就悄悄告诉儿子,要他严格保密,说"女人不过是大孩子……理智的男人只会与她们逗笑和戏耍,哄她们开心,恭维她们"。这话其实不该说给孩子们听,他们长大后也会泄露出去。于是整套倒茶的仪式就变成了试探的过程。女人深知,虽然才子给她写诗,赞美她的判断力,求她的评论,品她的茶,但这绝不意味着尊重她的意见,也不代表他钦佩她的才学;才子不擅用剑，但也绝不意味着不会用笔刺穿她的身体。尽管我们压低嗓音，也难保此话不会泄露。以至于，女人此刻停下了手中的奶油罐，糖夹子悬在了半空，她有点坐立不安，四处张望，打着哈欠，正像此刻的奥兰多一样，结果糖块扑通一声落了下来，落进了蒲伯先生的茶杯里。没有谁比蒲伯先生更为多疑，他立即疑心这是侮辱，迅速展开报复。他转向奥兰多，立即献给她《女人的品格》[30]中最有名的责女之词。虽然他将来还会再加润色，但此刻脱口而出的这句话已然力道惊人。奥兰多彬彬有礼地接受了。蒲伯先生鞠躬之后扬长而去。奥兰多真感到像是挨了这个小个子一记重拳，所以需要冷静一下发烫的面颊，便走进了花园尽头的栗树丛里。很快凉风习习令她平静下来，这才惊讶地发现一人独处乃是莫大的解脱。她凝视河面，一船载着欢声笑语向上游驶去。无疑，眼前的景象让她忆起过去的点点滴滴。坐在摇曳多姿的柳树下，她陷入了沉思。她就这样一直坐到了星满夜空。她这才起身回到卧室，并锁上门。她打开壁橱，里面挂满衣服，那还是她身为男子时所穿。她从中挑出一件满镶威尼斯花边的黑丝绒外套。这件衣服确实有点过时了，但却极为合身，穿上俨然一副贵族公子的派头。她在镜子前面转了两圈，发现自己虽穿衬裙多年，腿脚依然活动自如。随后，她悄悄溜出了家门。

那是4月初一个曼妙的夜晚。在街灯映衬下，点点繁星与一牙弯月交相辉映，愈发显得星光灿烂，烘托出了人的面庞，也勾勒出雷恩先生设计的建筑物的轮廓。一切的形状都柔和无比，似是要融化，而点滴的银光又能让它们都鲜活起来。谈话也应如此，奥兰多想着，陷入了荒唐的冥思中，社交也应如此，友谊也应如此,爱情也应如此。正当我们对人际交流失去信念时,映入眼帘的是谷仓与树木、草堆与马车的随意搭配,那仿佛完美地象征着那可望不可即之物,我们便又开始了新的追寻。只有上苍知道其中缘由。

她一边想着,一边来到了雷塞斯特广场。周围的建筑物显得既空灵,又齐整而对称,这与白日的景致截然不同。天幕如同被精心洗刷过,映出了屋顶和烟囱的轮廓。在广场中央的悬铃木树下的椅子上,坐着一位忧郁失落的姑娘,她一只胳膊垂着,另一只胳膊搭在腿上。看上去,她仿佛优雅、素朴和凄楚的化身。奥兰多摘帽示意,就像爱调情的男子在公共场合向女子大献殷勤那样。姑娘抬起了头,五官精致优美。她抬起了眼眸,那熠熠光泽常见于茶壶上的反光,极少出现在寻常人眼中。女孩的双眸闪现着如银的色泽,抬头望向他(奥兰多在她看来是个男子),那目光中杂混着诱惑、企望、颤抖和恐惧。她站起身来,挽住了奥兰多伸来的手臂。我们需要强调这点吗?——这姑娘的营生就是在夜晚打扮得花枝招展,整齐地摆在货架上待价而沽。她领着奥兰多来到自己位于杰拉德街的住处。奥兰多感到她小鸟依人般靠在自己的手臂上,仿佛是在哀求,唤起他成为男人的情感。奥兰多的外形、感觉和言谈,都像个男人。然而因为近来一直以女子面貌示人,所以当她看到那姑娘羞怯的表情,看到她欲语还休的样子,看到她从斗篷褶皱里摸索钥匙的慌乱,看到她娇弱的手腕,奥兰多怀疑这一切都是故意装出来的,不过是姑娘为了迎合对方的男子气概罢了。他们上了楼,可怜的姑娘煞费苦心地布置了房间,以掩盖自己的窘迫现状,但这都没有逃过奥兰多的眼睛。这欺骗勾起了奥兰多的嘲讽，可她的现状又让她同情。这两种情感相互交织，又使奥兰多滋生出更为复杂的情绪，以至于她有些哭笑不得。同时，这个自称为奈尔的姑娘，脱下了手套，小心翼翼地想遮住手套左手拇指处的破洞。她又跑到屏风后面，可能去补点脂粉，换身衣服，在脖子上系块新方巾。在此过程中，她一直在傻里傻气地东拉西扯，就像那些为了取悦情人的女人一样。从她的声音里，奥兰多断定她心不在焉。一切就绪，她从屏风后走了出来，但奥兰多再也忍受不下去了。愤怒、欢愉和怜悯混杂在一起，带给她无以言表的折磨；她抛下了所有伪装，承认自己是个女人。

听到这话，奈尔放声大笑，那声音大到连马路对面都能听到。

"好啊，亲爱的，"她稍稍平复之后说，"听到这些，我毫不觉得遗憾。说句实话(奇怪的是，当发现奥兰多是女的后，她的言谈举止大变，卸下了那种可怜巴巴的伪装)，说句大实话，我今天晚上没有心情和男的待一起。我今天真是糟透了。"她靠到火边，兑了一碗潘趣酒，向奥兰多讲起她冗长的人生故事。因为我们现在写的是奥兰多的生平，所以没有必要插入另一位女子的经历。但可以肯定的是，奥兰多从来没有觉得时间过得这样快，这样开心，尽管奈尔小姐没有丁点的才华，当提到蒲伯先生，她还傻乎乎地问，杰瑞米街的那个做假发的人也叫蒲伯，和这位有啥关系。然而对于奥兰多来说，这正是自在的魅力和美的诱惑，这个穷苦姑娘的言谈，虽然充斥了街巷的粗陋之语，然而对于习惯了文雅辞令的奥兰多来说，奈尔的这些粗话却宛如甘醇的美酒。她不由得出这样的结论：蒲伯先生的讥讽哂笑、艾迪生先生的居高临下和切斯特菲尔德勋爵的神秘兮兮，都使她不再迷恋与文人才子们结交，尽管她还一如既往地尊重他们的作品。

她终于弄清了，这些可怜的姑娘也组成了一个社交圈，因为奈尔带来了普鲁，普鲁又带来了凯蒂，凯蒂又带来了罗斯，她们现在也把奥兰多当成了同道中人。每个姑娘都讲述了自己的经历，讲如何沦为今天的地步。其中有几位是伯爵的私生女，还有一位与国王有过不伦私情。这些姑娘也并非穷困潦倒，她们口袋里总会揣着一枚戒指，要不就是一块丝帕，来证明自己的门第。所以奥兰多只需要慷慨地为她们斟满潘趣酒，而姑娘们则围坐在酒碗旁边讲故事，很多动听的故事，还有许多有趣的人生思考。不可否认的是，姑娘们聚在一起——嘘——她们总要小心看看房门是否关上，不想让一个字公之于众。她们全部的欲望是——嘘——楼梯上不是男人的脚步声吧？她们全部的欲望是，我们刚要说话，就被一位绅士抢过了话头。"女人没有欲望，"这位绅士一边走进奈尔的客厅，一边说，"她们只有装腔作势。"正因没有了欲望（她服侍完男人，男人离开了），她们的对话就变得枯燥至极。"众所周知的是，"S. W. 先生说，"如果没有异性在场的刺激，女人会觉得彼此无话可说。她们光待着不说话，要不就掐架。"因为她们在一起不会谈天说地，只是没完没了地掐架，所以众所周知，T. R. 先生已经证明，"女性之间不可能产生眷恋之情，只会相看两生厌。"女人们凑在一起，我们还能指望她们做什么呢？

聪明的男人不会对这种性别问题感兴趣，而我们享有传记学家和历史学家的豁免权，可以不去关注性别问题，所以我们不妨跳过这个话题，只说一下奥兰多与女性交往所得到的快乐。这到底有无可能，还是留给男士们去讨论吧，反正他们一直乐此不疲想证明奥兰多与女性交往不可能快乐。

但是对于奥兰多此时的生活轮廓，要想加以准确而具体的描述，也越发不可能了。在杰拉德街和德鲁里巷附近，我们在灯光昏暗、崎岖不平又不透气的院子里面盯着、摸索着，似乎看到了她的身影，但倏忽间便消失不见了。而且她总能方便地频繁换装，这也使我们很难描述她的行踪。因此在现代回忆录里，她总是以某某"爵爷"的名号现身，但实际上那是打着她表亲的名号；她的慷慨被视为她表亲的美德；而她写的诗也放到了她表亲的名下。似乎维持这么多身份并非难事，她性别转换十分频繁，这是那些一天只穿一身衣服的人想象不出来的。而且毫无疑问的是，她借换装得到了双倍收获，生活乐趣增加了，生活阅历翻倍了。奥兰多穿着马裤一派正气，而穿着衬裙又透着诱惑，她在两个身份之间转换，同时也轮流享受着两性的爱。

于是，人们这样描述她：一上午都穿着看不出性别的中式长袍，在那里专心读书；接下来不换衣服接待一两位客人（总有很多人来求她帮忙）；然后，她会去花园里遛一圈，去修剪一下栗子树，这时穿短裤比较方便；后面她会换上一条碎花塔夫绸裙子，这样最适合坐马车去趟里士满，听某位显赫的贵族求婚；然后再回到城里，她会换上一件褐色长袍，就是律师披的那种去出席法庭，听她自己案件的审理……因为她的财产正在一个小时一个小时地流失，而案件离结案却依然遥遥无期；最后当夜幕降临，她多半又会变回一个彻头彻尾的绅士，漫步在大街上以寻求奇遇。

当时有很多关于奥兰多到处游荡的传闻，比如她和人决斗，她在皇家舰船上当船长，有人看见她全身赤裸在阳台上跳舞，和某位女士私奔到低地国家，而那女士的丈夫一路穷追不舍[31]……对于这些传闻的真假，我们不予评论。每当她做完了这些事情回家时，有时会特意路过一家咖啡馆，在窗户外面藏好，悄悄地偷看里面的才子。她听不见他们说话的内容，但可以借他们的手势展开想象，猜测他们当时所说的是风趣妙语，还是恶毒的话，这倒不失为一件乐事。有一次，她在博尔特庭院的一座房子外面一站就是半个小时，一直盯着百叶窗上面映出的三个喝茶者的身影。

没有什么比这幕戏更为引人入胜。她想要大声喝彩，太棒了！太棒了！因为这的确是一出好戏，是从最厚重的人生之书中撕下的一页！其中那小个子的身影，噘着嘴，在椅子上扭动着，不安而暴躁，又颐指气使；还有个女人的佝偻身影，她蜷起一根手指伸到杯中，想试试茶水有多深，因为她是个盲人；而第三个人有罗马人的长相，坐在宽大的扶手椅里，身体在晃动着，手指诡异地弯曲，头一会儿扭向这边，一会儿扭向那边，他在大口大口地喝茶。这三个影子分别是约翰逊博士[32]、包斯威尔先生[33]，还有威廉姆斯夫人[34]。奥兰多如此专注地看着，顾不上去琢磨后代人怎么嫉妒她，其实这一幕还真可能引来后人的嫉妒。她看啊看啊，看得心满意足。最后，包斯威尔先生起身。他刻薄粗暴地与老妇人告别，但对那个罗马长相的大人物却是无比谦卑，此时这位大人物已经站起身来，可他还在摇晃，嘴里却不断高谈阔论，妙语如珠，其壮观无人可及。这都是奥兰多的想象，因为那三个身影喝茶时说的话,她一个词也没有听见。

最后,她经过一夜的漫游回到家里,上楼进了自己的卧室。她脱下镶花边外衣,穿着衬衫和马裤站在那里望向窗外。空气中涌动着一种焦躁不安,使她无法上床睡觉。这是隆冬时节的一个寒夜,白茫茫的雾霭笼罩着城市,四下里的景致十分壮观。她能看见圣保罗大教堂、伦敦塔、西敏寺,还有城里教堂的尖塔和穹顶,光滑庞大身躯的银行,曲线丰腴的厅堂和会议厅。北边是光秃秃的汉姆斯戴德高地,西边是万家灯火的梅菲尔区的街巷和广场。晴朗无云的夜空中,朗朗的繁星闪烁,满含希望地凝视着宁静有序的城市夜景。在极为清冽的空气中,每片屋顶的线条,每根烟囱的烟囱帽,都依稀可见,甚至连街上的鹅卵石都粒粒分明。奥兰多忍不住将这井井有条的景致,与伊丽莎白女王时期混乱拥挤的伦敦城进行对比。在她的记忆中,那时的城市,如果可以被称作城市的话,拥挤不堪。在她布莱克弗雷尔宅邸的窗下就有一堆小房子。街道中间的臭水坑里,倒映着天上的星星。街角处本来还有个酒馆,如今那里有团黑影,没准是个被杀者的尸体。她还记得在这种夜晚会有殴斗,还传来阵阵伤者的惨叫声,那时她还是个小男孩,在保姆怀里往窗外张望,那窗户棱上还镶了钻石。流氓小混混们成群结伙,有男有女搂搂抱抱,有碍观瞻,沿街跟跟跄跄地走着,开心地唱着下流的小曲,耳朵上有珠宝在闪光,手上还有匕首的寒光。在这样的夜晚,高门和汉姆斯戴德高地的浓密森林会显出轮廓来,在天空的映衬下,那蜿蜒的山峦似是在痛苦地扭动着身躯。伦敦上方的这些山上,不知哪里竖起了一个绞刑架,尸体钉在十字架上已然腐烂或是枯干。伊丽莎白时代弯弯曲曲的大路，充斥了危险和不安、淫欲和暴力、诗歌和污秽；城市狭窄小巷的陋室里，到处嗡嗡作响，恶臭扑鼻。奥兰多现在还记得炎热夜晚的那股臭味。此刻，她身子探出窗外，一切都那么明亮有序、安宁静谧。石子路上传来马车驶过的嘎吱声。她还听到远处守夜人的喊声。"十二点了，早上有霜冻。"那报时声刚落，就传来午夜的第一下钟声。奥兰多第一次注意到，圣保罗大教堂的穹顶上方，集结着一小片云彩。随着钟声一下下敲响，那片云彩越聚越多，她看到云色渐渐变暗，又迅速扩散开来。与此同时，轻风骤起，当午夜的钟声敲响第六下时，整片东方的天空被不规则移动的黑影覆盖，而西边和北边的天空还依然澄澈。接下来，云彩又向北扩散。城市上方的天空被乌云席卷。只有梅菲尔还灯光通明，相比之下更显璀璨。当第八下钟声敲响时，匆匆而过的碎云铺满了皮卡迪利上空。它们似乎在这里集聚，并迅速向西边进发。随着第九下、第十下、第十一下钟声敲响时，整个伦敦上空乌云密布。当午夜钟声敲响第十二下时，黑暗吞噬了一切。汹涌翻滚的乌云布满了整个城市上空。到处都是黑暗，到处都是疑虑，到处都是混沌。18世纪结束了，19世纪登场了。

---

1 棱纹丝织（paduasoy）：18世纪流行的花织面料。

2 "一片"此处原文是"shiver"，有"碎片"之意，指的是"削下来的一片腌牛肉"；同时这个单词的常用义为"震颤"，与本段上文的"美妙的震颤"（delicious tremor）形成了呼应。

3 盖伊·福克斯（Guy Fawkes, 1570—1606）：英国天主教教徒，"火药案阴谋"（Gunpowder Plot）成员。该组织密谋在议会开会期间炸掉上议院，杀死詹姆斯一世，但未完成即被发现，相关成员被处死。在每年的11月5日纪念日，盖伊·福克斯的假人像被裹上各式衣服装扮起来烧掉，同时还会放焰火,所以这一天被称作"盖伊·福克斯之夜"或"篝火之夜"(Bonfire Night)。

4　海崖芹(Samphire):伞形科草本,生于欧亚大陆沿海地带,可以食用。这句话应和了《李尔王》(第四幕,第六场,第14—15行)中埃德加对多佛悬崖的描述:"半路下/悬着海崖芹的采摘者,可怕的职业!"(扮鬼脸)也是扮疯的埃德加所用(第四幕,第一场,第61—62行)。

5　《西班牙女郎》(Ladies of Spain):古老的意大利民歌,也是一首有名的海上船歌。

6　隐晦地指向奥兰多的追求者女大公的原型亨利·拉萨勒斯(Henry Lascelles)占有大片封地。

7　圣保罗大教堂的穹顶,让奥兰多想到了莎士比亚的额头。

8　1666年大火使圣保罗大教堂遭到损毁,17世纪由英国著名的设计大师和建筑家克里斯托弗·雷恩(Sir Christopher Wren)爵士花了45年的时间进行重建,其巨大穹顶为教堂最令人震撼的位置,上面有一座镀金的大十字架。

9　伦敦大火纪念碑(The Monument to the Great Fire of London):1666年9月2日伦敦布丁巷的一家面包房起火,火势在伦敦城迅速蔓延,持续了4天的大火烧毁了伦敦三分之一的房屋建筑,其中包括圣保罗大教堂。为了纪念这场大火,克里斯托弗·雷恩爵士设计建造的一座纪念碑,碑柱为通体古罗马多利安式石柱,高202英尺,石柱顶端为火焰装饰的金色圆球,象征着大火燃烧场景,奥兰多看到的应该就是碑顶。

10　此句中伍尔夫用了三个拉丁化的单词"orgulous""undulant""superb"来暗示当时流行起来的新古典主义风格。三个词分别有"高傲的""波动起伏的""崇高的"之意。

11　可可树(Coca Tree)咖啡馆实际上是个巧克力馆,在圣詹姆斯街64号。在1745年左右,这里是当时文人和政治活动家聚集的场所。

12　天主教徒(Papist):新教徒对天主教徒的蔑称。可可树咖啡馆是詹姆斯二世党人(Jacobites)的活动中心,他们都是天主教徒,所以此处用到这个蔑称。蒲伯是天主教徒,约翰·德莱顿后来也皈依了天主教,而艾迪生是国教派,所以他常遭到蒲伯的抨击。正因如此,此处舰长称这些二世党人为"爱闯祸的家伙"(sad dogs)。

13　原书注:船长肯定是弄错了,随便查阅任何一本文学教材都能发现;但是错误也无伤大雅,所以我们暂且不用纠正它。

14　布莱克弗里尔(Blackfriars):又可译为"黑修士",是伦敦城泰晤士河南岸的一片区域。16世纪前,河边曾经坐落着"黑修士修道院"(Blackfriars Monastery),常举办深具影响力的活动。17世纪初,修道院消失之后,这里成为伦敦的政治、商业和文化中心,也是高档住宅区。此区域还因文豪莎士比亚而闻名,他曾在这里生活了十二年。

15　博街(Bow Street)当时坐落着很多法庭。

16　大法官法庭(Chancery):又称衡平法庭,受大法官(Lord Chancellor)管辖。当案件在普通法庭无法判决时,便移交大法官法庭,但其办案速度以慢得出奇闻名。现为英国高等法院的一个部门。

17　百花香(potpourri):放在罐内的各色干花瓣,可使室内空气芬芳。

18 莫尔步行街（The Mall）：伦敦市中心的一条林荫大道，位于白金汉宫和特拉法尔广场之间。举行国事活动时，这里会用作游行地点。

19 原文是make some splash，这个短语原义是"溅起水花"，引申为"引起轰动"。作者又在后面加上foam(泡沫)，意为"引起小的轰动"，再与前面将社交圈比作水池相联系，就颇为形象了。

20 杜芳夫人（Madame du Deffand, 1697—1780）：法国贵族和才女。她与伏尔泰和霍勒斯·沃波尔通信，当时她举办的著名沙龙，其座上宾有当时的名作家和哲学家。

21 西比尔（Sibyl）：原意指古希腊和古罗马传说中传达神谕或预测未来的女性先知。在此文中暗指当时资助伍尔夫的伦敦贵妇西比尔·科尔菲克斯夫人（Lady Sibyl Colefax）。

22 圣丹尼之语（mot de Saint Denis）：圣丹尼的传奇，他拎着自己的头行走了两海里，说："这点距离不算什么，就是迈出第一步有点难。"

23 梅菲尔（Mayfair）：最早拼写为May Fair，伦敦海德公园东面的贵族住宅区，用来泛指伦敦上层社交界。

24 皮卡迪利广场（Piccadilly Circus）：伦敦索霍区的娱乐中心。19世纪时，广场中心竖起一尊爱神像，后来这里常被人当成约会或者集会的地点。伍尔夫经常把这里同妓女联系在一起，以此暗指父权压迫。

25 引自蒲伯《劫发记》（*The Rape of the Lock*, 1714）第二个诗章，第105—109行。

26 引自艾迪生《旁观者》（*Spectator*）1710年1月5日周四发行的一篇文章，是当时艾迪生写反对紧身裙的一段文字的最后一段。

27 引自斯威夫特《格列佛游记》（*Gulliver's Travels*）第4卷。

28 圆厅（the Round Parlor）：诺尔庄园中的"诗人厅"（Poets' Parlor），也是宴会厅，墙上挂着众多主人文豪朋友的画像。

29 切斯特菲尔德勋爵（Lord Chesterfield, 1694—1773）：英国著名政治家、外交家及文学家。他与同时代的斯威夫特和蒲伯过从甚密。其最有名的作品是过世后出版的写给儿子的书信集《告子书》（Letters to his Son），被誉为"绅士们的教科书"。这句带有厌女味道的话，是伍尔夫改动原句后的产物，原句为"女人不过是孩童……"引自《告子书》（1748年9月5日）。

30 《女人的品格》：蒲伯讽刺信简《致淑女：论女子的品格》（*To a Lady: of the Characters of Women*, 1735）。

31 1920年，维塔与维奥莱特私奔到亚眠（Amiens），二人的丈夫在后面追赶。

32 约翰逊博士（Samuel Johnson, 1709—1784）：18世纪后半叶的文坛巨擘。诗人、辞典编纂人。

33 包斯威尔（James Boswell, 1740—1795）：约翰逊博士的忘年之交，崇拜者。他为其撰写了《约翰逊传》。

34 威廉姆斯夫人（Ms. Williams）：是约翰逊家的一位成员。

第 五 章

在19世纪的第一天，漫卷而至的乌云不仅遮蔽了伦敦上空，而且笼罩了英伦三岛。乌云久久不散，后来才在持续的狂风夹击下散去。然而乌云给其阴影下生活的人们带去了很多意外的后果。比如英格兰的气候似乎发生了变化。雨水更频繁了，往往是毫无规律的骤雨，一场接一场地下。当然也会出太阳，但太阳周围总是云雾缭绕，空气中水汽弥漫。阳光变得黯淡，暗沉的紫色、暗沉的橘色、暗沉的红色，取代了18世纪更为明快的图景。在这青紫色的阴沉天空下，卷心菜不再是绿油油，白雪也变得脏兮兮。而且更糟糕的是，潮气开始侵入家家户户。潮湿，是最阴险最狡诈的敌人，因为烈日可以被百叶窗阻挡，冰霜可以被烈火烤化，唯有潮湿趁我们熟睡时悄悄潜入。潮湿，它无声无息，不知不觉，却又无处不在。潮湿使木头胀大，使水壶长毛，使铁器生锈，使石头腐蚀。发霉的过程是潜移默化的，所以直到打开抽屉，拎起煤斗，看到手里的东西散架，我们才会怀疑是潮湿捣的鬼。

于是神不知鬼不觉地，英格兰的气质[1]变了，也不知道是哪天开始的。这种变化的影响随处可见。过去，结实矍铄的乡绅坐在房间里，高高兴兴地享用麦芽酒和牛肉，房间的古典风格也许是亚当兄弟[2]的设计。可是现在他却感觉冰冷。于是，小地毯铺上了，胡须蓄好了，裤脚都扎紧了。很快，这乡绅腿上感到的寒意侵入了他的家里。于是家具被蒙上，墙贴了壁纸，桌上盖好了桌布，什么也不敢露在外面。接着饮食发生了重要的改变。松饼和小圆烤饼[3]横空出世。咖啡替代了餐后酒，咖啡又使喝咖啡的客厅流行起来，客厅又引出了玻璃橱柜，玻璃橱柜引出了假花，假花引出了壁炉架,壁炉架引出了钢琴,钢琴引出了客厅歌谣[4],客厅歌谣(跳过一两个步骤)引出了无数小狗、垫子和瓷器装饰,家发生了翻天覆地的变化,而家也变得极为重要。

潮湿还使得房外的常青藤繁茂生长。石头房子裸露的石墙上,覆盖了厚厚的青苔。花园无论之前设计得如何错落有致,如今都是灌木丛生,杂草遍地,曲径迷踪。孩子们的房间,光照进来便滤成了暗绿色;成年男女的客厅里,光要透过棕色和紫色的长毛绒窗帘照进来。但是变化并不止停留在表面,潮湿长驱直入到人们心里。男人们感到透心的冰冷,觉得湿气侵入了大脑。他们千方百计想将情感偎依在温暖的角落。爱情、生命与死亡都被装入形形色色的华丽辞藻中。两性愈发貌合神离。无法容忍开诚布公的谈话。双方都一味在躲闪试探、隐藏遮掩。他们的繁殖力,也像外面的常青藤和常青树一样,在潮湿的土地上疯长。[5]女人们会连续生好几个孩子。她十九岁嫁人,三十岁就生了十五至十八个孩子,因为双胞胎就不少。于是,大英帝国建立了;于是——潮湿不会停止,它像侵入木器一样侵入了墨水瓶——句子变得冗长,形容词泛滥,抒情诗变成了史诗,原本一篇专栏散文就能讲完的小事,如今写成了十卷、二十卷的百科全书。这一切影响了天性敏感的人,然而他对此却无能为力。这一点,尤西比乌斯·查布可以为我们见证。他在回忆录的结尾这样描述道:一天上午写了三十五页的"无聊文字",他拧上墨水瓶盖,去花园散步。很快他发现自己陷入灌木丛中。层层叠叠的叶子在他头上窸窣作响,又熠熠闪光。他感觉"脚下碾碎了成千上万的霉菌"。花园尽头燃着一堆篝火,受潮的木柴冒出了浓烟。他想,世界上所有的火焰,都无法烧尽这片浓密的植物屏障。举目四望,到处植物疯长。黄瓜"从草那边蜿蜒爬到他的脚下"。巨大的菜花在露台上节节攀高,他不禁胡思乱想,总有一天它会与榆树比肩。母鸡不停地下蛋,蛋壳黯淡无色。他叹了口气,想到自己的孩子也不少,可怜的妻子简正在屋里经历第十五次分娩的阵痛。既然这样,他扪心自问,又怎能怪母鸡呢?他抬头仰望天空。难道不是上苍,或是天堂之门——天空,赞同而且激励了这种后代的繁衍吗?看那里,无论冬夏,年复一年,云卷云舒,翻滚游移,如同鲸鱼,他琢磨着,似乎更像大象;哦不,他脑海中萦绕着一个挥之不去的比喻,来自万里苍穹:天空漫铺在不列颠群岛的上方,犹如一张巨大的羽毛床。丰饶多产的花园、孕育新生命的卧房、迎来小鸡出壳的鸡窝,都不过是这张羽毛床平凡无奇的翻版。他进了屋,写下上面所引的这段话,头靠在瓦斯炉上。待到人们发现他时,他已经溘然长逝了。

  这样的情况出现在英国各处,奥兰多正好退隐到她在布莱克弗雷尔的住处,自欺欺人地当作一切未变。可以随心所欲地说话,爱穿裤子就穿裤子,爱穿裙子就穿裙子。但是最后,她还是不得不承认时代变了。在19世纪初的一个下午,她乘坐自己那辆装镶板的老式马车出行。路过圣詹姆斯公园时,忽见一缕少见的阳光挣扎着穿过云层、抵达大地,在穿过云层的那个瞬间,这缕光将云朵染得异彩纷呈。18世纪的天空曾一碧如洗,而现在的景象却堪称奇观,这引得她拉开窗户,向车外张望起来。暗褐和火红的云彩勾起了她苦乐参半的思考,让她想起在爱奥尼亚海边奄奄一息的海豚。这说明她已经不知不觉地深受潮湿的荼毒。但令她惊讶的是，当这道光照到地面时，仿佛召唤点亮了一座金字塔、一场百牲祭或是一堆战利品(这里有宴请四方的氛围)。那五花八门、千奇百怪的物品聚集一处，杂乱无章地堆在了山丘上，如今那里立着维多利亚女王像！一个已磨损的金花叶图案的硕大十字架，上面挂着寡妇的丧服和新娘的面纱；水晶宫、床头摇篮、战盔、悼念花环、裤子、胡子、结婚蛋糕、加农炮、圣诞树、望远镜、灭绝的怪物、地球仪、地图、大象和数学仪器，全都挂在其他赘物上。这一大堆东西就像一个巨大的盾徽，被两个人形支撑起来，右边是一袭白衣飘飘的女子，左边是身着长礼服[6]和肥裤子的魁梧绅士。[7]不相称的各种物体堆砌在一起，穿戴整齐的和袒胸露背的混搭，五颜六色的东西并置，看上去像花格呢一样，这让奥兰多觉得无比沮丧，兴致顿失。她一生从没见过这么粗鄙丑陋的庞然大物。很可能是阳光照在水汽凝结的空气中形成的海市蜃楼，一定是。一缕微风吹来，让这幻景烟消云散；可是当她乘车驶过时，这一切又仿佛挥之不去。她缩回到马车的角落里，感觉那个花里胡哨的庞然大物不会被摧毁，不管是风雨交加，还是电闪雷鸣，还是日头高照，都无法奈何它。只是它的鼻子变色斑驳，喇叭会生锈；但是，那庞然大物会待在那里，永远张牙舞爪地伸向四方。当她的马车爬上宪法山时，她转身一望。它还在那里，一直在阳光下平静地熠熠发光。她从裤子口袋里拽出怀表来，此刻是中午十二点。那东西正是在晌午的阳光下闪着光。没有什么比它更平凡乏味，更冷漠无情，对黎明和日落的景色无动于衷，却似乎又一心想要永存于世。她决心不再看它。她感到自己的血液在缓慢流动。但是奇怪的是，当她经过白金汉宫时，冥冥中的一种超自然力使她眼神落在了自己的膝盖上,脸上却泛起了红晕,是那种艳红色。她看见自己穿的是黑色马裤,不禁一惊,直到驶进乡下庄园还是满脸通红。想想四匹马小跑三十英里用的这么长时间,她的脸还是那么红,这足以证明她多么纯洁。

一到庄园,她就从床上拽了条缎被把自己裹了起来,这是她最紧迫想要做的。她和巴托洛姆寡妇解释说自己觉得冷,这位寡妇是接替善良的老格里姆斯迪奇太太做管家的。

"夫人,我们也觉得冷,"那寡妇说,深深地叹了一口气,"墙都在冒汗。"她语气里透着一种漠不关心,十分奇怪而又让人伤悲。的确,她刚把手放在橡木墙板上,就留下了手指的水印。墙外的常青藤疯长,所以很多窗户现在都打不开了。厨房黑乎乎的,很难辨认出哪个是水壶,哪个是滤锅。一只可怜的黑猫就被当成了煤,铲到炉火里去了。虽然是在8月里,但女仆们大多套着三四层红色法兰绒衬裙。

"夫人,"善良的女管家抱着双臂问道,金色十字架在她胸前一起一伏,"是真的,女王(老天保佑她)身上穿的那个,您叫什么?"善良的管家迟疑着,红着脸说。

"裙撑",奥兰多帮她说了出来(她在布莱克弗雷尔时,就听到过这个词)。巴托洛姆太太点点头。眼泪顺着面颊流了下来,但她泪水未干,人却又笑了。因为哭泣让她们快乐。她们不都是柔弱的女人吗?穿着裙撑,能更好掩盖一个重要事实,也是唯一需要掩盖的事实,但也是可悲的事实,那就是她们怀孕即将临产的事实,每个谦卑的女人都要拼尽全力否认这个事实。其实端庄的女人一辈子要生育十五到二十个孩子,但她大多数时间都要用在掩饰怀孕这个事实上,而每年至少有一天,怀孕这件事就隐瞒不住了。

"松糕还热乎着呢,"巴托洛姆太太一边抹去眼泪,一边说,"放在苏(书)房里了。"

于是,奥兰多裹着一床缎被坐在那里,面前是一碟松糕。

"松糕还热乎着呢,放在苏(书)房里。"奥兰多一边喝着茶,一边从嘴里挤出来几个糟糕的发音,她是在模仿巴托洛姆太太拿腔拿调的伦敦东区口音。哦,不,她讨厌茶水这种温和寡淡的饮品。她记得就在这个房间里,伊丽莎白女王当时叉开腿站在壁炉旁,手里端着一壶啤酒,当伯格利勋爵说话时没分寸地用到了命令语气,而非假设语气时,女王猛地就将酒壶掷到了桌上。"小东西啊,小东西,"奥兰多仿佛现在还能听到她的声音,"'必须'这种词,你能对君主用吗?"[8]如今,桌上还留着酒壶砸出来的痕迹。

一想到伟大的女王,奥兰多就一跃而起,但被缎被绊住了,她跌回到后面的扶手椅里,骂了一声。她想,明天得买二十多码的黑色邦巴辛毛呢[9]来做裙子。然后还得买个裙撑(想到这里她脸红了),然后还得买个婴儿摇篮(她脸又红了),然后再买个裙撑什么的……她脸上红一阵白一阵,可以想象她内心中交织着端庄和羞耻。可见时代精神,正吹拂着她的脸颊,忽冷忽热。即便时代精神之风时大时小,考虑到她性别的含混暧昧(她的性别至今还有争议),考虑到她之前生活的不同寻常,恐怕她在嫁人之前就为裙撑脸红这事儿也情有可原了。

最后,她的脸色恢复如常了,似乎时代精神——如果真有时代精神的话——也一时间沉寂了。接着,奥兰多伸手在衬衫胸口处摸索,似乎在寻觅旧爱的盒式吊坠或信物,但掏出来的却是一卷纸，上面有海水浸过的水渍，还有血迹和旅行留下的痕迹，那是她的诗稿《大橡树》。这么多年她一直随身携带，历经多少艰难险阻，历经多少危机四伏，稿纸上已满是污迹，残破不堪。当时她与吉卜赛人生活时，因为缺纸而不得不在页边反复着笔，在行间多次勾画，以至于现在手稿看上去就像精心织补而成，上面针脚细密。她翻回到第一页，看到那上面是少年时的稚嫩笔触写下的日期1586年[10]。这诗稿她一直并未辍笔，至今已有三百年了。到一笔挥就的时候了。她开始翻阅纸稿，凑近纸面，时而细细品读，时而一目十行，边读边斟酌。这些年来，她的变化微不可见。也曾经是个忧郁少年，像所有年少的人那样迷恋死亡。后来她成了多情的翩翩公子，再到后来变得精力充沛却又玩世不恭。有时候她尝试写散文，有时候会写戏剧。而经历了这么多变化，她依然故我，一如既往地热衷于沉思默想，钟情于动物和自然，对乡野四季激情满怀。

"毕竟，"她站起身来，走向窗口，"一切都未曾改变。房子还是老样子，花园也未改变半分。椅子未曾挪动一把，饰品未曾变卖一件。一样的步道，一样的草坪，一样的树木，一样的池塘，我敢说，里面的鲤鱼都和原来一样。当然，王座上如今坐的是维多利亚女王，不再是伊丽莎白女王，可这又有什么分别呢……"

这些想法刚刚成形，就仿佛受到了非难，因为门忽地被推开，进来的是男管家巴斯克特，后面跟着女管家巴托洛姆太太，他们来收拾茶具。奥兰多刚刚用笔蘸了墨水，正要挫万物于笔端，凝思亘古于纸上，可谁知笔头一滴墨汁落在纸上，并向四周晕染开洇成一团墨渍，令她很是恼怒。心想肯定是鹅毛笔出问题了,不是笔头裂开,就是脏了。她又蘸了一下墨水,可落笔纸上时墨渍洇得更大了。她努力寻觅刚才的思路,但是却凝滞住,只字未出。接下来,她便给这墨渍描上翅膀和胡须,把它画成一个圆脑袋怪物,既像蝙蝠,又像袋熊。但是,巴斯克特和巴托洛姆在房间里忙活,她就不可能写诗了。但"不可能"刚说出口,她就惊讶地发现,笔又开始画出平滑流畅的曲线,能自由游走于纸面。这一页出现了最利落的意大利文斜体字,但却是她今生读过的最枯燥乏味的诗句。[11]

> 在疲惫不堪的生命链条中
> 我只是微不足道的一环,
> 但我所说过的神圣话语,
> 啊,绝非枉然!

> 年轻的姑娘,眼中闪烁着泪花,
> 在月光下孤独地啜泣
> 那是为远方的爱人洒下的热泪,
> 她喃喃低语……

她写啊写啊,写个不停,不顾巴托洛姆和巴斯克特在房间里转悠,他们咕哝抱怨着,添柴续火,收拾松糕。

她又蘸了蘸墨水,继续写道:

> 她朱颜已改,柔软的粉红云朵

> 曾覆上她的双颊,犹如晚霞
>
> 依偎在天边,闪烁着玫瑰的色彩
>
> 如今已苍白黯淡,间或显出
>
> 燃烧的红晕,如同墓室被火炬照亮

但是此时,她忽然将墨水泼到纸上,想盖住这些文字,永远不被人看到。她浑身颤抖,心乱如麻。她感觉不由自主的灵感使墨水流淌,再没有比这更令人反感的了。她到底怎么了?是因为潮湿,还是巴托洛姆太太,或是巴斯克特,到底是因为什么?她自问道。但是空荡荡的房间里,无人作答,只有雨滴答滴答落在常青藤上,姑且算作答案吧。

此时此刻,她立于窗前,一种别样的刺痛和战栗在全身游走,仿佛她由千万根琴弦制成,轻风拂来,或是指尖滑过,在上面随意撩拨着音符。她时而脚趾感到刺痛,时而痛感传至骨髓。而股骨周围更是痛得无以复加。头发似乎根根直立。胳膊也会唱歌,会发出嘣嘣声,就像二十年后的电报线被拨动一样。可所有这些焦虑不安最后都集中于她的双手,然后集中于一只手,再后又集中于那只手的一根手指,最后围绕着左手无名指,缩成一圈战栗的感觉。她举手看看颤抖的原因,却没有任何发现,只有当年伊丽莎白女王赐给她的一枚硕大的孤零零的翡翠戒指。这难道还不够吗?她自问道。那翡翠的种水可是最好的,那戒指至少要值一万英镑。但她的战栗和抖动,似乎正以最奇怪的方法说不(但是,请记住我们所讨论的,正是人类灵魂深处最隐秘的表现),说那并不够。并且,她又用拷问的语气,仿佛在问,这意味着什么?这种间断,这种奇怪的疏漏意味着什么？不知何故，可怜的奥兰多为自己左手无名指羞愧难当，她也不知是何缘由。这时，巴托洛姆进来请示她晚餐时的着装。奥兰多敏感地瞅向巴托洛姆太太的左手，立即发现了之前从没注意到的细节——巴托洛姆太太的中指上戴着一枚厚重的黄疸色戒指，而她自己的手指上却空空如也。

"让我看看你的戒指，巴托洛姆。"她说着，就伸手去取。

巴托洛姆太太的反应，就像是当胸受到恶棍的袭击。她吓得后退了一两步，握紧拳头一挥，那手势倒是高贵至极。"那可不成。"她不卑不亢地说，女主人愿意看就看好了，至于摘下结婚戒指，无论是主教，还是大主教，或是在位的维多利亚女王，都不会强迫她这样做。从她的托马斯把这枚戒指给她戴在手上，距今已经二十五年六个月三个星期。这枚戒指，她睡觉时戴着，劳作时戴着，洗东西时也戴，祈祷时也戴，甚至死后也想要这戒指陪葬。她因为情绪激动而语无伦次。可实际上奥兰多明白，正是这结婚戒指的光辉，使她死后位列天使仙班。而戒指一旦离开她的手指，光泽便会永远被玷污。

"老天可怜可怜我吧，"奥兰多立于窗前，看着外面嬉戏的鸽子，自言自语，"我们生活在怎样的世界啊！到底是怎样的世界啊！"世界的错综复杂令她惊慌失措。此刻她似乎觉得整个世界都戴上了金戒指。她进去吃晚餐，结婚戒指比比皆是。她去教堂，结婚戒指随处可见。她乘马车出门，看到大家手上的金戒指和仿金戒指都在微微闪光，纤巧的，厚重的，朴素的，流畅的。珠宝店里的戒指更是数不胜数，都是不带宝石的素戒圈，而奥兰多收藏的戒指镶有炫目的人造宝石和钻石。同时，她还注意到镇上人兴起了新的时尚。以前,常会碰到小伙子在山楂树篱下和姑娘调情。奥兰多就曾用鞭梢轻轻抽过他们,然后大笑着走开。如今,一切都变了。情侣们搂搂抱抱,如胶似漆,慢悠悠地轧马路。男孩女孩十指相扣不放手。常常被马鼻子顶到,他们也依旧不愿分开,相拥着挪到路边。奥兰多只能猜想,这大概是人类的新发现,能让人如胶似漆地黏在一起,牢不可分,她可猜不到这是何时何人的发明创造。似乎不是大自然的功劳。她瞅瞅鸽子、兔子和猎鹿犬,看不出大自然对它们的改变,至少从伊丽莎白时代以来它们毫无变化。她看到兽类之中并没有形影不离的伴侣。难道是维多利亚女王或墨尔本勋爵[12]发明了婚姻这种伟大的制度?可是,她想,女王据说喜欢狗,而墨尔本勋爵听说喜欢女人。婚姻这想法让她觉得奇怪,又令她反感。的确,对她这样一个在意体面和卫生的人来说,身体的亲密接触令人厌恶。她在静思默想时,那根手指上总是刺痛难忍,以至于让她没法理清自己的思绪。这千头万绪就像女仆的幻想,不是相思憔悴,就是眉目传情。想到这些,她脸红了。这也没什么大不了的,无非就去买只丑陋的戒指,像其他人一样戴在手上。她真的付诸行动了,买来后躲在窗帘后面的阴影里,满心羞愧地偷偷将戒指戴在手指上,但是毫无用处。那刺痛感反而更强烈了,更猖獗了。那天晚上她彻夜未眠。次日清晨,当她提笔写作时,要不就是大脑毫无灵感,要不就是笔一次次滴墨,在纸上留下团团墨渍。或者更让人吃惊的是,笔缓慢前行,流畅地写下了关于早亡和腐朽的话题,这倒不如文思凝滞。她的例子佐证了这一点:我们仿佛不是用手指,而是用整个身心来写作。控制笔的神经会动用我们身体的每一根纤维,撕心裂肺。她的烦恼似乎缘起于左手,但能感觉自己中毒愈深,最后被迫要考虑最绝望的补救方式,那就是彻底妥协,顺应时代精神,找个丈夫嫁掉。

结婚有悖于她的天性,这显而易见。当年大公的马车轮声渐渐远去时,她呼之欲出的呐喊是"生活!恋人!"而非"生活!丈夫!"。而且上一章写道,她为了追求这个目标,到伦敦城里见世面。时代精神不可抗拒,顺之者昌,逆之者亡。比起识时务者,那些忤逆时代精神的人,往往会一败涂地。奥兰多的天性顺应伊丽莎白时代、复辟时期和18世纪的时代精神,所以最终意识不到改朝换代的变化。但是她与19世纪的时代精神格格不入,会被征服并摧毁,所以深知自己遭受了前所未有的惨败。很有可能,人在不同的时代感到生逢其时:有的人精神气质与这个时代相符,有的人与那个时代一致。既然奥兰多变作女人,已经三十岁出头,个性已然定型,强迫其行违背天性之事实难容忍。

所以她哀伤地站在起居室窗前(巴托洛姆太太就这样称呼她的书房),她已经顺从地穿上了沉重的裙撑,重到让她直不起腰。她从未穿过这样重、这样晦暗的衣服,也从未穿过这么碍手碍脚的衣服。她再也不能和猎犬在花园里大步流星地走,再也不能轻快地跑上高冈,扑倒在大橡树底下。她的裙摆拖带了地上湿漉漉的叶子和稻草。插着羽毛的帽子,风一吹就被掀走了。薄薄的鞋子很快就会被浸湿,结满泥块。她的肌肉失去了弹性。她也变得紧张兮兮,总觉得护墙板后面藏着贼人,而且平生第一次害怕走廊里撞见鬼。所有这些都逼着她,一步一步地屈服于新的发现,无论是维多利亚女王还是别人开始的这个新制度,那就是每个男人女人都会被安排一个伴侣,相互扶携支撑,白头偕老,共此一生。她觉得,可以互相依靠,相伴着坐下躺下,甚至长眠不醒,也不失为一种慰藉。尽管过去她那么骄傲,如今她也被这种时代精神征服。而且当她情绪低落到前所未有的谷底,那些挥之不去、反复追问的刺痛,却变成了最为甜美的旋律,仿佛是天使用白皙的手指拨动着竖琴琴弦,她全身心都沉浸于一种超凡脱俗的和谐中。

可谁又是她的依靠呢?她问那飒飒秋风。现在已是10月,却还是潮湿多雨。她依靠的人不是大公,他已经娶了一位贵妇,这些年都在罗马尼亚猎兔;也不是M先生,他已经皈依了天主教;也不是C侯爵,他正在博塔尼湾[13]缝麻袋;也不是O勋爵,他早已葬身鱼腹。种种原因,她所有的故友如今都离她而去,德鲁里巷的那些叫奈尔和凯蒂的姑娘们,虽然她很喜欢她们,但都不是她能依靠的臂膀。

她抬眼望着飞舞的云彩,双手紧握,跪在了窗台旁边,一副楚楚动人的女子模样。她自问道:"谁是我的依靠?"这话不由自主地脱口而出,她的双手也是自然而然地十指相扣,而她的笔也仿佛是自己在写字。那不是奥兰多在说话,而是时代精神。无论谁提问,都没有答案。在秋天紫罗兰色的云霞中,乌鸦杂乱地飞翔。最后雨停了,天空中出现一道彩虹。奥兰多被这景色所吸引,她干脆戴上插着羽毛的帽子,蹬上精巧的系带鞋,在晚饭开饭前出去散步了。

"人人都成双入对,只有我形单影只。"她若有所思地说,穿过庭院时郁郁寡欢。乌鸦比翼双飞,甚至今晚连卡努特和丕平都有伴儿,尽管陪伴时间短暂。"然而,我,它们的女主人,"奥兰多思忖着，"却是茕茕孑立，无依无靠，独守空房。"她经过大厅时，瞥了瞥那数不清的纹章彩饰的窗户。

这些想法，之前从未有过；而此时，却挥之不去，击垮了她。她没把大门砰地推开，而是戴着手套轻轻敲门，让守门人帮她打开。她想，人必须有所依靠，哪怕仅仅是个守门人。她甚至隐隐地希望能留下来，帮他一起在烧红的炭火上烤肉排，但又不好意思说出口。于是，她独自一人又走入猎苑，起初有些踌躇，担心那里有偷猎者或是猎场守卫，甚或是跑腿小厮，他们肯定会奇怪她这样一位淑女竟然一个人到处溜达。

每走一步，她都要紧张地四处张望，担心有男人藏在荆豆丛后，也害怕有野牛低头冲过来，用角挑起她抛向天空。但这里其实只有一群在天空盘旋的乌鸦。它们身上一根铁青色的翎毛掉落在石楠丛里[14]。她喜欢野禽的翎羽，过去当男孩子时就常常收集。她把这根翎毛捡起来，插到帽子上。微风轻拂，她精神为之一振。乌鸦在头顶盘旋飞来飞去，一根一根的翎毛飘落下来，在淡紫色的空气里微微闪着光。她追着这些翎毛，穿过荒地，跑上山坡，长长的披风在身后飘扬。她已经好多年没有跑过这样远的路了。她从草地上拾起六根翎毛，夹在指间贴近唇边，感受着翎毛的光滑与平润。这时，她看见山坡那边有个波光粼粼的水塘，闪着神秘的银光，就像当年贝德维尔爵士掷入亚瑟王宝剑[15]的那个湖泊。空中一根羽毛颤巍巍地飘落入湖心。奥兰多感到一种奇怪的兴奋在身上蔓延开来。她心中升起一个荒唐的想法，仿佛跟着这群乌鸦来到天涯海角，扑倒在松软的草地上，啜饮着忘却之酒，乌鸦嘶哑的笑声在天上回响。她加快了脚步，奔跑起来，被粗硬的石楠根须绊倒在地。她脚踝扭伤了,站不起来,但她心满意足地躺在那里。沼泽香桃木和草地的甜香气息扑面而来。乌鸦嘶哑的笑声还在耳边回荡。"我找到了自己的伴侣,"她低语着,"就是这片荒地。我是大自然的新娘。"她轻声自语,裹紧披风躺在池边洼地里,欣喜地陶醉在草地冰凉的怀抱里。"我将长眠于此(一片翎羽飘落在她的眉头)。我找到了碧绿的桂冠,比海湾还要碧绿。我的额头将总是这样清凉。这里有野禽的翎羽,那是猫头鹰和欧夜鹰的翎羽。我将沉浸于这荒野的梦想中。我手上将不再戴上结婚戒指,"她说着,便褪下手上的戒指,"只会让根须缠满指间,啊!"她叹了口气,将头放纵地枕在松软的草皮上。"很多年来,我一直在追寻幸福,但毫无收获;我也在追逐名利,但与它失之交臂;我在追求爱情,但一无所得;我在追求生活……看,死了更好。我认识人间男男女女,"她接着说,"却未曾走进他们的内心。对我而言,头枕碧空,安息于此,岂不更好,正如多年前吉卜赛人和我讲的那样。那还是在土耳其。"她直直地望向天空,云起云落,搅动起奇异的金色泡沫。接着,她看见上面出来一条小路,一队骆驼沿着小路穿过红沙尘漫卷的戈壁沙漠。驼队过去之后,那里只留下高山险峰,峭壁叠嶂。冥冥中,她好像听到了山路上山羊脖子上的铃铛声,看到了漫山遍野的鸢尾花和龙胆草。此时,天色骤变,她视线缓缓下移,看到雨水打湿而变暗的土地,看到南丘的大片山冈,沿海岸线蜿蜒绵延。土地的尽头是海洋,海上有舰船。她仿佛还听见远方的大海传来枪炮声,起初以为是"西班牙无敌舰队",可转念一想,"不对,那是纳尔逊将军[16]",她这才想起那些战争应该早就结束了,这些不过是繁忙的商船。蜿蜒河面上的簇簇白帆不过是游船。她还看到暗黑的田野上,牛羊星罗棋布,她看到田舍窗间点亮的万家灯火。牛群羊群里游移的亮光,那是巡夜牧人手中的烛火。接着,灯火熄灭,星星升起,夜空缀满闪亮的繁星。她脸上覆着湿漉漉的羽毛,正在半梦半醒之间,耳朵贴着大地,这时听到深深的地下传来锤子敲打砧板的声音,那是心脏跳动的声音吗?咚咚,当当,它敲着打着,那是大地的心脏在跳动。听到最后,她觉得那声音变成了马蹄声。一、二、三、四,她数着;又听到马绊倒的声音;那声音越来越近,她能听到枝叶断折和马蹄踏进沼泽湿地的声音。马差点踩到她身上。她赶紧坐了起来。在拂晓的昏黄天空背景下,她看到一个高大的黑色人影骑在马上,周围有鸻鸟起落飞舞。那人也是一惊,骤然勒住了马。

"夫人,"那人惊呼着跳下马来,"您受伤了!"[17]

"我已经死了,先生!"她回答。

几分钟之后,他们订婚了。

次日清晨,二人共进早餐时,他告诉她,他名叫马玛杜克·邦斯罗普·谢尔默丁,是一位骑士。

"我知道!"她说,因为他有种浪漫、侠义、热情、忧郁而坚定的气质,很配他这个野性、似乎长着黑色羽毛的名字。这名字让她想起乌鸦翅膀上的铁青色光芒,它们嘶哑的笑声,它们如蛇般飞旋飘落银色池水中的翎羽,还有其他种种意象,我们很快就要写到。

"我叫奥兰多。"她说。他已经猜到了。因为你只要看到一艘洒满阳光的船扬帆起航,气宇轩昂地从南海而来,横跨地中海,便会立即说:"那是奥兰多。"

实际上,他们虽然刚刚萍水相逢,却如同热恋中的人儿,在每件重要事情上,无须两秒钟便心心相印。只剩一些无关紧要的细节需要进一步了解,比如叫什么名字,住在何处,身无分文还是家财万贯。他和她说,他在赫布里底群岛有一座城堡,但如今已经残破荒败,餐厅成了塘鹅饱餐之所。他曾经当过兵,还当过水手,曾去东方历险。他此刻正在赶往法尔茅斯[18]的途中,去那里登上等他的双桅帆船。如今风歇了,只有刮西南风时,他才能出海。奥兰多赶忙望向早餐室窗外的风向标,幸好那只镀金豹尾正指向东方,如岩石般岿然不动。"噢!谢尔,别离开我!"她喊着,"我爱你爱得发狂。"但话刚脱口而出,两人心里同时涌现出一种可怕的疑虑。

"你是个女人,谢尔!"她喊道。

"你是个男人,奥兰多!"他喊道。

其后便是一番辩解和表白,这情景旷古未有。当二人平静下来再次对坐时,她问他,刚才说到的西南风怎么回事?他到底要去往何方?

"我要去合恩角[19]。"他一语带过,脸红了。(男人也会像女人一样脸红,只不过原因不同。)她不停地追问,又不断地用直觉揣测,最后才勾勒出他的经历,他竭尽一生要去博取最惊心动魄又灿烂无比的历险,他绕着合恩角航行,与狂风搏斗。桅杆被扯断,风帆被撕成碎条(为了让他承认这些,她不停地追问)。船一度沉没了,他是唯一的幸存者,乘木筏漂流,被救时只剩一块饼干。

"如今男人能做到的只有这些了。"他不好意思地说,自顾自舀了一大勺草莓酱。于是,她眼前浮现出这样的情景:桅杆折断,天旋地转,而这个男孩(他还很年轻)一边吸吮他酷爱的薄荷,一边吼着简短指令,命令砍断这个,扔到海里那个。这情景让她热泪盈眶。她注意到此时的泪水比以往更为甜蜜。"我是个女人,"她想,"终于成为一个真正的女人。"她从心底感谢邦斯罗普,给了她这样罕有、这样意外的快乐。她若是左脚没有瘸,一定会坐到他的膝上。

"谢尔,亲爱的,"她又开口说道,"告诉我……"他们又聊了两个多小时,也许是在聊合恩角,也许不是,记下这些聊天内容并无太大意义,因为他们之间如此默契,以至于无话不谈,但他们的谈话其实也并无实质内容,不过是聊些傻傻的、无聊的事情,比如怎么做个煎蛋,在伦敦何处买最好的靴子。他们聊的这些琐事,虽然没有外在加持的光彩,却不乏内在的迷人之美。正因为大自然的明智简约,我们的现代精神无须语言便可呈现。既然所有的表达都言不尽意,那最普通的表达反而揭示深意。因而,最平凡的谈话往往最具诗意,而最具诗意的往往无法用文字呈现。正因如此,我们在这里留下大片飞白,此处无言胜有言。

他们又这样谈了几天。

"奥兰多,亲爱的。"谢尔刚开口,就听见外面传来一阵嘈杂声,男总管巴斯克特进来禀报,说楼下有两位警察[20]来呈送女王的令状。

"请他们上来。"谢尔默丁简短地说,仿佛正在自己的甲板上,下意识地背手立于壁炉前面。两位身着墨绿色制服的军官进了房间,他们胯上别着警棍,立正站好。相互行礼后,他们奉命亲手将一份重要的法律文件交到奥兰多手上。文件上有蜡封和丝带捆扎,接文件时需要宣誓和签字,可见文件的内容极为重要。

奥兰多浏览了一下这份文件,找到相关的关键事实,用右手食指点读着说:

"案件的判决结果公布了,"她继续读着,"有些判决对我十分有利,比如说……还有很多判决对我不利。我在土耳其的婚姻被宣布无效(当时我是驻任君士坦丁堡的大使,谢尔。她解释道),子女被宣布无效(他们说西班牙佩皮塔给我生了三个儿子),所以他们根本无法继承,这太好了……性别?啊!性别的判决结果呢?"她庄重地朗读着,"我的性别,被毫无争议、毫无疑问地宣布为(谢尔,我刚才和你怎么说的?)女性。被扣押的房产交还给我,可以永远由我的男性子嗣世代相传。或者我若未婚……"读到这里她愈发对这种冗长的法律文件感到不耐烦,接着说,"我不会继续单身的,也不会没有后代,所以后面部分就当念过了吧。"她于是在帕默斯顿勋爵[21]下方签上了自己的名字。从这一刻起,她可以不受打扰地拥有她的贵族头衔、她的大宅和她的财产,尽管此刻她的财产已然大幅缩水,因为打这场官司费用惊人。虽然她再次得到贵族头衔,可也失去了财富。

案件的判决结果众所周知之后(传闻扩散的速度比替代它的电报快多了),整个镇子一片喜悦。

【人们套上四轮四座大马车,空着就赶上了大街,单纯为了出来溜达一圈，于是高街上各种马车川流不息。公牛酒吧和牡鹿酒吧，到处都有人演讲和辩论。整个镇子灯火通明。金匣子安全地锁入玻璃盒里，钱币也被妥善地藏到石头下面。医院建立起来。老鼠和麻雀俱乐部也开门营业。市场上烧毁了十多个土耳其妇女的人像，还有不少乡下小伙子的人像，嘴里垂下的纸条上写着"我是卑鄙的觊觎王位者"。不久有人看见女王的奶油色小马在街上一路小跑，给奥兰多送来女王的命令，请她在当天晚上到女王的城堡[22]用膳并留宿。她的桌子又像从前一样，上面堆满了雪片一样飞来的请柬，有R伯爵夫人的、Q夫人的、帕默斯顿夫人的、P侯爵夫人的、W. E. 格莱斯顿[23]夫人的，还有来自其他人的请柬，都请她赏光莅临，还说起之前与她的交情，以及家族之间的世代修好等。】所有这些都放到方括号里十分合理，因为这对于奥兰多来说，不过是无足轻重的插曲。她轻松跳过，继续后面的生活。当广场上燃起烧毁人像的火焰时，她正和谢尔默丁在阴暗的树林中幽会。天气晴好，树木在他们的头顶静静地伸展着枝丫，间或一片金红斑驳的叶子落下，慢悠悠地在空中翻转飘荡，整整半个小时才落在奥兰多脚面上安息。

"马尔，"她说（这里需要解释一下，她用他名字首音节来称呼他时，正处于一种温顺驯服、含情脉脉的迷离状态，还带着点儿懒洋洋，仿佛是燃烧的香木。当时是在傍晚还未到更衣之时，外面又好像是下了小雨，叶子因此湿漉漉亮晶晶的，杜鹃丛中似有夜莺在婉转歌唱，远处的田庄传来狗叫鸡鸣之声……读者们可以在奥兰多的声音里想象当时的情境。），"马尔，给我讲讲合恩角。"于是谢尔默丁就会用枯枝败叶和一两个空蜗牛壳，在地上搭个合恩角的小模型。

"这边是北，"他说，"那边是南。风从这边刮来。此刻双桅帆船冲正西向航行；我们刚刚放下后桅纵帆。所以你看，这里，就是有草的这块，船进入洋流，你会发现这的标记……水手长，我的地图和指南针呢？啊！谢谢，这个就行，就是在蜗牛壳这里遇到洋流。洋流在船的右舷，所以我们必须装好滚钩和张帆杆，否则船就会歪向左舷，就是山毛榉叶子这里……你得明白，亲爱的……"他就这样啊说啊，她会倾听每一个单词，并心领神会。不用他讲，她便想象出浪花间闪烁的粼光，冰凌打在桅杆左右支索上的当当声。他在狂风中爬上桅杆顶，在那里思索人的命运；从桅杆上下来后喝杯威士忌和苏打水，上岸后陷入一个黑人女子的温柔陷阱，接着他忏悔，把这事解释清楚；他又去读帕斯卡尔[24]，决心写部哲学著作；买了只猴子，与人辩论生命的真正归宿；他决定去合恩角，等等，等等。他说的大大小小的历险，她都能明白。他刚和她讲那时饼干已经吃完，她就回答，是啊，黑人女子勾引人很有一套，不是吗？他发现她竟然能领会他话里话外的意思，不禁惊喜交加。

"你确信自己不是男人吗？"他焦急地问，而她会反问，"你竟然不是女人，这怎么可能？"于是他们便忙不迭地加以验证。他们彼此都很惊讶这样快就心心相印，而且彼此都得到启示：女人竟和男人一样宽容和坦率，而男人也和女人一样古怪和敏感，他们觉得必须要立即验证一下。

于是，他们便继续谈话，或者不如说，继续理解对方。理解已经成为谈话的主要艺术，因为在这样一个时代里，相较于思想，语言正变得日益贫乏，以至于读完了十遍伯克利主教[25]的哲学，也只会用"饼干吃完了"来表示在暗处亲吻黑女人。(由此人们推断，只有最深刻的文体大师才能道出真理；而遇到用词精简的作家，他们会确凿地说这家伙在撒谎。)

于是，他们就这样聊着聊着，直到奥兰多脚面上落满了斑驳的秋叶。她会起身，独自走入树林深处，留下邦斯罗普一个人在蜗牛壳堆里，摆弄着合恩角模型。"邦斯罗普，"她会说，"我走了。"当她喊他的中间名字"邦斯罗普"时，仿佛在暗示读者，她正处于孤独的心境中。在她看来，两个人不过是荒漠中的两粒尘埃，她一心渴望独自走向死亡，因为每天都有人死去，可能死在餐桌旁，或是这样的秋日树林里。即使身边篝火熊熊燃烧，即使每晚都收到帕默斯顿夫人或德尔比夫人的盛情晚宴邀请，她还是被这种对死亡的渴望征服，所以当喊"邦斯罗普"，实际上是在说"我死了"。她像个魂灵一样走过鬼魅般惨白的山毛榉树林，荡入孤独的树林深处，那里万籁俱寂，一切都静止下来，此时她终于心无挂碍地走向最后的归宿——当她喊"邦斯罗普"时，读者们从她的声调里听到了这一切。为了更好地解释这个词，我们还要补充一点，那就是这个词对于邦斯罗普来说也有着神秘的意义，表示分离和孤独，意味着在深不可测的大海中，他幽灵般地漫步于双桅帆船甲板上。

在几个小时死一般的沉寂过后，突然一只松鸦尖叫一声"谢尔默丁"。奥兰多弯腰拾起一朵秋日的番红花，对某些人也意味着那个词。一片蓝幽幽的松鸦羽毛从山毛榉树林里飘落下来，她将番红花和那片羽毛一齐别在胸前。然后，她又喊了一声"谢尔默丁"，这声音在树林里向四面八方回荡，正好传到了他的耳朵里，他正坐在草丛里用那堆蜗牛壳搭模型。他看见了她，听到她向他走来，胸前别着番红花和松鸦羽毛。他喊着"奥兰多"，这意味着（需要记住，明艳的蓝色和黄色在我们眼中混合时，就会在我们思想中蹭上一些色彩）先是有欧洲蕨在晃动摇摆，仿佛是什么东西在中间穿行；接着发现是一艘全部张帆的船，上下起伏如梦境一般，仿佛她在一年夏天里一直航行；于是这船坚持着，四处颠簸着，高贵而又慵懒，时而跃上浪尖，时而坠入波谷，就这样突然之间屹立于你的面前（你正在一艘像鸟蛤一样的小船里，仰望着她），她的船帆颤抖着，看，帆落下在甲板上成了一堆，就像奥兰多此刻也扑倒在旁边的草地上。

这样过去了八九天，可在第十天的时候，那是10月26日，奥兰多躺在欧洲蕨的丛里，而谢尔默丁正在背诵雪莱的诗（雪莱所有作品他都熟记于心），这时一片叶子已经开始从树顶慢慢落下，又轻轻地从奥兰多脚面上掠过。接着，第二片叶子落下，然后是第三片。奥兰多打了个冷战，脸色苍白。来风了。谢尔默丁一跃而起——现在称他为邦斯罗普应该更合适。

"来风了！"他喊道。

他们一起奔跑着穿过树林，风把树叶贴到了他们身上。他们跑着穿过大大小小的庭院，惊得仆人们丢下手中的扫帚和平底锅，跟着他们一起跑，最后跑进了小教堂。仆人们很快在教堂里零星地点起烛灯，有人撞翻了凳子，有人熄灭了烛火。铃声响起，召唤众人聚拢而来。最后是杜珀先生一边系着白色领结，一边匆匆赶来。他还在找祈祷书，人们把玛丽女王的祈祷书塞给他。他匆匆翻着书页，说"马玛杜克·邦斯罗普·谢尔默丁和奥兰多夫人，请跪下"，他们跪了下来。光透过彩色玻璃窗，投下杂乱无章的飞影，照在他们身上忽明忽暗。伴随着无数的关门声和击打铜锅般的声音，风琴奏响了，琴声忽而高亢，忽而低沉。已经上了年纪的杜珀先生,此刻提高音量想盖过这片嘈杂声,但还是听不到他在说什么。接下来出现片刻的宁静。好似是"至死不渝"的一个词,清晰地回荡在教堂里,庄园所有仆人都挤进来倾听,他们手里还拿着耙子和鞭子。有人高唱颂歌,有人在祈祷。此刻还有一只鸟撞到了窗棂上。忽而一声惊雷乍起,以至于谁也没听到"服从"那个词,也没看到交换结婚戒指,只看到一道金光闪过。全都是游移与混乱。他们起身时,风琴还在低鸣,电闪雷鸣,大雨如注。奥兰多夫人手上戴着戒指,穿着单薄的衣裙走出教堂,来到庭院里。她抓住摇晃着的马镫,而马已经套好了嚼子和鞍具,侧肋上还挂着汗沫,正等着她丈夫骑上来。他一跃上马,马奔腾而去。奥兰多站在那里大喊着:"马玛杜克·邦斯罗普·谢尔默丁!"他回应着她:"奥兰多!"二人的话好似狂野的鹰隼,在钟楼间横冲直撞,盘旋翱翔,越飞越高,越飞越远,越飞越快,直到飞撞到一起,如碎片般纷纷洒洒地落到地上。奥兰多回到了屋里。

---

1   原词是constitution,此处伍尔夫用了双关语。此时改朝换代,政体发生了改变;同时社会习气和英国人的性格都改变了。

2   亚当兄弟(Adam brothers):罗伯特·亚当和詹姆斯·亚当,18世纪著名的建筑师和室内设计师,其风格是新古典主义的典雅和优美。

3   松饼(muffin)和小圆烤饼(crumpet):都是英格兰下午茶时受欢迎的烤制饼干。松饼又叫玛芬蛋糕;小圆烤饼上有许多小孔,两种糕点都可以涂上黄油吃。

4   客厅歌谣(drawing-room ballad):19世纪贵族中盛行的钢琴演奏形式,多以和弦和颤音等表现爱情主题。

5 "疯长的植物"影射了安德鲁·马维尔的《花园》(The Garden)。

6 长礼服(frock-coat):19世纪带单排或双排纽扣、有下摆的男礼服大衣。

7 这些描写是对维多利亚时期典型代表物的列举。1911年维多利亚女王像被竖立在白金汉宫外面,伍尔夫想象在这里出现葬礼的祭品堆,其中有维多利亚女王在阿尔伯特亲王过世后一直穿着的"寡妇黑色丧服"(widow's weeds);水晶宫影射了1851年为大博览会所建的水晶宫;战盔影射大英帝国;圣诞树为阿尔伯特亲王引入到英国。"灭绝的怪物"指当时对恐龙的发现,"球体和地球"象征对遥远国度的探索。一侧女子像为"贞洁"(Chastity)女神,影射了维多利亚时代"屋中天使"(The Angel in the House)的意象,而另一侧的绅士像为维多利亚时代的典型男性。

8 这句话有可能是伊丽莎白女王对伯格利勋爵的儿子罗伯特·塞西尔(Robert Cecil)说的。

9 邦巴辛毛呢(bombazine):一种厚重的衣料,为羊毛和丝织品。黑色邦巴辛通常被用来制作寡妇的丧服。

10 此书的开篇年份。

11 这首诗模仿了这个时期较为沉闷乏味的诗歌作品。

12 墨尔本勋爵(Lord Melbourne, 1779—1848):维多利亚女王刚登基时的英国首相。

13 博塔尼湾(Botany Bay):澳大利亚东南新南威尔士州东海岸,在悉尼港南边。这里为英国囚犯流放之地。

14 此处影射了《呼啸山庄》(Wuthering Heights, 1847)中的情节。凯瑟琳钟爱石楠荒原和荒原上的野禽。

15 此处影射了丁尼生爵士的"亚瑟之死"(Morte d'Arthur, 1842)中的高潮情节,后来这首诗被收录到他的《国王的田园诗》(Idylls of the King, 1869)中。

16 纳尔逊将军(Lord Nelson)率军打败了法国和西班牙的舰队,但1805年在特拉法尔角阵亡。上文提到的西班牙无敌舰队是在1588年被英国打败。

17 此处影射了《简·爱》中简·爱与罗彻斯特的第一次相遇(第12章)。罗彻斯特的马失蹄,他的脚扭伤,当时简·爱问他的第一句话是:"先生,您受伤了吗?"这一情节在这里反转。

18 法尔茅斯(Falmouth):英国西南部康沃尔郡的一个天然深水良港,位于法尔河河口。

19 合恩角(Cape Horn):美洲大陆最南端,这里是最危险的航海地段。

20 原文中警察为"Peeler",是以罗伯特·皮尔(Robert Peel)爵士命名,他于1829年建立了伦敦警察局。

21 帕默斯顿勋爵(Lord Palmerston, 1784—1865):英国政治家,1855—1865年之间任英国首相,1840年发动的鸦片战争。

22 此处指温莎城堡。

23 格莱斯顿(W. E. Gladstone, 1809—1898):英国政治家,曾四度任英国首相。反对帕默斯顿的侵华战争。

24 帕斯卡尔(Pascal, 1685—1753):法国宗教哲学家。

25 伯克利主教(Bishop Berkeley, 1685—1753):爱尔兰哲学家。他受自然神论和宗教哲学的影响,否认在人类的心灵之外存在物质世界。

第六章

奥兰多进了屋。屋里一片寂静，鸦雀无声。墨水瓶还在桌上，笔和写了半截的诗稿都在。当时她正在诗里致敬永恒，巴斯克特和巴托洛姆太太进来送茶打断了她。她正要写：一切未曾改变。可接下来的三秒半里，一切都改变了——她伤了脚踝，坠入爱河，嫁给了谢尔默丁。

她手上的结婚戒指即是证据。实际上，这枚戒指是她遇到谢尔默丁之前自己戴上去的，但事实证明，那非但无用，反而让情况变糟。此刻，她怀着迷信的敬畏，不停地转动戒指，怕它从指节上滑落下来。

"结婚戒指必须戴到左手第三指上，"她一板一眼地说，宛如孩童在背诵功课，"才会有效果。"

奥兰多说话的声音大得夸张，不似平时一般，仿佛是想让谁无意听到，好给些中肯的建议。她现在终于能冷静思考了，于是满脑子都在考虑自己的所作所为将如何影响时代精神。她还迫切想知道人们是否赞同她和谢尔默丁的婚事。自己这边倒是感觉一切正常了。那个荒原夜之后，她的手指不再刺痛，那刺痛也没什么。然而无法否认的是，她依然疑虑重重。她确实结婚了；但若是丈夫长年在合恩角航行，那这能算婚姻吗？如果她喜欢他，就算是婚姻吗？如果她喜欢上了别人，那还算婚姻吗？归根到底，如果她最渴望的还是写诗，那算是婚姻吗？她依然满心疑虑。

但她还是想要验证一下。她看着戒指，又看看墨水瓶。她有这个勇气吗？不，她没有。但是她必须这样做。不，她做不到。那她该如何是好？要是可能的话，她真想昏厥过去。但她此刻却无比精神。

"见鬼!"她喊道,过去的自己又在蠢蠢欲动,"那就继续写吧!"

她将笔狠狠杵进墨水瓶。令人惊讶的是,墨水并没有溅出来。她把笔尖提起来,笔尖湿漉漉的,却没有滴墨。她大笔一挥写起来。虽然文思凝滞,但最终一点点涌了出来。啊!可这些文字有意义吗?她琢磨着,一阵恐慌漫过心头,唯恐笔又不听使唤,搞出恶作剧来。她读出了声:

> 于是我来到绿草茵茵的田野,
> 贝母低垂花冠的遮蔽,让草黯淡无光,
> 蛇一般的花朵,奇异而忧郁,
> 围着淡紫色的头巾,好似埃及姑娘——[1]

她在写诗时感到某个神灵(记住我们所对付的,在人类精神中最为晦涩难解)正在她背后窥探其作品。当她写下"埃及姑娘"时,这神灵让她停笔,似乎挥舞着家庭教师手里的那种戒尺,从头开始点评:"绿草"这个词用得不错;"贝母低垂花冠"——可圈可点;"蛇一般的花朵"——这种意象出自女子笔下过于强硬,但华兹华斯肯定会推崇备至;可是,"姑娘"这个词?非要用这个词吗?你说你丈夫去合恩角了?啊,好,那就这样吧。

于是,时代精神得以传递下去。

此刻,奥兰多从内心深处(因为一切都发生在她内心深处),对她这个时代的精神生出深深的敬畏。举个小中见大的例子[2],一位旅行者知道自己行李箱角落里藏着一捆雪茄,所以感激那些网开一面放行的海关长官。同样,令奥兰多极为担心的是,如果时代精神细细盘查她的大脑,就会发现里面藏有违禁品,她便要付全额罚金,结果幸好逃脱了。帮助她成功通过考验的手段有:戴上婚礼戒指,在荒原邂逅意中人,热爱大自然,不冷嘲热讽,也不愤世嫉俗,也不做心理学家,由此展现对时代精神的顺从与敬畏,否则的话,她的违禁品会立即被发现。她深深地叹了口气,如释重负。的确她应该这样做,作家与时代精神之间的交易极为微妙,而作品的命运就取决于二者间所达成的协议是否妥帖。奥兰多定下的这笔交易,令她处于无比有利的地位;她既不用对抗自己的时代,也不用屈从于它;她属于这个时代,却又保留了自己的特征。如今,她可以写作,的确也这样写下去了。她写啊,写啊,写啊。

现在是10月份。再过了11月,就会有12月接踵而至。接下来依次是1月、2月、3月和4月。4月之后是5月、6月、7月和8月。接下来是9月,然后是10月,于是看吧,我们又回到了11月,时间过去了整整一年。

这种方法写传记,虽然好处多多,但可能有些空洞。我们坚持这样写下去,也许读者会抱怨,说他自己也会背诵日历,所以无论霍加斯出版社[3]勉为其难地给这书定了低价,读者也不会买账。可是,当传主,如我们的奥兰多,将传记作家置于尴尬处境,那么传记作家又该怎么办呢?生活,是小说家或者传记家唯一合适的主题,这一点每位懂行的人都会同意。而这些权威人士还认为,静静地坐在那里思考人生,并非所谓的生活。思想和生活是相距遥遥的两极。既然奥兰多此刻就静静坐在椅子上思考人生,那么在她结束思考之前,我们除了背一背日历、数一数念珠、擤一擤鼻涕、搅一搅炉火、望一望窗外,也是百无聊赖。奥兰多一动不动地坐着,静得连别针掉到地上都能听见。如果真有一个别针掉到地上就好了!那本来可以是一种生活。或者,如果有只蝴蝶扑扇着翅膀从窗口飞进来,落在她的椅子上,也可以写一写。再或者,假设她起身打死了一只黄蜂。那么我们就能马上挥笔写下来。因为黄蜂流血了,即便只是黄蜂的血。哪里有流血,哪里就有生活。虽然杀死一只黄蜂与杀人相比微不足道,但对于小说家或传记家而言也是个不错的主题,总比坐在椅子上叼根烟,拿只笔,守着一摞纸和墨水瓶,胡思乱想一整天要强吧。我们可能会抱怨传主(因为我们的耐心越磨越少),要是传主能多体谅为他们立传的作家就好了!传记家为了给传主立传呕心沥血,可看到传主从手心溜走,沉湎于幻想,看着她长吁短叹,脸色时而泛起红晕,时而变得惨白,而她的眼睛时而明亮如炬,时而蒙眬憔悴如晨曦,还有什么比这更让人心烦意乱的呢?这些情感的波动无声地展现在我们面前,而我们也深知这一切皆源于微不足道的心思和想象,还有什么比这更令人难堪呢?

但是奥兰多是女人,帕默斯顿勋爵[4]刚刚证实这一点。当我们在讲述女子的生活时,人们都觉得,可以避而不谈她的行动,而只写爱情。一位诗人[5]说,爱情是女人的全部生活。当我们看到伏案疾书的奥兰多时,必须得承认,世上没有女人比她更适合写作这一使命。当然,既然她是女人,又风华正茂,不久便会放弃这种装模作样的写作和思考,而开始想男人,比如一个猎场看守[6]（只要她想的是男人，就没人会反对女人思考）。于是，她会给这看守写张纸条（只要她写的是小纸条，就没人会反对女人写作），约好周日黄昏见面。周日黄昏如期而至。猎场看守在窗下吹口哨——当然，所有这些都是构成生活的材料，也是小说唯一可能的话题。想必这就是奥兰多的所作所为吧？啊，再说一千遍，这些事情，奥兰多一件也没有做过。难道，非要因此断定奥兰多是那种与爱绝缘的邪恶怪兽吗？她对小狗体贴入微，对朋友忠心耿耿，对食不果腹的诗人慷慨相助，对诗歌更是热情似火。但是如听男性小说家[7]的定义（毕竟谁这方面比他们更有权威呢），爱情与善良、忠诚、慷慨或者诗歌无关。爱情就是褪下女人的衬裙，然后——我们都知道爱情是怎么一回事。那奥兰多做过那件事吗？事实让我们不得不说，没有，她没有做。那么，我们的传主既不去爱，也不去杀人，只是思考和想象，我们可能会得出结论，那不过是行尸走肉，所以我们最好先抛开她一会儿。

此时，我们能写的素材，便只有窗外的风景了。那里有麻雀，有椋鸟，还有好多鸽子，有一两只乌鸦，全都自顾自地忙着。有的找到了虫子，有的找到了蜗牛，有的振翅高飞到枝头，有的在草皮上跑来跑去。接下来，一个扎着绿呢围裙的仆人穿过庭院而来。他也许和后厨的某个姑娘有私情，但院子里也并未有什么明显证据。我们只好按下不表，唯有希望他们结局如意。天上的流云，时而薄如轻纱，时而厚成积云，把底下的青草地映得忽明忽暗。日晷隐秘如常，记录着时光。无所事事的人们，不由向这闲极无聊的生活抛出问题一二。生活在歌唱，或是在低吟，就像炉盘上的一把水壶。生活，生活，你到底是什么？是明亮还是黯淡？是男仆的绿呢围裙，还是草地上的椋鸟阴影？

夏日的清晨，人们流连美景，看鲜花怒放，赏蜂飞蝶舞，我们也不妨四处走走。椋鸟落在簸箕沿上嘤嘤啼叫，从草棍儿里叼出仆人梳落的头发，我们来问问这些椋鸟对生活的看法（它们比云雀更善交际）。我们倚着农场的大门问它什么是生活。椋鸟仿佛听明白了我们的提问，叫着"生活，生活，生活"。我们这些人就爱到处叨扰打探，屋里屋外追问不停，四处搜寻答案。正如作家一样，他们文思凝滞之时，也会出来看看，摘几朵雏菊。于是他们来到这里，椋鸟说，来问我生活是什么，生活，生活，生活！

接着，我们沿荒原小径一路跋涉，爬上了高高的山岗，一片黯淡的蓝紫色氤氲其间。我们扑倒在地上，陷入了无边的遐想。看啊，一只蚱蜢正将一根稻草运回它在洼地的小巢。蚱蜢说，生活就是劳作（如果往复搬运能以这神圣而亲切的名字称呼）。也许这只是我们的解释，因为听到了它被尘土呛得发出呼呼声。蚂蚁和蜜蜂也会同意蚱蜢的观点，如果我们在这里躺得再久些，还可以等到晚上飞蛾来时问问它。在苍白石楠花朵中悄悄起舞的飞蛾，会在我们耳边低声呓语，像是暴风雪中的电报信号发出的低鸣，呵呵，哈哈。生活就是笑声，笑声！飞蛾说。

我们已经问过了人，问过了鸟，也问过了昆虫。至于鱼，那些长年独居绿色洞穴、想听鱼说话的人告诉我们，鱼儿从来不说话，也许它们知道生活的真相，但从不说出口——我们这样问过世间万物，却并没有变聪明，反而愈加衰老，愈加冷漠。（我们难道没有祈求过这样一本书，书中以珠玑之语概括了生活的真谛？）我们必须回去了，读者还在翘首企盼生命真谛的答案，我们只能直言相告——唉，我们也不知道。

此时此刻，刚刚来得及拯救这本书的命运，奥兰多把椅子往后一推，伸展了一下胳膊，放下笔，来到窗边，大声宣布："大功告成！"

一片景致此刻映入眼帘，美得令她晕眩。花园飞鸟，世事如常。在她奋笔疾书之时，世界还在流转。

"啊，我若是死了，世界依然如常！"她呼喊着。

她想象着自己正在走向消亡，这感觉十分强烈，也许她真的要昏厥过去。她立在那里好久，呆望着眼前这个美丽却冷漠的世界。最终她以一种独特的方式苏醒。怀里静静安放的那份手稿，仿佛被赋予了生命，开始蠕动跳跃起来；而更奇怪的是，奥兰多和这份手稿之间仿佛灵犀相通。她侧耳倾听，可以听懂它的话。它渴望有人读它，必须有人读它，否则它会在她怀中死去。她生平第一次厌恶大自然。猎犬簇拥在她身边，玫瑰花在周围怒放。但是这两种东西都不识字。这是上天可悲可叹的疏漏，她之前竟未曾想到过。只有人类才能阅读，所以唯有人类不可或缺。她摇铃，命人备好马车，立即送她去伦敦。

"夫人，还赶得上十一点四十五分的火车。"巴斯克特说。奥兰多还没有意识到蒸汽机已经发明。她一直全心沉浸于个体的苦痛之中，虽然这个体并非她本人，却完全出自她的笔端。这是她第一次见到火车，她在一节车厢里落座，用毯子围好膝盖，不去琢磨"(历史学家所说的)这个惊人发明，它在过去二十年间彻底改变了欧洲的面貌"(的确后来又有了更多这样的发明，超出了历史学家的预期)。她只注意到这东西灰头土脸，发出可怕的轰鸣声，窗户还卡住无法打开。她陷入了沉思，不到一个小时，就被飞驰的车轮送到了伦敦。她站在查令十字车站[8]的站台上，茫然不知去处。

在布莱克弗雷尔的老宅里，奥兰多度过了18世纪的很多金色时光。如今这座老宅已经卖掉，一部分卖给了救世军，另一部分卖给了一家伞厂。她又在梅菲尔区买了一处宅子，干净整洁，又很方便，还位于时尚世界的中心。但是在梅菲尔，她的诗作能梦想成真吗？她想起那些贵妇闪亮的眼睛，想起贵族绅士们匀称的双腿，感谢上帝，幸好他们不爱读书。他们要有这个爱好，反倒太遗憾了。她想起了R夫人的公馆。那里聊的话题肯定还和以前一样，对此她深信不疑。也许那位将军的痛风从左腿移到了右腿。和L先生共度十天的人，可能是R先生，而非T先生。然后，蒲伯先生会进来。哦！可蒲伯先生已经过世了。那如今的才子是谁，她很好奇。但这种问题车夫也回答不了，所以她继续坐车赶路。她的注意力被一阵叮当声吸引了过去，原来那是无数马匹头上的铃铛发出的声音。那奇怪的带轮子的小盒子，一排排地沿着人行道旁停放着。她走到了斯特兰德街上，那里更是一片喧嚣。大大小小的马车拥挤混杂在一起。有的是纯种马在拉车，有的是老马拉的平板货车。有的车上只有一位孤零零的老贵妇，有的车上挤满了蓄着胡子、头顶丝质礼帽的绅士们。她的眼睛看惯了那种平淡无奇的大页纸，所以看到这些大小各异的交通工具，便觉得惊讶不适；她的耳朵也听惯了笔画在纸上的沙沙声，所以街上的喧哗在她听来格外刺耳难忍。人行道上每一处都人满为患。人们摩肩接踵，在车水马龙间灵活穿梭，川流不息地涌向各个方向。男小贩在托盘里摆着小玩意儿，沿街站立高声叫卖。卖花女身边摆着大篮的春花，坐在街角也在高声叫卖。报童手举一沓沓报纸，一边在车马间穿梭，一边高喊：出大事儿啦！出大事儿啦！起初，奥兰多以为赶上了国家的大事，但也说不清到底是喜是悲。她焦急地从人们的表情中寻找答案，却越找越糊涂。过了一会儿，走来一个悲伤绝望的人，他自言自语，仿佛预感到将要发生令人悲痛欲绝的事情。他后面挤过来一个满脸喜气的胖子，推搡向前仿佛正在庆祝什么节日。的确，她得出结论，这里面既无规则也无道理可言。每个人不过在忙着自己的营生。而她又要去往何方？

奥兰多漫不经心地向前溜达着，从这条街走过去，又从那条街走回来。街旁硕大的玻璃橱窗里堆满了琳琅满目的商品，有手袋、镜子、晨衣、鲜花、鱼竿、午餐篮；彩带和气球绕了一圈又一圈，就是为了装饰五颜六色、形态各异的商品。有时候，她路过林荫大道，两旁都是一座座安静的公馆，上面还郑重地标着"一号""二号""三号"等等，一直会计数到二三百。每栋公馆看起来一模一样，都是两根柱子、六级台阶、整齐挂好的一对窗帘、摆在桌上的全家午餐。一只鹦鹉望着一扇窗户的窗外，而一个男仆正望着另一扇窗的窗外。这单调的场景让她看得头都晕了。随后，她来到一个宽阔的广场，广场中央有几座闪亮的黑色雕像，塑造的是几位身材臃肿的男子，胖得把衣服扣子都要撑开了，其胯下的战马奔腾跳跃。广场上还有高高的柱子、涌动的喷泉和飞来飞去的鸽子。于是，她沿着房子之间的街道漫步，直走到饥肠辘辘。她心头有什么东西在颤动，似乎在指责她将它忘得一干二净。那就是她的手稿《大橡树》。

奥兰多为自己的疏忽而震惊，骤然呆立在原地。路上不见一驾马车。宽阔、漂亮的大街显得空空荡荡，十分奇怪。只有一位上了年纪的绅士迎面走来。她觉得他的步态颇为熟悉。当这人走近时，她确定与他似曾相识。可在哪里呢？这位绅士衣冠楚楚，臃肿富态，手执一根手杖，扣眼上别着朵鲜花，胖脸上红光满面，梳着雪白的八字胡。这会不会是，啊，是的，天哪，是他！她的老朋友——尼克·格林[9]。

同时，他也看见了她，想起了她，也认出了她。"奥兰多夫人！"他大喊着，向她挥帽行礼，可帽子差点被甩到地上。

"尼古拉斯爵士！"她惊呼着。直觉告诉她，这个曾经惯于恶意诽谤的穷酸文人，在伊丽莎白女王时代讽刺挖苦过她及许多旁人，如今从举止上看似乎已经飞黄腾达，定是被封了爵士，而且还得到了很多其他封号。

他又鞠了一躬，承认她说的全对。他现在被封为爵士，是文学博士和教授，著作等身。一句话，他是维多利亚时代最有影响力的评论家。

重遇这位多年前使她痛不欲生的人，奥兰多心潮澎湃，烦乱不已。这就是那个焦躁不安的讨厌家伙吗？他把她的地毯烧了好几个窟窿，在意大利壁炉上烤奶酪，还给她通宵大讲马洛等作家的趣闻轶事。而此时的他衣冠齐楚，身着灰色礼服，扣眼上别着一朵粉色的花，还配着一副灰色小山羊皮手套。正当她暗自惊诧，他又鞠了一躬，问她是否赏光和他共进午餐？这个鞠躬可能有些夸张，但他对上等人的模仿还是有模有样。她一边琢磨着，一边跟着他进了一家高档餐厅，里面铺着红色长毛地毯，白色桌布，摆着银质调味瓶。这里迥异于以前的老酒馆和咖啡屋，那些地方都是沙土地，木头板凳，一碗碗的潘趣酒和巧克力，还有报纸和痰盂。他把手套整整齐齐地放在旁边的桌子上。她依然无法相信他就是格林。以前他的指甲一英寸长，如今修得十分干净。以前他胡子拉碴，如今下巴刮得干干净净。以前他衣服破旧，袖子常常浸到肉汤里，如今却戴上了金袖扣。的确，直到他特意点了马姆奇甜酒，她才确信他就是格林，因为她记得格林以前就爱喝这种酒。"啊！"他轻叹一口气说，语气依然做作，"啊！我亲爱的夫人，文学的伟大时代已经结束。马洛、莎士比亚、本·琼森，那些作家都是文学巨擘；德莱顿、蒲伯、艾迪生，那些都是文学大家。如今，所有人，所有人都不在人世了。那他们的继承人是谁？丁尼生、勃朗宁，还有卡莱尔！"他用嘲讽轻蔑的语气说，"事实上，"他边说，边给自己倒了一杯酒，"所有我们年轻的作家都靠写垃圾赚钱，从书商那里得到稿酬，又用这笔钱去付裁缝的账单，"他边说边给自己夹了点餐前小吃，"这个时代的标志是，矫揉做作的奇喻和疯狂的文学实验。而伊丽莎白时代一刻也不能容忍这些。"

"不，我亲爱的夫人，"他接着说，此时侍者端来烤比目鱼请他过目，得到了他的认可，"伟大的时代已经结束。我们这个时代每况愈下。我们必须珍惜过去，敬重那些仿效古代作家、不为金钱写作的作家。如今这样的作家所剩无几。"此时此刻，奥兰多差点喊出来"荣悦！"。的确，她发誓三百年前听他说过一模一样的话。当然所提的作家不同，可话的大意没变。尼克·格林没有变,只是被封为爵士。要说还是有点变化。他侃侃而谈,谈他如何效法艾迪生(她想他以前效法的是西塞罗),清晨躺在床上(她自豪地想着,是她按季度付给他年金,才使他有条件这样做)翻来覆去一个小时来背诵名家名作,然后才开始动笔写作。这样才能去除我们这个时代的庸俗,才能净化我们可悲的母语(她相信他在美国待了很长时间)。他口若悬河的样子,颇有三百年前格林的风采。她有时间问问自己,他到底哪里不一样了?他年近古稀,却变得富态了。他也变得时髦阔气了,文学显然让他发迹,然而曾经的那种躁动和活力却荡然无存了。他的故事还是那么有意思,却失去了往日的自由和随意。他总会把"我亲爱的朋友蒲伯"或"我那名声显赫的朋友艾迪生"挂在嘴边,但却显得高高在上,颇令人觉得压抑。而且此时他一改过去的做派,不再乐此不疲地谈论诗人们的丑闻,而是更愿意给她讲其贵族家世的言行轶事。

奥兰多的失望莫可名状。这些年来,在她的心中(因为她离群索居,地位起伏变化,还转变了性别),文学狂野如风,热情似火,又迅疾像闪电。文学桀骜叛逆,殊异难测,又出其不意。然而你看,如今文学成了一位身着灰礼服、满口公爵夫人的老绅士。她的失望无以复加,以至于上衣的搭扣迸开,一样东西掉到了桌上,那是她的诗稿《大橡树》。

"手稿!"尼古拉斯爵士边说,边戴上了他的金边夹鼻眼镜,"太有趣了,有趣至极!请允许我拜读。"于是时隔三个世纪之后,尼古拉斯·格林再一次拿起奥兰多的诗稿,放在咖啡杯和酒杯间,开始读了起来。但他此时的评论却与之前大相径庭。他一边翻阅着诗稿,一边说这诗让他想起艾迪生的《加图》[10]。他还觉得这诗可以媲美汤姆森[11]的《四季》。他欣慰地说,幸好诗里没有沾染现代精神,而是充满了对真理、对自然和对人类心灵的关怀,在这个寡廉鲜耻的怪诞时代,这已实属罕见。当然,这部诗稿应该立即出版。

其实奥兰多并不知道他在说些什么。她一直都将这部诗稿揣在怀里。这让尼古拉斯爵士感到十分好笑。

"您对版税有什么想法?"他问道。

奥兰多的思绪飞到了白金汉宫[12],那里住着几位郁郁寡欢的君主。

尼古拉斯爵士却自得其乐。他解释说他没有明说的是,如果他给某位先生(他提到某家有名的出版社)写张纸条,他们会很高兴将此书纳入他们的书单。他也许还能帮她争取版税,两千册以下版税是百分之十,两千册以上版税是百分之十五。至于书评,他自己会给当时影响力最大的某某先生写句话;而后再吹捧一下编辑太太的诗,这种恭维无伤大雅。他还会去拜访……他就这样滔滔不绝地说着。奥兰多一个字也没有听懂,而且从以往经历来看,也不相信他有什么好意。但她又别无他法,只能听从他的愿望,因为这也是这份诗稿热切盼望的。于是尼古拉斯爵士就将这份沾有血渍的手稿整理好,平整地放入自己胸前口袋里,怕它把礼服撑走了样儿。他们双方又客套了几句后道别。

奥兰多走在大街上。此刻诗稿不在了,她觉得胸口那里空落落的,因为她已经习惯随身揣着诗稿。她觉得有些无所事事,只能漫无目的地思考,这也许是人类命运的难得机遇。此刻,她,一位已婚妇女,手上戴着戒指,走在圣詹姆斯大街上。以前这里有家咖啡馆，如今变成了一家餐厅。现在是下午三点半，阳光正好。这里有三只鸽子，一只杂种猎犬，两辆双轮轻马车，还有一辆四轮四座大马车。那么，什么是生活？不知何故（也许因为邂逅了老格林），这个问题又从她的脑海中冒了出来。每当她突然想起什么，就会径直跑到最近的电报局，给远在合恩角的丈夫发电报，所以其夫妻关系由此可见一斑，无论读者对此或褒或贬。她附近正好有家电报局。"我的老天 谢尔，"她在电报中写道，"生活 文学 格林 今天……"电报里用的是他俩之间发明的密语，这样一两个词就能表达复杂的心境，即使聪明的电报员也对此一头雾水。她还在电报结尾加上"拉提根 格拉姆福波"[13]来准确加以总结。不仅上午的事让她印象深刻，而且读者肯定也注意到她成熟了——成熟也不一定是件好事——而"拉提根 格拉姆福波"描述的正是一种复杂的心境。如果读者开动脑筋，好好琢磨一下，便能有所收获。

电报发出后，恐怕要等几个时辰才有回复。奥兰多瞅了瞅天空，浮云正匆匆掠过，想着很可能合恩角狂风大作，而她丈夫此时也许在桅杆顶部，也可能正在砍去折断的翼梁，也有可能正孤单地待在救生船里，手里只剩一块饼干。于是，她离开了电报局，为了打发时光走进了旁边的商店，这种店在我们今天再普通不过，也无须描述，可是在她眼里却十分奇特，这是一家书店。奥兰多平生只知道手稿。她手里捧过斯宾塞的手稿，看到粗糙的棕色纸上，有作者本人细密难辨的小字。她也见过莎士比亚和弥尔顿的手稿。她确实还拥有很多四开本和对开本的手稿，里面常常夹着一首十四行诗来赞美她，有时还夹着一绺头发。但是如今眼前这无数的小本书册，着实令她惊讶，只见这些书印制清晰，整齐划一，但却无法经久耐读，因为似乎都是印在薄纸上，并用纸板装订。人们只需要半个克朗就可以买下莎士比亚全集，还能揣在口袋里。但实在很难读得下去，因为字印得太小了，但依然令人惊叹。"著作"——都是她耳熟能详的作家大作，满满当当地排在长长的书架上，从这一端延伸到那一端。而在桌子和椅子上，也堆着扔着更多的著作。她翻看了一两页，多为尼古拉斯爵士和其他评论家对著作的评论。她天真地以为，既然这些东西被印刷装订，那其作者必定是大作家。于是她和书店老板说，要买下这里所有的名著，并吩咐他把书送至她府上，这令老板震惊不已。她说完就离开了。

奥兰多转身去了海德公园，这里她太熟悉了（还记得在那棵被劈开的树下，汉密尔顿公爵倒下，他的身体被莫罕勋爵用剑刺穿[14]），她念叨着电报上的字："生活 文学 格林 今天 拉提根 格拉姆福波"，像是毫无意义的单调唱词；看到她嘴唇翕动，几位公园管理员都怀疑地打量着她，直到看见她戴着珍珠项链，才确定她精神正常，这误会要怪她的念叨。此刻她趴在树下，摊开从书店拿来的报纸和评论期刊。她支起胳膊肘，竭力去琢磨这些艺术大师精湛的散文艺术。她还像之前那样轻信，即使是这种模糊不清的周报，在她的眼中也显得无比神圣。于是她支着胳膊肘，开始读尼古拉斯爵士评论约翰·邓恩全集的文章，这是奥兰多知道的一位作家。但她不知道的是，这块草坪不远处就是蛇形湖[15]。她耳边传来无数的狗叫声，马车车轮不停地滚来滚去，树叶在头顶轻轻叹息。几步开外，饰有穗带的裙子和猩红色紧身裤不时地穿过草地。一次还有个大橡皮球跳到了她报纸上。紫色、橘色、红色和蓝色的光从叶子间隙漏过来,照得她手指上的翡翠闪闪发光。她读一句,然后抬头望望天空,望一眼后又低头看向报纸。生活?文学?将生活塑造为文学?那真是难上加难啊!这边又过来一条猩红色紧身裤。对此艾迪生如何描述?又过来两条后腿跳舞的狗[16]。兰姆如何来描述这一场景?因为读了尼古拉斯爵士之流的评论(她四处张望的间隙,会停下来读几句),她便得到一种感触,就是千万千万不要畅所欲言,这种感觉让人坐立不安,她便起身去散步。(她驻足于蛇形湖岸边,看湖水泛出铜绿色,纤细如蜘蛛的小玩具船在河里穿梭。)她接着想,他们让人感觉写作不能标新立异。(她不禁热泪盈眶。)她边想边用脚趾将小玩具船推离岸边,我觉得我无法做到(她刚读过尼古拉斯爵士的文章十分钟,结果他的文章、他房间的样子、他的脑袋、他的猫和他的写字桌,再加上写作当天的时光,全都浮现在她眼前),她继续想,我觉得我无法做到,从这个视角评价文章。没法在书房里坐一整天,不,那也不算是书房,只是潮湿发霉的起居室,和帅小伙子聊天,讲给他们听一些趣闻轶事,比如塔珀如何评价斯迈尔斯[17],并嘱咐他们不能外传。她好好地抹了一把眼泪,接着想,那其实都是男人们的做派;我可是讨厌公爵夫人,也不喜欢蛋糕。虽然我自己也并非没有一丝恶意,但实在学不来他们那样恶毒,所以我怎能成为一个评论家,怎样写出这个时代最好的英语散文?见鬼去吧!她欢呼着,狠狠地发动了一艘一便士小玩具船,因为用力过猛,可怜的小船差一点沉没在铜绿色的波浪中。

实际上,当人们处于某种精神状况时(护士常用语),眼中看到的东西就会变形,不再是原来的样子,而是显得更庞大,更重要。此刻,奥兰多眼中溢满了泪水,正处于这样的状况。人们若是此时望向蛇形湖，湖中水面的涟漪就变成大西洋中的波翻浪涌，小小的玩具船与海中的邮轮不相上下。所以，奥兰多将这玩具船当成了她丈夫的双桅船；她将用脚趾掀起的小小水波当成了合恩角的惊涛巨浪；当她看着玩具船爬上细浪，就仿佛目睹了邦斯罗普的船被推上了高高的玻璃幕墙般的浪尖，它越攀越高，被那卷走了无数生命的白色巨浪所吞噬，这船在无数死魂灵中穿过，消失不见了。"它沉没了！"奥兰多痛不欲生地呐喊，可是看啊，那船又在大西洋彼岸出现，安然无恙地在群群鸭子中间航行。

"妙极！"她欢呼着，"妙极！哪里有邮局？"她琢磨着，"我要即刻给谢尔发封电报告诉他……"于是，她匆匆忙忙地赶往公园巷，嘴里还反复念叨着"蛇形湖上的玩具船"和"妙极"，因为这两句话含义完全一致，可以互换。

"小玩具船，小玩具船，小玩具船"，她反复念叨着，强迫自己认可这样一个事实：尼克·格林评论约翰·邓恩的文章不重要，八小时法案[18]、协议和工厂法令也不重要，反而是那些看似无用、突如其来、狂飙突进的东西，令人愿付出一生去追寻；那红色、蓝色、紫色的绚烂色彩；它活力四射，又到处飞溅；就像是那些风信子（她正路过盛开的风信子花圃）；远离人性的败坏、依赖和玷污，也不在意对方的出身门楣；我的意思是，就像我的丈夫邦斯罗普，我的风信子，他莽撞不羁，又不乏可笑之处——就是那绝妙的、蛇形湖上的玩具船，就是那种绝妙的感觉最重要。因此，她在斯坦霍普门等待过马路时，大声念叨着。她丈夫长久不在身边，只等风季结束才回家，所以她在公园巷胡言乱语。如果她能按照维多利亚女王倡议的那样，长年和丈夫同住，情况无疑就会大为改观。因为她突然想到丈夫时，就觉得有话马上得和他说。她一点也不在意要说的话荒诞不经，也不在意叙述语无伦次。尼克·格林的文章将她抛入绝望的深渊，而玩具船又将她拉回欢乐的巅峰。于是，她等着过马路时，口中不断念叨："妙极，妙极。"

但是那个春日的午后时光，路上车水马龙，所以她只能站在路口久久等待，不停地重复着，妙极妙极，或是蛇形湖上的玩具船。此时此刻，路上国王的一辆辆维多利亚折篷四驾大马车里，坐着英格兰的权贵们，他们头戴礼帽，身披斗篷，如雕像一般端坐在马车里。这车流仿佛一条凝固的黄金河流，在公园巷积聚为一个金块。淑女们用纤纤手指夹着名片盒，绅士们把镶金手杖稳稳地靠在膝间。她驻足那里呆呆地望着，带着几分欣赏，又有些许敬畏。令她不安的只有一个念头，凡是见过大象或是巨鲸的人都会有这种念头，他们会琢磨：这些庞然巨兽如何繁殖？它们显然厌恶压力，也不喜变化和行动。望着那些优雅平静的面孔，奥兰多思忖着，他们的繁殖时代已然结束；这就是成果，这就是圆满。她现在目睹的正是一个时代的胜利。他们庄重华丽地坐在那里。但此时，警察的手落下来，车流再次动起来；那灿烂华丽的巨大凝结物也动起来，四散开来，最后消失在皮卡迪利广场那边。

于是她穿过公园巷，向柯赞街她家的宅子走去。她记得，当绣线菊绽放之时，那里有杓鹬的啼叫声，还有一位持枪的老者。

迈进门槛时，她眼前浮现当年切斯特菲尔德勋爵说话时的情景，但他说的话却消失在记忆深处。在18世纪素朴风格的大厅里，她仿佛能看到切斯特菲尔德勋爵的身影，帽子搁在这里，外套放在那里，风度翩翩，望之赏心悦目。如今大厅里堆满了各种包裹。她坐在海德公园时，书商送来了她订购的书。于是，整座房子塞得满满的，都是维多利亚时代的文学书，用灰色纸包裹着，上面整齐地扎着细绳。还有包裹滚到了楼梯下方。她用尽力气将几个包裹抱进自己的卧室，然后又吩咐男仆将其他包裹也都搬进来。她迅速剪开包裹上的无数细绳，很快便置身于书的海洋中。

16、17和18世纪的文学作品寥寥可数，奥兰多对此习以为常；如今看到自己订的书这样多，她简直被吓坏了。因为对于维多利亚时代的人来说，不仅只是四位维多利亚作家[19]的大名如雷贯耳，簇拥在他们周围的众多小作家群星捧月，这些亚历山大·史密斯、迪森、布莱克、弥尔曼、巴克、泰恩、佩恩、塔珀、詹姆森，全都能言巧辩、聒噪吵闹、爱出风头、渴望别人关注。奥兰多对于印刷书的崇敬，使她面临艰巨的任务。她把椅子拉到窗前，想借着梅菲尔区高楼大厦间隙照来的光线，给维多利亚文学下个结论。

现在已经十分清楚，只有两种方法给维多利亚文学下个结论。一种是用八开纸写成六十部巨著，另一种是将这结论凝缩为六行诗文。在二者之间，因为要节省时间，我们选择第二种方法，所以接下来我们将这样进行。首先，奥兰多(翻阅了多本书之后)得出了结论，很奇怪没有一本书题献给某位贵族[20]；其次，(翻阅了大堆回忆录之后)其中几位作家的家族谱系竟然有她家家谱一半厚；再次，克里斯蒂娜·罗塞蒂小姐去喝茶时，用十英镑钞票围在糖夹上，这极不明智；又次，(翻阅了几份百年庆典晚宴的请柬后)，既然饱食了如此多大餐，那文学岂不是臃肿肥胖；而且，(她被邀请参加不少讲座，都是关于什么对什么的影响，古典主义的复兴、浪漫主义的生存，以及其他同样迷人的题目) 既然聆听了这么多讲座，那文学一定变得枯燥乏味了；还有 (她参加了一位贵族夫人举办的招待会)，既然裹上了那么多貂裘披肩，那文学一定变得无比体面；另外 (她参观了卡莱尔在切尔西的隔音房间后)，既然需要如此的娇惯呵护，那文学一定是变得非常纤弱；最后她得出了结论，这结论的重要性至高无上，但我们已然大大超过六行的限制，所以只好弃之不谈了。

得出了这样的结论，奥兰多久久驻足窗前，凝望着窗外。因为当人们得出了这样的结论，就像将球抛向球网的另一边，必须等待那看不见的对手将球抛回来。她很好奇，接下来将会有什么东西从切斯特菲尔德公馆上方的灰暗天空中抛回来？她双手紧握，站在那里琢磨了好久。她陡然一惊——此时我们唯有希望，纯洁、贞操和谦卑三位女神，会像上次一样将门推开一道缝，至少给我们一些喘息之机，让我们想想作为一个传记作家，如何掩盖这些必须小心讲述的事实。哦不！当年三位女神将白裙抛向赤裸的奥兰多，没想到裙子却落在几寸远的地方，多年来她们早已不再与她交流，而现在她们也有事要忙。在3月的这个晦暗清晨，就真的没发生什么事，来缓和、遮蔽、掩盖、藏匿、包裹这不可否认的事吗？无论什么事都好。奥兰多突然受惊后，感谢上苍，此时此刻外面传来老式手摇风琴的琴声，那声音绵软微小，如笛声般悠扬，又如长笛声般清越，忽动忽停，这种琴如今在后街仍不时有意大利手风琴艺人演奏。不妨让这琴声打断我们的叙述，尽管乐声低微，时断时续，且有吱嘎声，却依然有如天籁之音。我们就用这乐声填满这一页，直到那不可否认的时刻到来。

男女仆人在一旁目睹，读者也将见证，而奥兰多本人显然也无法置之不理——让那风琴声承载我们的思绪飘扬，当音乐响起，我们的思绪仿佛一叶扁舟在海上颠簸；这乐声是最笨拙、最漂泊无定的载体，将我们的思绪送到了屋顶之上，送到了晾晒衣服的后花园里——这是哪里？你是否认出那片绿地？是否认出正中的塔顶？是否认出两旁各蹲伏一狮的大门？哦，对啊，那就是邱园[21]！对，就在邱园驻足吧。于是，我们此时到了邱园，今天是3月2日，我会带你们看一看这座花园。在李树下，有盛开的葡萄风信子，也有怒放的番红花，还有杏树上的花苞嫩芽。在这里散步会想到那种毛茸茸的红色球茎，10月份扔到土里，现在就能开花结果。在这里还会梦想着那些羞于启齿的事，在这里还可以从烟盒里抽出一根烟或雪茄，甚至将斗篷铺好在橡树下（为了押韵考虑，这里用橡树oak，对应着斗篷cloak），坐在上面，等着看翠鸟，有人说看见翠鸟在傍晚时穿梭于河两岸之间。

　　且慢！且慢！翠鸟来了；翠鸟没来。

　　看啊，此刻的工厂烟囱冒出了浓烟；看啊，市政公职人员们乘着小船在河上迅速掠过。看啊，老妇人牵着狗在散步；年轻的女仆戴歪了新帽子，那是她第一次戴上。看这所有的人。虽然上苍仁慈，允许人们将秘密埋在心底，而我们却总会受到这些秘密的诱惑，不停地怀疑，无中生有地揣测。透过香烟的烟雾缭绕，我们看到自然欲望熊熊燃烧的火光，也看到欲望得到满足后的绚烂色彩。人们可能渴望的是一顶帽子，可能是一艘小船，甚至可能是阴沟里的一只老鼠。这欲望就像是当年在君士坦丁堡附近清真寺前面的田地里燃起的火焰，当风琴声响起，人们的思绪泼洒在杯碟里，思绪便这样冒着傻气地蹦着、跳着。

欢呼啊！自然欲望！欢呼！幸福！神圣的幸福！种种欢愉，鲜花美酒，尽管鲜花会凋谢，美酒让人沉醉。周日用半克朗买车票就能逃离伦敦，在昏暗的小教堂里唱死亡的圣歌。只要不用再做打字、信件归档、文件往来、巩固帝国那类的事情，干什么都很精彩。甚至值得欢呼的还有，女店员饱满朱唇上粗糙的口红（仿佛是丘比特笨拙地用大拇指蘸着红墨水在唇上草草一画）。欢呼吧，幸福！翠鸟在河岸间穿梭，自然欲望全部得到满足。无论幸福是否如男小说家定义的那样，无论他们是祝福还是否定这种幸福，都来欢呼吧！无论是什么形式的幸福，只愿幸福千万种，只愿幸福各殊异。因为溪流在晦暗处流淌——不知是否如韵律中暗示的"如一场梦"（梦dream和溪流stream也押韵）——而我们通常的命运，远比它乏味和糟糕。没有了梦，便只是活着、洋洋自得、滔滔不绝、流于庸常。仿佛在浓荫的树下，当翠鸟乍起、飞向彼岸时，远去的鸟儿羽翼上的那抹蓝色，淹没在橄榄绿的树荫里。

那么欢呼幸福吧，而此后的梦境却不值得庆祝，因为那梦境里，清晰的影像肿胀变形，像是乡村客栈污渍斑斑的镜子，映照出变形的面孔。在夜晚入睡后，梦境击碎一切，将我们撕成碎片，拆散我们。但是，沉睡，沉睡，睡得如此深沉，一切形状都被碾成无比柔软的齑粉，都化为高深莫测的浊水。而我们仿佛缠好了裹尸布的木乃伊，又像是只飞蛾，俯卧在睡眠底部的沙土里。

但是，且慢！且慢！我们这次不想造访那黑暗之地。蓝光一闪，如火柴在眼前划亮，它跃起，燃烧，打破了沉睡的封印，那是翠鸟。此刻红色稠厚的生命之潮掉转方向，奔涌而来；它冒着泡泡,滴滴答答。我们站起身来,我们的目光(韵文轻松地使我们安然度过由死到生的尴尬时刻)落在——(此刻手风琴声戛然而止)。

"是个漂亮的男孩,夫人。"接生婆班廷太太说着,把奥兰多的头生子送到她怀里。换句话说,3月20日周四凌晨三点,奥兰多平安诞下一子。

奥兰多再次站在窗口,读者可以勇敢地读下去,此类事情如今不会再发生,毕竟今日已非那日。不是的——如果我们随着奥兰多的目光,一起望向窗外,就会发现公园巷已经改头换面。的确,在窗口站上十分钟,或者更长时间,也看不见一辆四轮大马车。奥兰多此刻就这样站在窗口。几天后,奥兰多看见被截掉一节的车,十分滑稽可笑,不用马拉着,自己就开始往前滑动,她惊呼道:"看那东西!"的确是一辆不用马拉的车!她说话间,被人叫走了,但过了一会儿回来,她又回到窗口向外张望。如今气候也很奇怪。她不禁觉得连天空也变了。天空不再阴霾密布,也不再淫雨霏霏,也不再折射出彩虹色。如今,爱德华国王继承了维多利亚女王的王位。看,他就在那里,正从他那辆利落的布鲁厄姆轿车[22]上下来,去拜访对面的一位夫人。云朵缩水后变成了薄纱;天空仿佛是金属制成,天热时失去了光泽,变成了铜绿色、黄铜色或橘色,金属在雾气中就是这颜色。这种缩水有点惊人。每样东西似乎都缩水了。前一天晚上,她乘车路过白金汉宫时,发现立在那里的庞然大物已不见踪影,原以为它会永远矗立在那里,高高的礼帽、寡妇的丧服、号角、望远镜、花环,一切都消失不见了,没留下一点痕迹,路上连个小水坑也没留。但是此刻——过了一会儿,她又站回到窗边最中意的位置——此刻,当夜幕降临,变化特别明显。看看房子里的灯光吧!轻轻一触,灯光满屋;成百上千的房间灯火通明,间间如此。小小的方形盒子,一览无余,不再有隐私,不再有徘徊的身影,也不再有隐秘的角落;穿围裙的女人也不用再端着摇曳的烛火小心放在这张桌子、又移到那张桌子上。只需轻触开关,满屋灯火通明。天空彻夜光亮,大街小巷灯火阑珊,一切都亮堂堂的。她中午又回到了窗边。如今的女子多么苗条!看上去如同玉米秆,身形笔直,衣着光鲜,却又千篇一律。男人的面颊像手掌般光滑。干燥的空气,使万物呈现出原有的色彩,却使脸上的肌肉变得僵硬。现在哭泣更难了。水可以在两秒钟就热起来。常青藤要不就枯死了,要不就被从外墙上铲除。植物不像之前那样繁茂生长,家庭也越来越小了。窗帘和床盖都卷了起来,墙壁裸露出来,上面挂着色彩艳丽的实物画,大多画着街道、雨伞和苹果,有的画裱在画框中,有的则直接画在木头上。这个时代的一些鲜明特点让她想到18世纪,只不过这想法令她心烦意乱,想要孤注一掷——但思虑间,她穿行了几百年的漫长隧道仿佛到了尽头,豁然开朗,阳光照进来,她的思绪也莫名地紧张和兴奋起来,仿佛是钢琴调音师将调音器插入了她的后脊,将神经旋紧;同时,她的听觉也变得敏锐起来,能听到房间里的每声低语,还有噼啪的碎裂声,壁炉架上钟表的嘀嗒声仿佛是击打锤子的声音。在接下来的几秒钟里,光线越来越亮,眼前的每样东西越看越清晰,钟表的嘀嗒声也越来越大,直到耳朵传来炸裂声。奥兰多跳了起来,仿佛头被猛地击中。她被击打了十次。实际上那是上午十点钟的报时。现在是1928年10月11日。正是我们所处的时代。

奥兰多吓了一跳,她手抚胸口,脸色苍白,但没人感到奇怪。还有什么比现在的启示更可怕?我们能够幸免于难、处乱不惊,只是因为有往昔的掩蔽,还有未来的护佑。但此刻我们可没工夫思考这个问题,因为奥兰多已经晚了。她跑下楼,跳上汽车,启动发动机就开走了。蓝色的巨型建筑高耸入云,红色的烟囱帽凌乱地散布在空中;道路像银帽钉子一样闪闪发光;公共汽车带着压迫感向她冲来,那司机面色苍白如塑像;她注意到海绵、鸟笼和一箱箱绿色防水布。但她正在现代这座独木桥上行走,不允许眼前的情景进入自己的脑海中,哪怕是一分一毫也不行,否则便会坠入桥下奔腾的激流。"你们走路怎么不看路?……把手拿出来,行吗?"她严厉地说,这些话仿佛未加思索便脱口而出。街上人潮汹涌,行人过马路时横冲直撞。他们围着玻璃橱窗嗡嗡私语,橱窗里面五光十色;奥兰多觉得这些人就像蜜蜂,她想——但她的思绪被猛地掐断了,她眨了眨眼睛,才看清楚原来他们都是人。"你们怎么不看路啊?"她厉声问道。

最后,她终于驾车来到马歇尔-斯内尔格罗夫商店,停好车走进店。她立即就被光影和香气席卷。现代如滚烫的水珠落在身上。上下摇曳的光影,如同夏日微风拂动的薄纱。她从包里取出购物单,用一种古怪而生硬的声音读起来:男童靴、浴盐、沙丁鱼……她仿佛捧着这些词语放在水龙头下,五颜六色的水喷洒下来。她凝视着,光影落在上面,使文字发生了变形。浴盐和靴子两个词变得钝头钝脑,沙丁鱼出现了锯齿。于是她站在马歇尔-斯内尔格罗夫商店一楼的男装部,东张西望,到处闻闻气味,晃荡了几秒钟。然后她因为看见电梯门开了,就进了电梯,电梯顺滑地上行。奥兰多一边随之上升,一边琢磨着现在的生活充满了魔法。在18世纪,我们熟知一切事情的底细;但如今,我们飞上天空,聆听美国来音,目睹人类飞行——但这些是如何做到的,我们却全然不知。所以,我又开始笃信魔法。此刻,电梯晃了一下,停在了二楼。琳琅满目的商品映入她的眼帘,同时一股奇怪的气味扑面而来。电梯每次停下,打开门,便会另有一个独特的小世界在她眼前展开,还有与其相伴相生的特有气味。她想起了伊丽莎白时代泰晤士河边的外坪,过去那里常停泊运珠宝的船只和商船。船上的气味是多么浓郁、多么奇特!当她把手指插入珠宝袋里,她还记得粗糙的红宝石原石从指间滑落的感觉!那时她和苏姬——叫啥都行——躺在那里,坎伯兰的烛光照在她们脸上!坎伯兰家族如今在波特兰街有一处宅邸,前天她还和他们共进午餐,甚至斗胆提到希恩路上的救济院时,还和那老头开了个小玩笑。他当时眨了眨眼。可是,电梯已经到了最高层,她必须下去——天知道她走进了商场哪个"部"。她停下脚步,来查看自己的购物清单,可是又怎么能找到单子上的浴盐和童靴呢。于是,她就准备啥也不买下楼去,但嘴里还是不由自主地大声读出了清单上最后一件东西,恰巧是"双人床单"。也正好是这样东西使她没有空手而归。

"双人床单。"她冲柜台里的一个男人说。谢天谢地,这个柜台碰巧卖床单。因为格里姆斯迪奇太太,不,格里姆斯迪奇太太已经死了;巴托洛姆太太,不,巴托洛姆太太也不在了;那么应该是路易丝,路易丝那天激动万分地来告诉她,她发现君主卧床的床单上有个洞。这张床上有多位君主下榻——伊丽莎白、詹姆斯、查理、乔治、维多利亚、爱德华,难怪床单会磨出洞来。但是路易丝非常肯定说她知道是谁干的,是亲王[23]。

"可恶的德国佬!"她说(因为刚刚又结束了一场与德国人的战争)。

"双人床单。"奥兰多梦呓一般地重复着,因为她心里想着,一张盖着银色床罩的双人床,如今似乎显得品位有点俗气——房间里一片银色;可她当年装饰这个房间时,正迷恋银制品。店员去取双人床单时,她掏出小镜子和粉扑,一边漫不经心地补妆,一边想着,与她初变女子、躺在"钟情女子号"甲板那个时代比,现在的女子可不那么委婉含蓄了。她从容地给鼻子敷了点粉,却没有碰双颊。说实话,虽然她已经三十六岁,可看上去却依然容颜不改。她还像之前那样嘴唇丰满俏皮,略带忧郁,却健美红润(如萨莎所说,像一棵闪烁着千百万只蜡烛的圣诞树),那年泰晤士河封冻,他们在河面上滑冰时便是这副容颜。

"夫人,这是最好的爱尔兰亚麻。"店员说,将床单平铺在柜台上——他们当时遇到一位捡拾树枝的老妇人。而此时此地,她心不在焉地用手摸着亚麻床单,这时通往另一个部门的弹簧门开了,那边似乎是饰品部,飘来一阵蜡烛的香气,像是粉色蜡烛的香味,这香气玲珑有致,其袅娜之姿如同贝壳中的人形——少年或是少女——年轻、苗条、诱人——哦上帝,是位少女!披着貂裘,戴着珍珠项链,身穿俄国裤装,但却无情无义,无情无义!

"无情无义!"奥兰多喊着(男店员已经走开),整个店堂好像都翻滚奔腾着黄泥洪水,远远地她看到俄国舰船桅杆屹立在海口,于是奇迹般地(也许是因为那弹簧门又打开了),那香气幻化出来的贝壳又变成了一个平台,一个讲台,从上面走下一位穿着皮毛的丰腴女子,她保养得当,性感迷人,戴着一个小王冠,是一位大公的情妇;她当年倚着伏尔加河畔,边吃三明治,边眼睁睁地看着人们溺亡,此刻她正穿过店堂,向奥兰多走来。

"啊,萨莎!"奥兰多呼喊着。她真的无比震惊,萨莎怎么会变成这副模样,竟然发福成这样,又如此慵懒憔悴。奥兰多低头看着亚麻床单,希望眼前的鬼魅幻景——一位身披貂裘的半老徐娘,一个穿俄国裤装的少女,以及相伴的蜡烛、白花和旧船的味道,都消失在她的身后。

"夫人,您今天要不要餐巾纸、毛巾和尘拂?"店员还在追问。多亏了那张购物清单,奥兰多此刻细细过目,她可以镇定自若地回答,只需要再买一样东西,那就是浴盐,浴盐是在另一个商业部销售。

她又乘坐电梯下楼——任何情景的再现都给人不易察觉的影响——她再次沉浸在远离现实的时刻;当电梯砰的一声停在了一楼时,她听到一只罐子在河岸摔碎的声音。她本来想去找卖浴盐的商品部,在哪里也无所谓。她站在各式手提包中间,凝神静思,听而不闻店员们的建议,这些店员都身着黑衣,礼貌有加,头发齐整,精神饱满。他们也曾来自古老的家族,也许其中有些人也和奥兰多一样,为自己家族的悠久历史而自豪,但他们选择放下现在这道不透光的屏风遮蔽过去,所以今天只是在马歇尔-斯内尔格罗夫商店做店员。奥兰多站在那里踌躇。透过硕大的玻璃门,她能看到牛津街上车水马龙。公共汽车似乎聚成了一堆,然后又突然散开。像当年泰晤士河洪水中翻滚奔腾的冰块。一位贵族老人穿着毛拖鞋，骑坐在一个大冰块上。此刻这个场景又浮现在她眼前，老人随汹涌的波涛而去，嘴里咒骂着爱尔兰叛军。他沉没之处，就是奥兰多停车的地方。

"时光离我远去，"她边想边振作起来，"人到中年，多么奇怪的感觉！一切都不再简简单单。我拿起手袋，便想到冰层下面冻死的卖苹果老妇。有人点燃了一根粉色蜡烛，我便看到一位穿着俄国裤装的少女。当我走出家门——像我此刻这般，"她来到了牛津街上，"那是什么味道？牧草芳香。我听到山羊的铃铛声。我看到崇山峻岭。是土耳其？是印度？还是波斯？"她的眼中溢满了泪水。

奥兰多此时正准备上车，因望着波斯山脉的幻景而热泪盈眶，读者看到她这副模样，难免会觉得她游离于现实世界太远。的确，最熟谙生活艺术的人，往往隐没于人群中，但不可否认的是，这些人总能想办法让六七十个不同时刻，同时出现在一个正常人的身体中。所以当十一点的钟声敲响时，这所有不同时刻也齐声奏响，所以既不会狂暴地中断于这一刻，也不会完全遗忘在往昔岁月中。对于这些人，我们可以充分证明，其墓碑上标示的六十八或者七十二岁，恰好是他们的寿命。而其他人，有的人虽然活着，但在我们心目中已经死了；有的人虽然尚未出生，却经历了人生的各个阶段；还有些人，虽然自称三十六岁，却已经生活了几百年。无论《国家传记辞典》[24]中怎样界定，一个人寿命的真正长度，永远是有争议的。因为计时十分困难，而与任何艺术的接触，最容易转瞬打乱时间；对于奥兰多也许可以说，都怨她对诗歌的钟爱，令她丢掉了购物清单，没买成沙丁鱼、浴盐和童靴就准备回家。此刻，她站在那里，手搭在车门上，现实又一次击打了她的脑袋，她被狠狠击打了十一下。

"该死！"她喊道，这钟声听起来特别震撼——对此刻的奥兰多，我们可写的只有如下这些：她微蹙眉头，熟练地换挡，像刚才一样大喊："看好了你的路！""你脑子哪儿去了？""你怎么不说呢？"她开着小车冲了出去，在车流中娴熟地左拐右摆，穿插滑行。她一直开到摄政街，又到了干草市场，再到诺森波兰大街上，经过威斯敏斯特桥，左转，直行，右转，又直行开下去……

1928年10月11日周四，老肯特街人潮汹涌，路上人满为患。女人们都拎着购物袋，孩子们跑来跑去。很多布店都有大减价。街道有的地方宽，有的地方窄，长长的远景渐渐消失成一点。这边有集市，那边办葬礼，还有人举着旗子在游行，旗子上写着："集……失"，还有什么字呢？肉摊上有新鲜的肉，屠夫们就站在门边。女人们也几乎不穿高跟鞋了。一个门廊上还挂着"爱征服……"有个女人在卧室窗户往外望，一动不动地沉思着。"艾博尔约翰和艾博尔贝德，葬仪……"没有一处文字从头到尾完完整整。都是有了开头，却没有结尾，就像两个朋友隔街相会。只要二十分钟，便会身心俱疲，像撕碎的纸屑，从袋子里洋洋洒洒地倒出来。的确，疾驰出城的过程，特别像人在失去意识，甚或死亡之前，本体被剁成小块。因此，从何种意义上说奥兰多存在于此刻，是一个没有答案的开放性问题。的确，若非在此处，我们都以为她已完全解体。最终，右侧伸出了一道绿幕，衬托出缓缓落下的碎纸屑；而左侧也伸出了一道绿幕，人们能看到此时碎纸屑在空中旋舞。两侧的绿幕不断向前延伸，以至于幻象再次出现在她脑海中，她看见一座农舍，一片农家场院，还有四头奶牛，全都如实物大小。

当这幻象出现时，奥兰多松了一口气，点上一根烟，默默抽了一两分钟。接着她踌躇地喊了一声"奥兰多?"，似乎无法确定要找的人在现场。如果(碰巧)有七十六个不同的瞬间同时出现在脑海里，老天啊，那里面得有多少个人栖居于此人的灵魂中? 有人说有两千零五十二个自我。如果这些自我中，恰好有人感到孤独而喊一声"奥兰多"(如果正是那人名字)，这岂不是世上最寻常不过的事情吗? 她的意思是，来吧，来吧! 我烦透了这个自我，想换一个。因此，可以看到我们这位朋友身上发生了惊人的变化。但这变化并非一帆风顺吧? 虽然人们会说，可以像奥兰多那样(到乡下去寻觅另一个自我)喊声"奥兰多"，可也许她需要的那个奥兰多来不了。我们构建起来的这些自我，层层叠叠，恰似侍者手里堆起的盘子一样，他们有各自眷恋的对象，有各自意气相投的伙伴，有各自的章程及权力，你愿意叫它们什么都行(这些东西往往都没有名字)。所以有的自我只在下雨天来，而有的自我要待在挂绿窗帘的房间里，另一个自我要等琼斯太太出去才肯进去，还有的自我偏让你许诺一杯葡萄酒才来——诸此种种。每个人可以根据自己的经历，成倍增加与不同自我达成的妥协条件，但有的条件过于荒谬可笑，不便在书中提及。

于是，奥兰多在谷仓旁的拐角处，喊着"奥兰多?"，声音里有种质问的味道。她等待着，奥兰多并没有到来。

"那好吧"，奥兰多宽容地说，她这样的人往往这种场合还能维持好脾气。她又试着呼唤另一个自我，因为她有各种自我可供召唤，而我们却没有那么多篇幅来一一记录。一个人可以有成千上万个自我，但传记只需记录六七个自我便可算完整。于是，我们就选择那些描述过的自我。比如，此刻奥兰多呼唤的，也许是那个用剑砍斫摩尔人头颅的少年，那个用绳子将头颅吊起来的少年，那个坐在山坡上的少年，那个与诗人相遇的少年，那个向女王呈献玫瑰花水的少年；她此刻呼唤的，还可能是爱上萨莎的青年，身为朝臣、大使、军人或是行者的青年；她召唤的还可能是女人，那个栖居在吉普人部落的女人，那位高贵的淑女，那位隐居的女士，那位热爱生活的女孩，那位文学的女赞助人，那位呼唤马尔（意为热洗澡水和夜晚的炉火）的女人，呼唤谢尔默丁（意为秋日林中的番红花）的女人，或是呼唤邦斯罗普（意为我们每天都要经受死亡）的女人，或者三个自我合一——三者合一的自我寓意丰富，然而我们篇幅有限，无法加以叙述——这所有自我都各不相同，她可以召唤其中任何一个。

也许吧。但可以肯定的一点是（因为我们现在总是用"也许"和"似乎"这样的叙述），她最需要的那个自我，却总是与她保持距离。听听她说话的方式，就知道她在不断改变自我，速度快得就像她那疾驰的汽车，每拐过一次弯，就会遇见一个新的自我。但不知为何，那个自觉的自我，却只想成为自己，不渴望召唤其他自我。这个自我最重要，也有权力召唤其他自我。这就是人们所称的真我，集结了我们所有自我于一身的真我。真我就是所有自我的领袖，可以号令所有自我；真我还是钥匙，可以禁锢所有自我，将其聚合而加以控制。奥兰多当然寻找的也是这个自我，读者们从她驾车一路上偷听到的言语就能判断这一点（如果读者觉得那些话杂乱无章、毫无关联、琐碎无趣，有时又不知所云，那只能怨读者自己不该偷听一位淑女的自言自语。我们只是把她说的话照搬过来，在括号里标明我们认为是哪个自我发言，但我们的理解也不一定对）。

"那么我要召唤的是什么呢？是哪个自我呢？"她问，"一个三十六岁开着车的女人。是的，还有无数其他的东西。我是个势利小人吗？家里厅堂挂的嘉德勋章、豹纹盾徽、功勋卓著的祖先，我以他们为荣吗？是的！贪婪、奢侈、荒淫，说的是我吗（此时一个新的自我出现）？是我又怎样，我才不在乎呢。我诚实吗？我想是的。我慷慨吗？哦，那可不算数（这时又一个新的自我出现）。一上午我都躺在床上，听着鸽子呢喃，身下铺着上等的亚麻床单，用银质餐碟，品美酒，仆婢成群。我被宠坏了吗？也许吧。拥有了太多东西，却一事无成。因而我写书（她此处提到了五十部古典作品的题目，所以我们觉得她当年撕毁的是自己的早期浪漫作品）。我轻松悠闲、能说会道又浪漫多情。可是（这时又一个新的自我出现）我却笨手笨脚，再没有比我笨拙的人了。而且，而且，（这时，她迟疑该不该把这词说出口，如果我们觉得是"爱情"这个词，也许错了，但她肯定会红着脸大笑起来，接着喊道——）翡翠蟾蜍！哈里大公！天花板上的青蝇！（这时又一个新的自我出现）。但是奈尔、凯蒂、萨莎？（她陷入忧郁，因为早就不哭了，所以这时只有热泪盈眶）。树木，她说。（又一个新的自我出现。）我爱这里的千年古树（她正路过一个树丛）。我喜欢这里的谷仓（她路过路边一个摇摇欲坠的谷仓）。我喜欢这里的牧羊犬（这时一只牧羊犬正小步颠颠地穿过马路，她小心地给它让路）。我还喜欢夜晚，但是这里的人（这时又一个自我出现），我喜欢人吗？（她又反问自己一遍。）我不知道。他们喋喋不休，居心叵测，谎话连篇（此时她拐入家乡小镇的主路，那里拥挤不堪，因为今天正好有集市，农夫、牧羊人和挎着篮子卖母鸡的老妇人）。我喜欢农民。我懂得庄稼怎么回事。但是（这时又一个新的自我，跃过她意识的顶部出现，如同灯塔射出的光芒。），名望！（她笑起来。）名望！作品印了七版。获奖。《晚报》上登了照片(这里她暗指自己的《大橡树》及她所获的"博戴特·库茨纪念奖";我们得在这里用些笔墨,来交代一下,她的传记作者此时烦恼不安,因为她漫不经心的一笑,将全书的高潮和结尾一笔带过;事实上,我们的传主是女人,于是书中的一切包括高潮结尾,都和以往格格不入;她的焦点从来与男作家不同)。名望!她重复着。一位诗人——江湖骗子;两者明天清晨都如邮件一样翩然而至。宴请、聚会;聚会、宴请;名望——名望!(她在这里慢下来,因为要穿过集市上的熙攘人群)。但是没有人注意到她(人们更感兴趣的是水产店里的鼠海豚,而非获奖的女人,即使她愿意在头上叠戴三层冠冕)。此时,她开得很慢,哼着小曲,仿佛来自一首老歌,"我有金币,去买几棵开花的树,开花的树,开花的树。走在开花的树林,告诉我儿子,名望为何物"。她就这样哼着歌词,时不时这里那里忘了几个词,像串起野蛮人项链的沉沉珠子,一会儿这颗垂下,一会儿那颗垂下。"走进我那开花的树林,"她唱着,每个词都加上了重音,"看着月亮缓缓升起,看着马车渐行渐远……"此时她戛然而止,凝望着前面的引擎盖,陷入了沉思。

"他坐在特威切特的桌旁,"她琢磨着,"脏兮兮的皱领……那是老贝克先生来量木材吗?或者他就是莎……比—亚?(当我们念叨自己敬重的名字时,从不会念完整)"她凝视前方十分钟,车几乎停下来了。

"闹鬼了!"她喊起来,突然踩下了加速踏板,"闹鬼了!从我还年少时,它就阴魂不散。一只野鹅飞过去。野鹅从窗边掠过,飞向大海。我跳起来(她紧紧抓住了方向盘),伸手想抓住它。但那鹅飞得太快了。我到处都见过野鹅,这里,那里,英格兰、波斯、意大利。它总是飞得那样快,飞向大海。我在它后面抛出很多文字,就像抛出大网一样(此时她把手往外甩了一下),而等我将网收回来时,网里只有水草，就如同我在甲板上看到的那样。有时候网底有一寸银子——不过六个词。但是却从来没有抓住过生活在珊瑚丛中的大鱼。"此时她低下头，又陷入了沉思。

而就在此刻，她不再呼唤"奥兰多"，而开始思索别的事情，然而她之前召唤的那个奥兰多却主动莅临，这可以由她后来发生的变化所证明(她驶进住所大门，进入了庄园)。

她整个人都变得阴郁而平静，仿佛裹上了一层铝箔，使外形变得圆润而结实，原本浅薄的变得深邃；原本近在眉睫的，远到了八荒之外；万物便受到限制，就像那自由的水也要被局限在井壁之内。所以她此刻变得阴郁而平静，当这个奥兰多附身后，她就成了所谓的(对也好，错也好)唯一自我，真我。她沉默不语。可能人们大声说话时，自我(也许有两千多个)意识到了彼此的割裂，它们正努力地互相沟通，可一旦沟通达成，它们却又沉默不语。

她娴熟地驾驶汽车，飞快地行驶在弯弯曲曲的车道上，两旁是榆树和橡树，车道穿过庭院里起伏的草坪山坡。这坡很舒缓，像是光滑的碧绿潮水漫上了岸边。山坡上这里那里庄重地种着山毛榉和橡树。小鹿在林间漫步，一只洁白如雪，另一只歪着头，因为它的角被铁丝网钩住了。她心满意足地看着这一切，树木、小鹿和草坪，仿佛她的思绪变成了水，在它们四周流淌，将其团团包裹。很快她在庭园停了车。几百年来，她来到这里不是骑马，就是坐着六驾马车，男随从都骑马在鞍前马后服侍。那里曾经翎羽摇曳，火把燃亮，那些树木曾经花开满枝，此刻只能任叶子纷纷落下，枝头盛开的花朵也在颤动着。如今，她孑然一身。秋叶萧瑟飘落。看门人开了大门。"早上好，詹姆斯，"她说，

"车里有些东西,请你把它们搬进来,好吗?"应该承认,这些话本身毫无美感和趣味,也无足轻重,但是此刻却鼓胀起来,充满意蕴,像熟透的坚果从树上落下。这证明了那些不起眼的皱缩果皮,一旦填满意蕴而鼓胀起来,就能神奇地给感官带来满足。此时的举动虽然看似平凡,却产生了这样的效果。于是,人们看到奥兰多不到三分钟就脱下裙子、换上呢料马裤和皮夹克,会折服于她那行云流水般的动作,就像是在观赏罗伯柯瓦夫人[25]的出神入化的艺术表演。接下来,她大步迈进餐厅,那里她的老朋友们德莱顿、蒲伯、斯威夫特、艾迪生[26],刚开始会故作庄重地望着她,说获奖作家来了!但后来想到她能得到两百几尼的奖金时,就都点头赞许。他们似乎不会对两百几尼嗤之以鼻。奥兰多给自己切了片面包和火腿,夹起来大快朵颐。她一边吃,一边在房间里遛来遛去,不假思索地暂时放下了陪客的习惯。转了五六个弯儿之后,她将一杯西班牙红酒一饮而尽,又斟了一杯手里拿着,信步穿过长长的走廊,路过十几间起居室,就这样开始在大宅里面巡视,后面跟着挪威猎犬和西班牙猎犬。

这是一天的例行活动。每次回家要是不这样巡视一番,就好比探亲时不亲吻祖母就走一样。她想象着,在她出门时,房间都在打瞌睡;她回来进屋后,房间就睁眼醒过来,活跃灵动起来。她还想象着,自己成百上千次看着这些东西,而它们总是在变化,仿佛漫长的岁月在它们身体里储存了无数种情绪,会随着冬夏交替、阴晴变化而变化,也会随着她本人命数和访客的性格而变化。它们对陌生人总是礼貌有加,但又有些小心翼翼;而对于她,它们总是敞开心扉、随意自在。确实为什么不呢?她们彼此相识已将近四个世纪，彼此间并无须要隐瞒之事。她熟知它们所有的喜怒哀乐，也了解每件东西的年代以及小秘密——隐蔽的暗抽屉，藏起来的柜橱。她还知道它们的缺陷，比如哪些是补上的，哪些是后添的。它们也了然她的情绪变化。她对它们也毫无隐瞒。无论是身为少年，还是变作淑女，她都在它们的怀抱中哭泣、跳舞、沉思、雀跃。在窗下座位，她写好了最初的诗篇；在小教堂里，她走入了婚姻的殿堂。而她也将葬于此处，她跪在长走廊的窗台上，啜饮着西班牙红酒，任这些想法出现在脑海中。虽然她几乎不曾想到，总有一天她会和自己的祖先一起长眠于地下，她下葬的那天，阳光透过盾徽上的豹纹，在地板上投下一团黄色光影。她不相信永生，但这时也不禁感觉自己的灵魂，会像护墙板上的红色和沙发上的绿色一起永存。她信步走入大使的卧房，这房间闪着光泽，好似贝壳，躺在海底几个世纪，已经硬化成壳，海水为它刷上了千万种色彩，玫瑰色、绿色和沙色。它像蛋壳一样脆弱，一样斑斓闪亮，一样空空如也。再也不会有大使在这里下榻。啊，但她知道大宅依然跳动的心脏在何处。她轻轻打开门，站在门槛上，以使(她想象着)这房间无法觉察她的存在，她望着永不停息的微风拂动挂毯，使其上下起伏摆动而变得栩栩如生。猎手还在骑马追逐，达芙妮依然在奔逃。她想，大宅那颗脆弱却不屈的心，无论多么微弱，多么孤独，却依然在跳动。

此时，她唤着自己的那群小猎犬，跟着她一起走入长廊，长廊地板是由一整根橡木锯开铺成的。一排排椅子倚墙而立，丝绒椅面已经磨得褪了色，它们似乎伸出扶手来迎接伊丽莎白、詹姆斯或莎士比亚的到来，还可能有从未莅临的塞西尔[27]。她看到这些有几分惆怅。她解开拦住椅子的挂绳,坐上了女王的宝座,翻开桌上放的一本手稿,用手指抚摸着久远之前夹在里面的玫瑰花瓣。她用詹姆斯国王的银发刷梳了梳短发,又在他的床上蹦了几下(尽管路易斯全换上了新床单,但这里再也不会接待国王了),把脸颊贴在那已经磨旧的银色被罩上。到处都有防虫的薰衣草香袋,上面印着"请勿触碰",虽然这字条是她自己放在那里的,可还是觉得有些碍事。她叹了口气,这房子不再完全只属于她一个人。如今它属于时光,属于历史,不再让陌生者触碰,不再想受人控制。在老尼克·格林曾经待过的卧室里,她想着,再不会有人将啤酒洒得到处都是,也不会将地毯烫出洞来。两百个仆人端着热气腾腾的饭菜,抱着壁炉用的柴火,在走廊里奔忙喧闹的场景也不再会有了。宅子外面的作坊里,酿麦芽酒、制蜡烛、缝马鞍和磨石料的也不再会有了。现在也听不到榔头和木槌的敲打声了。椅子和床都空空如也,金酒杯银酒杯都锁到了玻璃柜里。在这空空如也的大宅里,寂静上下扇动着它硕大的翅膀。

在长廊一头,她坐在伊丽莎白女王的那张硬木扶手椅上,几条小猎犬就趴在她身边。长廊延伸到远处的一点,尽头处光线隐没。这长廊好似一条隧道,探入了往昔岁月中。她循着隧道向那深处窥视,可以看见人们在那里谈笑风生,那些都是她认识的大人物,有德莱顿、斯威夫特和蒲伯,还有正夸夸其谈的政治家,有在窗台上调情的恋人。她还看到人们围着长桌吃吃喝喝,头顶上缭绕着木柴燃烧发出的袅袅青烟,呛得他们又是打喷嚏,又是咳嗽。要是再往远处看,还能见到身着华服的舞者围起来跳四方舞。一阵悠扬、轻柔但又庄严的音乐响起。管风琴的低沉乐声也回荡起来。一具棺材被抬进小教堂。一队婚礼仪仗从小教堂里出来。全副武装、戴着头盔的男子要奔赴战场。他们将从弗洛登[28]和普瓦捷[29]带回的旗帜插到了墙上。长廊里充满了过去的情景,如果还往远处看,她觉得自己能够望到尽头,看见伊丽莎白和都铎王朝之前的那些更古老、更久远、更灰暗的身影,一位穿着蒙头斗篷、表情严肃的隐修士,一个双手紧握经卷、喃喃低语的僧侣……

如同雷霆之音,大钟敲响了四下。即使最强的地震,也不会将整个城镇夷为平地。长廊和长廊上的一切都化为齑粉。她凝望远方时,面色原本黯淡而肃穆,此刻似乎被火药爆炸的强光照亮。这片光使她身边的一切都变得无比清晰。她看见两只苍蝇在转圈飞舞,注意到它们身上的蓝色光泽;她看见脚边的木地板上有个木结,还看到猎狗耳朵在抽动。同时,她听到花园树枝折断的声音,一只绵羊在园子里咳嗽,一只雨燕叫着掠过窗前。她自己的身体颤抖、悸动起来,仿佛突然裸身暴露在严寒冰霜之中。当年伦敦大钟敲响十下的时候,她十分慌乱;可如今却能在钟敲响时完全保持镇定(因为她此刻已经将所有自我合一,也许有更多力量来对抗时间的冲击)。她不慌不忙地起身,唤着自己的狗,稳稳当当却又小心翼翼地走下楼梯、来到花园里。这里植物投下的阴影出奇地清晰。她就像从显微镜里观察一样,能够看清花圃里的泥土颗粒。她也能看到每棵树上盘绕的嫩枝。每一片叶片、每一处叶脉纹理、每一片花瓣,都清晰可见。她看见了花匠斯塔布正沿着小路走来,他绑腿上的每粒扣子都能看清。她还看见了拉车的两匹马——贝蒂和王子。她从没有这样清晰地注意到,贝蒂脑门上的图案是颗白星,而王子马尾上有三根毛比其他的毛都长。在方庭里看大宅的古老灰墙,就像是有刮痕的新照片。她听到露台上的扬声器正播放着一支舞曲片段,是人们在铺着红丝绒的维也纳歌剧院听的那种舞曲。这一刻令她既兴奋,又紧张,还有一丝怪异的恐惧,仿佛时间的裂缝在扩大,如果再漏出一秒钟,就会有未知的危险随之而来。她紧张到了无以复加的程度,这种极度的不适,很难长时间忍受。她只好强迫自己加快步伐,仿佛两条腿不受自己支配,一路穿过花园,来到外面的庭院。她费了好大劲儿,才迫使自己停在了木工坊门口,站在那里一动不动地看乔·斯塔布打造马车轮子。她眼睛盯着他的手,这时大钟敲响了一刻钟。这钟声宛若流星一般穿透她的身体,如此灼热,无法用手抓住它。她还清晰地看见乔右手大拇指上的指甲盖不见了,指甲的位置长出了增生的粉色新肉,这令她厌恶不已。她觉得无比恶心,差点没昏过去。但在眨眼的黑暗瞬间,她却从此刻的压力中解脱出来。她眼睑闭合投下的阴影里有种奇怪的东西(人们可以望向天空自行体验),这往往不会出现在现实社会——正因为它的特点说不清道不明,才让人觉得恐怖——为了将它固定在那里,人们颤抖着给它命名,称它为美,因为它没有实体,是无实体的阴影,也没有自己的特征,却在依附于他物时使此物改观。当她在木工坊前几乎要昏倒、眼睛眨动时,这个影子偷偷溜了出去,附着在她眼前的无数影像上,使它们变成能够忍受和理解的东西。她的思绪开始像大海一样奔腾翻滚。然而当她从木工坊里出来爬山时,深深舒了一口气,感到如释重负,她想,我又活过来了。我正在蛇形湖边,那裹挟了成千上万毁灭力量的白色巨浪扑来,小船正往浪峰上攀爬。我即将理解……

以上都是她的原话，从她口中清清楚楚地说出来，但是我们不能隐藏的事实是，她如今漠然地望着眼前的一切，可能容易将绵羊当成奶牛，把史密斯老先生当成了毫不相关的琼斯。因为看到缺指甲的大拇指而感到眩晕，在她脑后部（离视觉最远的地方）投下的阴影此刻加深了，变作一个深潭，在幽暗中潜伏得如此之深，以至于无人知晓。此刻她俯视这深潭或大海，水里倒映着一切——的确，有人说，当可见世界变模糊的时候，我们最强烈的情感、艺术和宗教，便会在我们脑后部的黑洞里出现映像。此刻，她满含意味地、长久地凝望着那幽深的所在，发现她上山走的那条长满蕨类的小路变了模样，有一部分变成了蛇形湖；那山楂丛也有一部分变成了一群贵妇和绅士，他们坐在那里拿着名片盒和镶金手杖；羊群里面有几只变成了高高的梅菲尔宅邸；每样东西都有部分变了样，仿佛她的思绪也变成了枝叶蔓生的林子；各种东西时近时远，分分合合，在不停变化的斑驳光影中，形成了最为怪异的联结和组合。她已经全然忘记了时间，挪威猎犬卡努特去追兔子，这才提醒她也许将近四点半了，实际上已经五点三十七分了。

这条长满羊齿蕨的小路，蜿蜒通往山顶，最高处立着那棵大橡树。1588年她与此树初识，比起那时树已变得更高大、更粗壮，也生出了更多的节疤，但它如今风华正茂，漂亮的锯齿状小叶片在繁茂的枝头颤动着。她扑倒在地上，感觉身下大树的筋骨纵横，宛如脊椎上旁逸斜出许多肋骨。她喜欢想象着自己骑在世界的脊背之上，喜欢附着于坚实物体之上。在她扑向大地的时候，皮夹克口袋里掉出来一本红布装订的四方小书，那是她的诗集《大橡树》。"我得带一把铲子来。"她想。树根上的泥土太浅了，似乎很难如愿以偿地将书埋进去。而且，狗也可能把书刨出来。她又想，这些象征性仪式从来都不会带来好运，也许没有这仪式更好。她准备了一些话，本来想在葬书时再说。(这是初版的一本，上面有作家并艺术家的签名。)"我将这本诗集葬于此处，作为献礼，"她正准备说，"也作为回报，感谢大地对我的施予。"哦，天哪！此话一旦大声出口，听上去多傻气啊！她想起来，老格林那天在讲台上，将她与弥尔顿相提并论(他眼盲这点除外)，并递给她二百几尼。那时这棵橡树浮现在她脑海中，她不禁奇怪那橡树和这仪式有何相干？赞誉名望与诗歌有何相干？诗集已印七版(只多不少)，这和诗歌本身的价值有何相干？写诗难道不是私密的交流吗？不是一个声音对另一个声音的回应吗？这一切夸夸其谈，赞美指摘，遇见的人欣赏或不欣赏自己，都和诗歌本身无关，诗歌就是一个声音对另一个声音的回应。这些年来，对着树林浅唱低吟的古老歌谣，对着农场和立在门前交颈依偎的棕色大马，对着铁匠铺和厨房，对着辛勤孕育小麦、芜菁、青草的田地，对着盛开鸢尾和贝母的花园，她都踌躇地给予了回应，还有什么比这回应更亲密、更舒缓，更如恋人间的絮语？

于是，她没有埋葬自己的诗集，而是任其凌乱地摊放在地上。她望着广阔的远景，夕阳时明时暗的光线映照着一切，使其呈现海底般的光影变幻。眼前出现一个庄园，榆树林掩映着教堂尖塔，园子里有一座灰色穹顶大宅，某处玻璃房折射着星星点点的亮光，农家院子里堆着金黄的玉米秸。田野四处点缀着树丛暗影，远处田野尽头有长长的林地，那里有一条波光粼粼的小河，再远处就又是林地了。极目远眺，斯诺登峰在云端露出白雪覆盖的危岩峭壁。她还看到远处苏格兰的群山，看到赫布里底群岛的翻滚的巨浪和涡流。她侧耳聆听大海那里传来的枪炮声。不，只有风吹的声音。今天没有战争。德雷克已经故去，纳尔逊也不在人世。她将远眺的目光收回，再次凝视着近处脚下的土地，感叹道："这曾经是我的故土，那丘陵间的城堡曾是我的家；那一直延伸到海边的荒芜高地也曾是我的领地。"这时，风景（一定是渐暗光影的把戏）自己颤动起来，聚集到一处，于是所有挡在眼前的房舍、城堡、树林，竟然从帐篷顶似的斜坡滚了下去。土耳其光秃秃的山峦呈现在视野中。正是烈日炎炎的晌午，她目光直视被日头灼烤的山坡。山羊在她脚下啃着沙地上的草皮。雄鹰直冲云霄。吉卜赛老人鲁斯蒂的沙哑声音，在她耳边响起："你的祖辈，你的宗族，你的财产，都无法与此相提并论？你拥有四百个卧房，每个餐碟上都要有银盖，到处是打扫的女仆，又有何用？"

此时，峡谷中某处的教堂钟声敲响。像帐篷一样的风景坍塌坠落。现实又排山倒海般向她倾泻而来，此时光线越来越暗，也比之前柔和了许多，眼前的一切变得模糊起来，细小的东西再也看不分明，只有雾霭蒙蒙的田野，灯火闪烁的农舍，睡意正浓的木头堆，扇子形状的一束光线，正顺着小巷向前推开黑暗。她也说不清敲响的是九点、十点或是十一点的钟声。夜幕降临，她最喜欢的就是夜晚，因为脑海中幽暗池水的倒影，在夜晚比白天更清晰。夜晚，不用头昏目眩就能望向黑暗深处，那里是万物生成之处。在这幽暗的池水中，时而看到莎士比亚，时而是穿着俄国男裤的少女，时而是蛇形湖上的玩具船，时而又是大西洋的合恩角，暴风雨卷起了惊涛骇浪。她望向黑暗深处。那里有她丈夫的双桅船，正攀上浪峰！它一直向上冲、向上冲啊冲。裹挟着千万毁灭力量的白色浪峰席卷而来。噢，鲁莽可笑的男人，总是在那里徒劳地航行，在狂风肆虐中绕行合恩角！但是双桅船穿过了巨浪，平安地出现在浪峰另一边，它最终安然无恙！

"妙极了！"她喊着，"妙极了！"风渐渐平息，海水恢复了平静；她看到月光下泛着涟漪的水波。

"马玛杜克·邦斯罗普·谢尔默丁！"她站在大橡树旁高声呼喊。

这美丽闪光的名字，如一片铁青的翎羽，从天空中飘落。她望着它翩然而下，翻转，盘旋，如缓缓落下的箭，优美地划开长空。他就要来了，一如既往，在寂静中降临。此时微波涟漪，斑驳的秋叶缓缓落在她的脚下。豹纹徽章投下的阴影一动不动，月光映在水面上；天空和大海之间万籁俱寂，他来了。

此刻一切都陷入沉寂，已是午夜时分。月亮缓缓地在旷野升起，月光烘托出地上一座幻影城堡。这座宏大的宅子矗立在那里，所有的窗户都被银色的月光照亮。可这宅子没有墙，也没有实体。一切都是魅影，一切都静默无声。宅子里灯火通明，就是为了迎接先女王的驾临。奥兰多向下俯视，看到了深色翎羽在庭院中舞动，看到了火把的亮光在闪烁，看到了跪在地上的人影。一位女王再次步出她的銮驾。

"恭迎圣驾，陛下，"她边深深地行了个屈膝礼，便大声说，"一切都未曾改变，已故勋爵，我的父亲，将引您进去。"

她话音未落,午夜的第一下钟声敲响了。现时的凉风轻轻拂过她的脸庞,她面容里流露出丝丝恐惧。她焦虑地望向天空,此刻那里依然乌云密布。风在她耳边呼啸,但在风声里,她听到了飞机的轰鸣声越来越近。

　　"这里!谢尔,在这里!"她高喊着,冲着月亮露出胸脯(此刻月光皎洁明亮),好让珍珠项链在月光下折射出光芒,一颗颗珍珠好似巨型月蜘蛛的卵。飞机冲出云层,在她头顶盘旋。她的珍珠在黑暗中如磷光闪耀。

　　谢尔默丁如今已然成为一名优秀的船长,他健壮,容光焕发,敏捷活泼,一下就跳到了地上,一只野鹅飞起来,越过他的头顶。

　　"是那只鹅!"奥兰多欢呼着,"那只野鹅……"

　　这时,午夜的钟声敲响了第十二下。1928年10月11日,周四,午夜十二点。

1　这四句诗来自维塔的诗歌《大地》(*The Land*, 1926)。诗中说贝母有"蛇一般的花朵",是因为上面有斑点花纹。

2　这个例子是伍尔夫用来比喻自己的实验性写作。她表面上屈从于维多利亚时代的传统,但实际上坚持自己的现代主义实践。

3　霍加斯出版社(Hogarth Press)1917年由伍尔夫和其丈夫创办,出版了很多重要文学作品。其中有伍尔夫本人的作品、T. S. 艾略特的作品。

4　上文提到他签署了关于裁决奥兰多性别及财产归属一系列官司的法律文件。

5　这个诗人指的是拜伦(Lord Byron),他在《唐璜》(*Don Juan*)第1章第194节写道:"对于男人,爱情只是他生命中的一部分;对于女人,爱情却是她生活的全部。"

6　此处影射劳伦斯(D. H. Lawrence)刚刚出版颇有争议的小说《查泰莱夫人的情人》(*Lady Chatterley's Lover*, 1928)。小说中女主人公爱上了一位猎场看守(gamekeeper),并与他在林中幽会。

7 此处男性小说家也是影射劳伦斯,下文"爱情就是褪下女人的衬裙",反映了很多男性将爱情与肉欲享受等同起来的观点,也指涉了劳伦斯小说中渲染爱欲激情的倾向。

8 查令十字车站(Charing Cross Station):伦敦中央铁路的终点站,于1864年建成,它因靠近查令十字路口的位置而得名,该交会处被视作"伦敦市中心"。该车站成为19世纪伦敦火车运输的主要车站。

9 格林也和奥兰多一样穿越到了现在,有的评论家认为格林这个人物,影射当时的英国作家埃德蒙·戈斯(Edmund Gosse, 1849—1928)。

10 《加图》(Cato, 1713):约瑟·艾迪生完成的一部新古典主义的悲剧。

11 詹姆斯·汤姆森(James Thomson, 1700—1748):苏格兰诗人和剧作家,以诗作《四季》(The Seasons, 1726—1730)闻名。

12 "版税"的英文是royalties,这个词还有"皇室"的意思,所以奥兰多才会联想到皇室成员。

13 这个电报码,是两人之间的秘密,这戏仿了詹姆斯·乔伊斯的《芬尼根守灵夜》(Finnegans Wake, 1922)中的情节。

14 海德公园常作为决斗的场所。

15 蛇形湖(serpentine):海德公园里的一个人工湖,蜿蜒横穿公园,为散步、划船和欣赏天鹅的绝佳地点。

16 此处影射约翰逊博士当时对女性作家的讽刺:"女人宣教就像小狗用后腿走路。"这也解释了后面奥兰多在创作上的不自信,担心无法像艾迪生和兰姆写得一样好。

17 塔珀(Martin Tupper)和斯迈尔斯(Samuel Smiles)是维多利亚时代的两个不入流的小作家。

18 八小时法案(eight-hour bill):维多利亚时代限制工作日劳作时间长度、保障工人权益的法案。

19 这四位名作家指的是丁尼生、勃朗宁、狄更斯和乔治·艾略特。

20 维多利亚时代作家的地位,比之前的时代显著提高,不再需要资助人,不再依赖于贵族等人的财力资助。

21 邱园(Kew Garden):英国伦敦的皇家植物园,位于泰晤士河河畔。

22 布鲁厄姆轿车(Brougham):早期电动汽车,驾驶座敞开。

23 亲王(Prince Consort):原著没有说是哪位亲王,据年代推断,估计是维多利亚的夫君——阿尔伯特亲王。他的祖国是萨克森-科堡-萨尔菲尔德公国,位于现在的德国境内,所以常被视为德国人,这才有了下文女仆那句骂人话。

24 《国家传记辞典》(Dictionary of National Biography):伍尔夫的父亲莱斯利·斯蒂芬(Leslie Stephen)是这本辞典最重要的编辑,也因此成就被授予爵位。

25 罗伯柯瓦夫人(Madame Lopokova, 1892—1981):20世纪著名的芭蕾舞演员,英国著名经济学家凯恩斯的夫人。

26 指宴会厅墙壁挂的这些名人画像。

27 威廉·塞西尔(William Cecil, 1520—1598):英国政治家,伊丽莎白一世的首席顾问。

28 弗洛登(Flodden):英国地名。1513年,英格兰国王亨利八世在此率军打败苏格兰国王詹姆斯四世。

29 普瓦捷(Poitiers):法国地名。1356年英法百年战争期间的一次著名战役,英国在此战胜法国。

新编新译
世界文学
经典文库

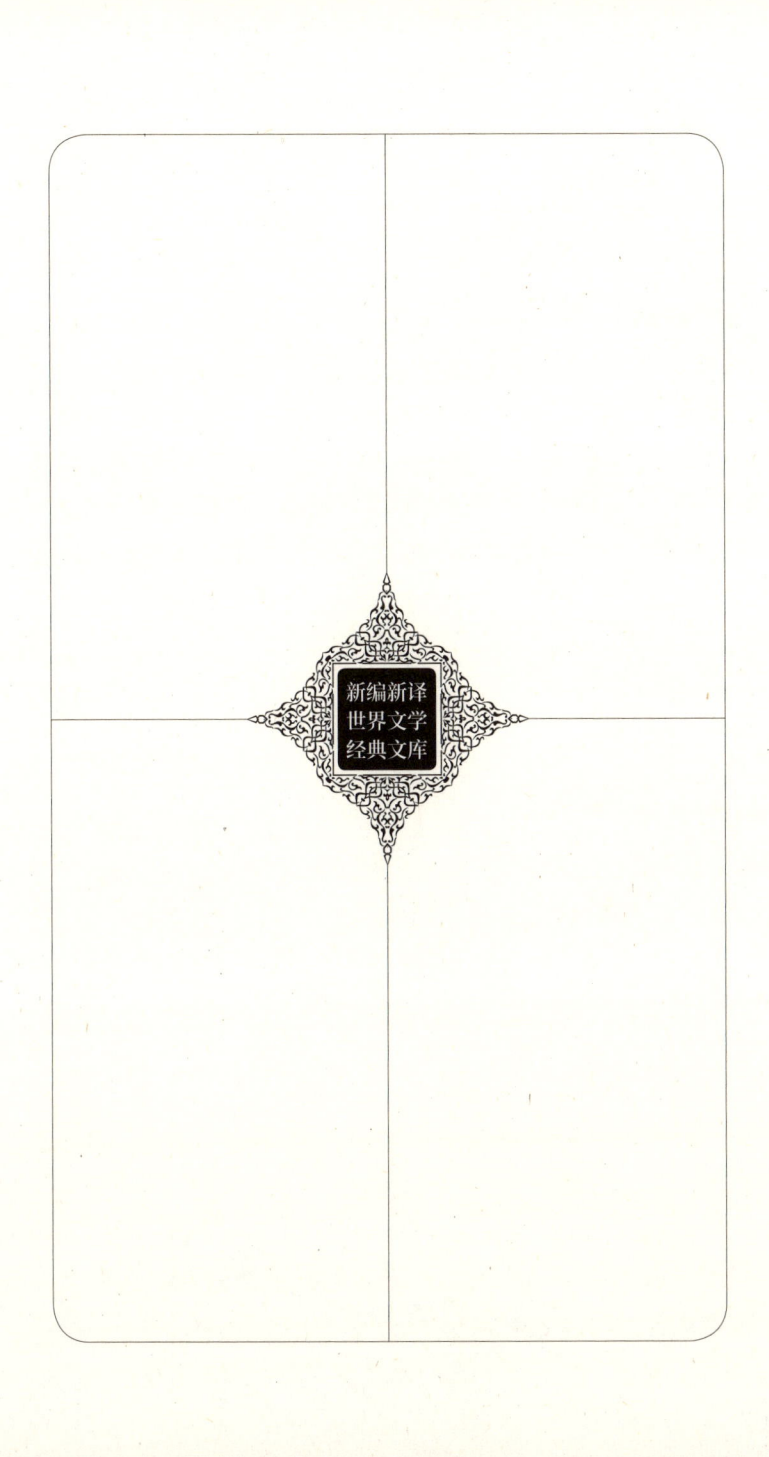

新编新译
世界文学
经典文库

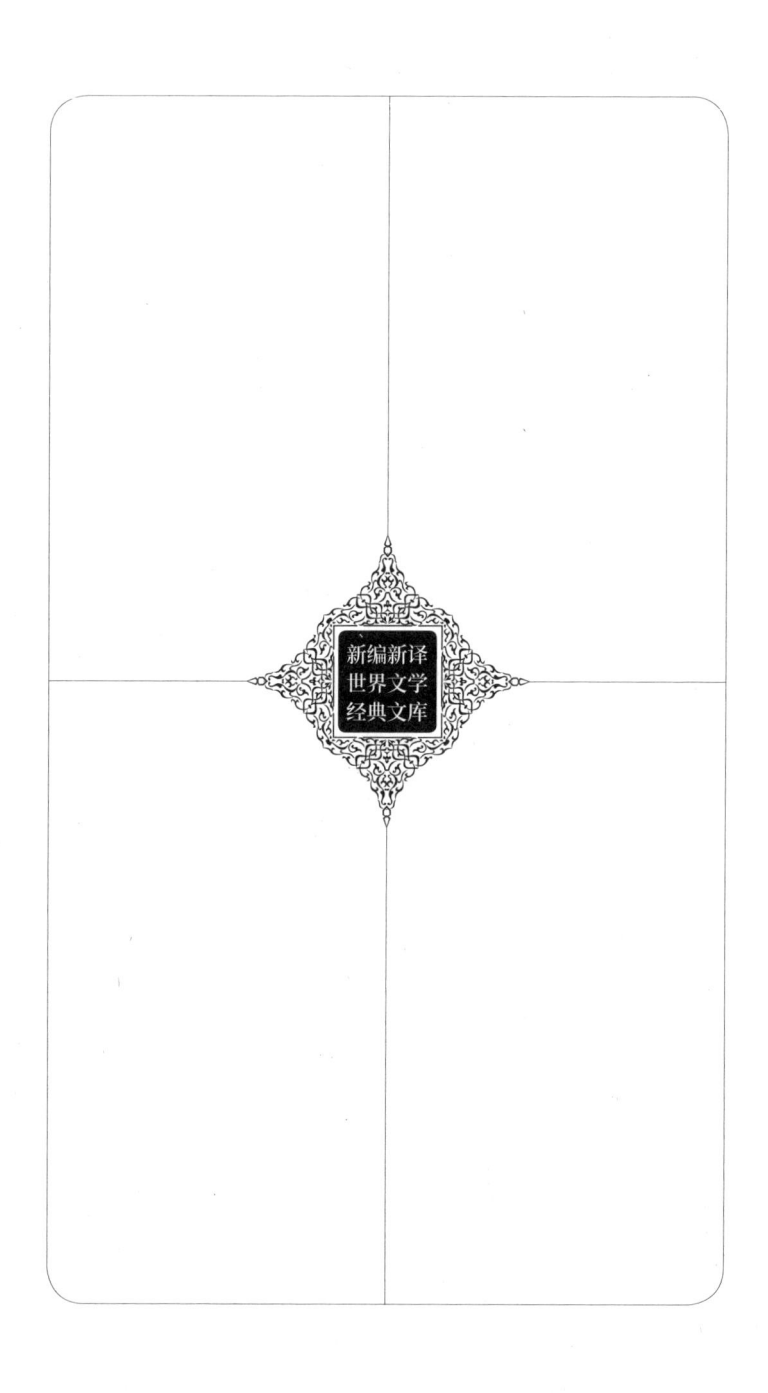

新编新译
世界文学
经典文库

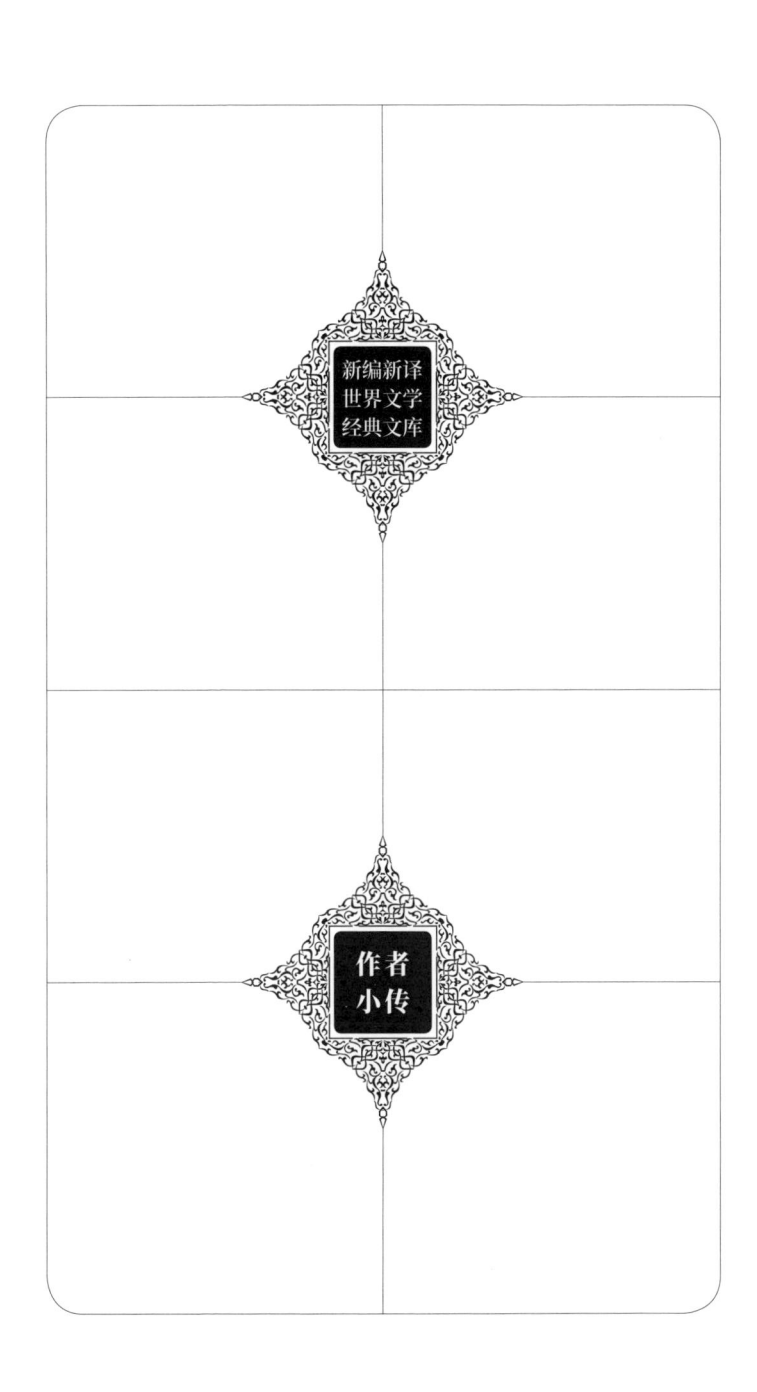

作者
小传

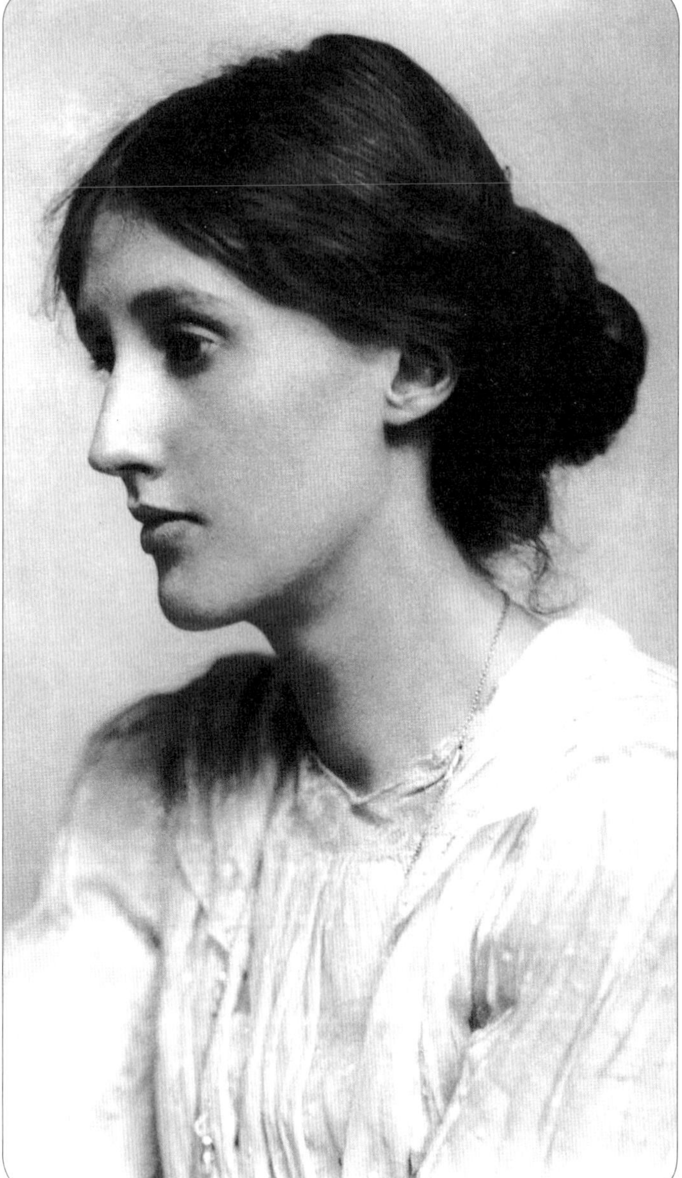

Virginia Woolf

1882 — 1941

弗吉尼亚·伍尔夫小传

徐颖

弗吉尼亚·伍尔夫（Virginia Woolf, 1882—1941），英国20世纪现代主义文学家、批评家和意识流小说大师。伍尔夫原名艾德琳·弗吉尼亚·斯蒂芬（Adeline Virginia Stephen），于1882年1月25日出生于英国伦敦肯辛顿一个书香之家。她的父亲莱斯利·斯蒂芬爵士（Sir Leslie Stephen）是当时著名的文学评论家、哲学家和传记学家。她的母亲茱莉亚·斯蒂芬（Julia Prinsep Jackson Stephen）十分美丽，做过拉斐尔派艺术家的模特。

尽管书香萦绕，伍尔夫的童年时光并不愉快。她父母之前都有过各自的婚姻，再婚后又有四个孩子降生，伍尔夫在其中排行第三。于是在这个重组的大家庭中，子女们常有矛盾冲突。后来在少女时期，伍尔夫受到了同母异父的两位兄长的侵害，她在自传《存在的瞬间》（Moments of Being）中回忆了这段痛苦的经历，这种无法弥合的身心创伤使她后来患上了抑郁症，在成人之后厌恶夫妻生活，并产生了对同性的依恋。

伍尔夫幼年的教育是在家完成的，这得益于她父亲丰富的藏书。她不喜欢社交，常常躲进父亲的私人藏书馆里读书。后来她也有了一间属于自己的书房，还被给予了阅读和写作的自由。而且，很多维多利亚时代的名家如丁尼生、哈代、亨利·詹姆斯都和她父亲私交不错，是她家的座上宾，这使伍尔夫很早就受到文学氛围的熏陶。1895年,母亲突然离世,伍尔夫首次陷入精神崩溃。1897—1901年间,她到伦敦国王学院接受古希腊语、拉丁文、德语及历史教育。也是在这个时期,伍尔夫开始写日记。

1904年父亲莱斯利·斯蒂芬爵士过世,伍尔夫精神再次受到打击,她和同父同母的哥哥姐姐迁居到了布鲁姆斯伯里。随后她哥哥托比(Thoby)邀请他的剑桥朋友们来家中参加"星期四聚会",这些富有才华的上层知识分子在此分享文学和艺术的创作心得,还坦然讨论一些有争议的话题,逐渐凝固成一股新兴的文学力量。他们之后又举办了一系列"剧本阅读社""传记俱乐部""午夜社"等学术活动,形成了"布鲁姆斯伯里文化圈"(Bloomsbury Group)。这个号称"无限灵感、无限激情、无限才华"的社交团体中,有将来大名鼎鼎的传记学家立顿·斯特里奇(Lytton Strachey)、美学家罗杰·弗莱(Roger Frye)、经济学家凯恩斯(J. M.

Keynes)、作家福斯特 (E. M. Forster) 等各界才子文人。而才貌双全的伍尔夫和姐姐凡妮莎 (Vanessa)，一直是布鲁姆斯伯里文化圈的核心人物。

1909年，伍尔夫与"布鲁姆斯伯里文化圈"里的传记学家立顿·斯特里奇订婚，但斯特里奇是个同性恋，所以这段关系维持时间很短。在斯特里奇的热心介绍下，伍尔夫结识了费边社员、社会政治评论家、犹太人伦纳德·伍尔夫(Leonard Woolf)。1912年8月10日，二人成婚。在长达23年的婚姻中，伦纳德一直包容着弗吉尼亚。她因为幼时受到侵害而厌恶性行为，也拒绝生育，这都得到了丈夫的理解。伦纳德在《智慧的童贞女》(The Wise Virgin)中将妻子奉为"智慧的童贞女"，不仅在生活上呵护多次精神崩溃的弗吉尼亚，还一如既往地支持妻子写作。在伍尔夫罹患精神病时，伦纳德一直对她不离不弃，无微不至地照顾她。

虽然伍尔夫"在炙热的爱情里感到一种疏离感"，却依然与丈夫达到了"精神上美好感情融合的最高体验"。婚后的前十几年时间里，也是伍尔夫创作的繁盛期。1913年，她完成了第一部长篇小说《远航》(The Voyage Out)，这部小说以伍尔夫身边的真实人物为原型，比如立顿·斯特里奇、她自己和她的父兄姐妹。小说的女主人公在去往南美的旅行中获得了精神意识的自由。伍尔夫在这本小说中已经尝试描写人物的梦境和幻觉，标志着她开始走上偏离英国现实主义文学传统的"远航"。

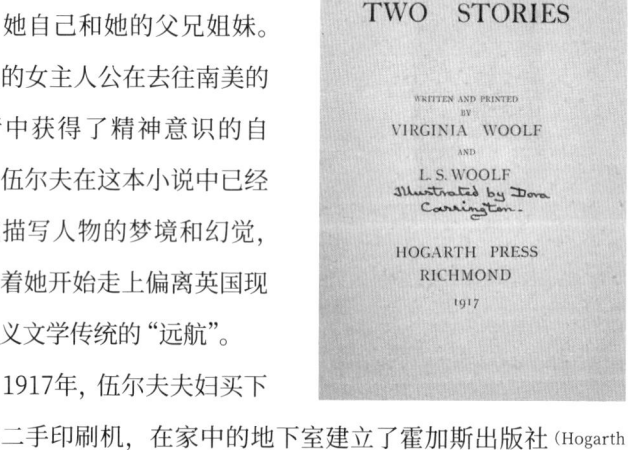

1917年，伍尔夫夫妇买下一架二手印刷机，在家中的地下室建立了霍加斯出版社(Hogarth Press)。霍加斯出品的第一部出版物是夫妇二人完成的《两个故事》(Two stories)，并收录了伍尔夫描写遐想的短篇小说《墙上

的斑点》(The Mark on the Wall)及伦纳德所写的小说《三位犹太人》(Three Jews)。1919年，这家出版社后来还出版了T. S.艾略特的诗集(Poems)、凯瑟琳·曼斯菲尔德的短篇小说、弗洛伊德的英译本以及伍尔夫的所有作品。出版社直到1925年才迁到伦敦。

伍尔夫从小接受父亲的教导，加之在文学圈的耳濡目染，颇具老剑桥人坦诚直率和自由求真的风采，年纪轻轻便有不俗见解。但是童年的阴影和父母的早早离世，始终是敏感而脆弱的伍尔夫挥之不去的梦魇，令其一生都在优雅和癫狂之间游走。但她始终在致力描摹一种理想生活的愿景——"不必行色匆匆，不必光芒四射，不必成为别人，只需要做自己"。伍尔夫在小说创作时，尝试意识流等现代主义叙事方法，她的文学实验在妥协与抗争中不断前行。1919年，伍尔夫完成了《夜与日》(Night and Day)的写作，这是对丈夫《智慧的童贞女》一书的回应，书中两位主人公分别以他们夫妇两个为原型，讲述了挣扎过后的婚姻选择。这本书暂时回到了现实主义的叙事传统。同年，伍尔夫在完成的散文《现代小说》(Modern Fictions)中将当时的现实主义小说家高尔斯华绥、威尔斯等人贬抑为"物质主义者"(materialist)，认为他们的写作虽然引人入胜，但却并未触及人物的内心世界。同年发表的《邱园记事》(Kew Gardens)继续进行现代主义文学实验，像是在文学画布上描绘了一幅后印象派画作。

1919年版《夜与日》

1922年，伍尔夫结识了英国贵族女诗人维塔·萨克维尔·韦斯特(Vita Sackville-West)，她是外交官和作家哈罗德·尼克尔森(Harold Nicolson)的妻子。此时开始，伍尔夫告别了传统小说的叙事手法，相继出版了几本最重要的意识流小说。1922年10月，标志其创作生涯转折的小说《雅各的房间》(Jacob's Room)出版。这本由一系列生活片断构成的小说，以女性的视角讲述了年轻人雅各的一生，他在剑桥求学，后又游历欧洲，最后死于战争，这是一部反战小说，也是伍尔夫缅怀她哥哥托比的作品。作者用流动式的笔触描写了雅各空荡荡的房间以及相关的物品记忆，这个空无一物的房间无所不包。1924年开始，维塔开始追求伍尔夫，二人恋爱期间是伍尔夫创作力勃发的几年。伍尔夫对维塔的情感也渐渐超出了友谊的界限，后来还以维塔为原型写下了举世无双的小说《奥兰多》(Orlando)，于1928年10月出版。

1925年5月，长篇意识流小说《达洛维夫人》(Mrs. Dalloway)出版，小说写的是"一战"后(1923年6月)女主人公克拉丽莎·达洛维为国会议员丈夫准备晚会的一天。她在伦敦街头行走的一路上，思绪中穿梭着昔日恋人、少女时代仰慕的女友以及伦敦社交圈形形色色的人物影像，引发了她对逝去青春岁月的怀恋，也投射了她对

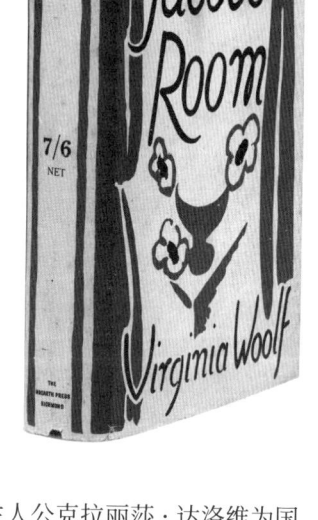

1922年版《雅各的房间》

1928年版《奥兰多》

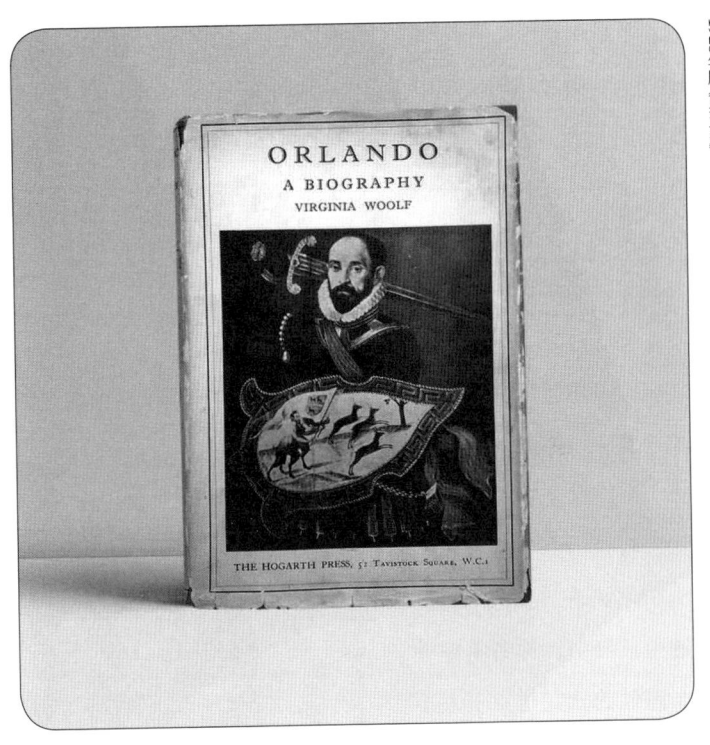

1925年版《达洛维夫人》

未来的种种担忧。她感到自己已向传统社会习俗妥协，成为庸俗的上流社会的装饰品，逐渐失去了体验生活本质的能力。与此同时，伍尔夫并置描写了同处于伦敦的"一战"退伍军人塞普蒂默斯·史密斯的悲剧，他饱受战争创伤后遗症的折磨，最终跳楼自尽以求解脱。达洛维夫人当晚的派对很成功，却在派对上闻知史密斯的自杀，于是两条平行的叙事线索在此交汇。伍尔夫成功地运用意识流使人物跨越了时空界限，其"心理时间的一生"得以在"物理时间的一天"展现，并且不同人物的生活经历汇入了同一条意识长河之中。书中充满了对病态幻觉真实而生动的描绘，也可以说是伍尔夫本人的精神写照。小说抨击了战争、父权制度和功利主义思想，描画了"一战"后英国人的精神困境。

1927年5月，伍尔夫最完美的代表作《到灯塔去》(To the Lighthouse)出版。这本书是她倾尽心血完成的一部半自传体意识流小说。小说以"到灯塔去"为贯穿全书的中心线索，写拉姆齐一家人以及到访客人在"一战"前后的生活经历。作者将理性与感性的二元对立引入小说文本中。代表理性的拉姆齐先生以伍尔夫的父亲为原型，他崇尚理性思考，膜拜客观事实，反对感性的幻想；而代表感性的拉姆齐夫人，则以伍尔夫的母亲为原型，她热爱自然，喜欢幻想，是感性世界的完美女性，始终以女性关爱帮助周围人抵御客观生活的冷漠，用遐想和顿悟重构失序的世界。小说中的女画家莉莉正是伍尔夫本

1927年版《到灯塔去》

人的化身，她有独立的思想，拒绝婚姻与家庭的束缚，将希望寄托在艺术追求上。小说开篇时她身上的男性气质占据优势，十年后重返庄园时她发现拉姆齐先生的改变，也开始追忆已逝的拉姆齐夫人身上可贵的女性品质。莉莉最终在拉姆齐一家到达灯塔时完成了自己的画作，实现了理性与感性、男性与女性气质的融合与平衡。小说具有丰富的象征意象，并使用间接独白形式来呈现人物的内心世界。1928年4月，《到灯塔去》为伍尔夫赢得了法国1927—1928年度的费米娜奖(Prix Femina)。

伍尔夫的意识流小说风格独特，将诗歌的节奏与意象纳入小说文本中，读者在字里行间感受到一种诗意的流动。在她的笔下，生活化为意识的碎片，人物有着变幻跳跃的思绪，可以自由联想。借此伍尔夫立体地呈现出人物的内心感受。伍尔夫的艺术思想与维多利亚文坛盛行的现实主义风格背道而驰，她强调现代小说不应只是机械地模仿现实生活，而要聚焦于人物的内心世界。因此，就艺术思想而言，她推崇的作家有詹姆斯·乔伊斯、哈代和康拉德等现代主义作家，她认为他们擅长描绘人内心深处的潜意识。

伍尔夫还被视作女性运动的先驱，因为她提出了具有前瞻性的女性主义理论。她着眼于"文学与现实中女性身份的割裂感"，为女性争取思考和充盈自己的空间。1929年，她颇具影响力的长篇散文《一个人自己的房间》(A Room of One's Own)出版，该散文根据1928年她在剑桥大学所作的题为"妇女与小说"(Women and Fiction)的演讲整理而成。文中提出女性只有在经济上独立，才能获得个人自主的空间，才能拥有思想和写作的自由。敦促女性杀死"房中天使"，而女性的自由是戴着镣铐的舞蹈，显示了女性在琐碎日常的消磨中对自我成长的坚守。

伍尔夫女性主义思想的形成，受到三位女性的影响。首先是她的母亲作为传统女性形象，在家庭生活中是"灯塔"般的精

神支柱，她对母亲的怀念寄托在《到灯塔去》中的拉姆齐夫人身上。其次是她的姐姐凡妮莎，她是英国20世纪初最早的抽象艺术家，代表了自由追求艺术的女性形象，是布鲁姆斯伯里文化圈精神的外化象征。第三位女性就是维塔，为伍尔夫提供了一个全新的女性原型，使伍尔夫打破了性别的刻板印象，将异性特征融入创作过程和自我表达中，并使其对女性的性别定义有了深具颠覆性的延展。伍尔夫的女性主义没有选择与男性对立，而是设计出一种融合两性优势的创作主体，那就是"雌雄同体"的思想。她在《奥兰多》中打破了性别的二元对立，构建了"流动的而非固定的，主观的而非客观的"的形象。

伍尔夫还是一位颇有成就的文学评论家。她先后出版了两本评论合集——《普通读者》(The Common Reader, 1925),《普通读者:第二系列》(The Common Reader: Second Series, 1932)。她的评论并不是用权威的语气,而是自然地娓娓道来。她也希望自己的评论可以消除精英文学和普通读者之间的壁垒。伍尔夫在世时持续26年写下了大量书信和日记,真实记录了她1915年至1941年间的文学创作过程、婚姻状况、同性情谊、病症折磨、战争肆虐的现实,讲述了她如何在失序的生活中寻找意义。这些书信和日记中的宝贵资料,近距离展现了伍尔夫文学作品背后的人生挣扎。

对于弗吉尼亚·伍尔夫来说,艺术高于一切。她每完成一部作品常会出现病兆,幸好每一场发病,都有丈夫伦纳德在身边无微不至地照料。第二次世界大战中,德国空军轰炸英国时炸毁了伍尔夫夫妇一手创建的出版社和其伦敦的宅邸。这给伍尔夫留下了难以磨灭的阴影,加之精神分裂症状来袭,最终使她不堪重负。1941年3月28日,伍尔夫在衣服口袋里塞满了石块,在她家

附近的河里自沉，以悲剧的形式结束了自己的一生。写作于1941年的《幕间》(Between the Acts)，是伍尔夫辞世之前的绝唱，在她过世之后出版。

弗吉尼亚·伍尔夫被誉为20世纪最伟大的小说家之一，现代主义文学的奠基人。福斯特称她将英语文学"朝着光明的方向推进了一小步"。曾有人这样描述伍尔夫："她的记忆有着隐秘的两面——一面澄明，一面黑暗；一面寒冷，一面温热；一面是创造，一面是毁灭；一面铺洒着天堂之光，一面燃烧着地狱之火。"这位具有敏锐的洞察力和独立思考精神的女作家，直至今日还用她强大而细腻的文学力量征服和鼓舞着广大读者。

弗吉尼亚·伍尔夫大事年表

1882年 1月25日，伍尔夫在英国伦敦出生。

1895年 5月，母亲茱莉亚去世，伍尔夫第一次精神崩溃。

1904年 2月，父亲莱斯利爵士去世。
5月，伍尔夫第二次精神崩溃，并试图跳窗自杀。
年底，她和姐姐凡妮莎、兄弟托比和亚得里安搬到布鲁姆斯伯里的戈登广场居住。
12月14日，弗吉尼亚在《卫报》上第一次发表一篇未署名的书评，并开始为《时代文学增刊》(Times Literary Supplement) 撰写书评，同时在一间成人夜校里任教。

1905年 "布鲁姆斯伯里文化圈"(Bloomsbury Group) 成立，伍尔夫是其中的核心人物。

1906年 伍尔夫四兄弟姐妹到希腊旅行，凡妮莎和托比染病，托比死于伤寒症。

1907年 凡妮莎与克里夫·贝尔 (Clive Bell) 结婚。伍尔夫和弟弟搬到菲茨罗伊广场，开始着手第一部小说《远航》(The Voyage Out)（初名 Melymbrosia）的写作。

1909年 伍尔夫与立顿·斯特里奇 (Lytton Strachey) 有过短暂的订婚。

1911年 伍尔夫与弟弟搬到不伦瑞克广场38号，结识了伦纳德·伍尔夫。

1912年 8月10日，与伦纳德·伍尔夫结婚。

1913年 第一部小说《远航》完成。4月《远航》被出版社接受，但该书的出版由于伍尔夫的病情和"一战"的爆发而耽搁，直到1915

年3月才出版。

7月，伍尔夫一次大型的精神病发作，持续了9个月。

1914年 11月，伍尔夫恢复了健康。

1915年 伍尔夫一生中最严重的一次精神病发作，持续了9个月，康复后开始写第一批日记。

1917年 伍尔夫夫妇搬到霍加斯，在家中地下室成立了霍加斯出版社（Hogarth Press）。伍尔夫开始持续记日记，直到去世几乎不曾间断。

1919年 《夜与日》（Night and Day）在达科沃斯出版社（Gerald Duckworth）出版。《邱园记事》（Kew Gardens）在霍加斯出版社出版。完成散文《现代小说》（Modern Fictions），后在《时代文学增刊》上发表。

1921年 3月，霍加斯出版社出版短篇小说集《星期一或星期二》（Monday or Tuesday）——收录《墙上的斑点》（Mark on the Wall）与《邱园记事》（后来的作品都由霍加斯出版社出版）。

1922年 10月，出版实验性小说《雅各的房间》（Jacob's Room）。与维塔相识。

1924年 出版散文《本涅特先生和布朗太太》（Mr. Bennet and Ms. Brown）。

1925年 4月，散文集《普通读者》（The Common Reader）出版。
5月，出版小说《达洛维夫人》（Mrs. Dalloway）。
霍加斯出版社由里士满的地下室搬到伦敦。
伍尔夫与维塔开始一段亲密关系。

1927年 5月，小说《到灯塔去》（To the Lighthouse）出版。

1928年 4月,《到灯塔去》获得法国1927—1928年度的费米娜奖。
10月,小说《奥兰多》(*Orlando: a Biography*) 出版。

1929年 长篇散文《一个人自己的房间》(*A Room of One's Own*) 出版。

1931年 10月,《海浪》(*The Waves*) 出版。
开始创作《岁月》(*The Years*)(初名*The Pargiters*)。

1932年 7月,《给一位青年诗人的信》(*A Letter to a Young Poet*) 出版。
10月,《普通读者:第二系列》(*The Common Reader: Second Series*) 出版。

1933年 10月,《爱犬富莱西》(*Flush: A Biography*) 出版(为英国女诗人伊丽莎白·勃朗宁的狗所虚构的传记)。拒绝曼彻斯特大学的荣誉学位。

1937年 3月,完成并出版小说《岁月》。

1938年 6月,出版长篇散文《三个基尼金币》(*Three Guineas*)。

1939年 伍尔夫夫妇搬到麦克伦伯格广场37号。拒绝利物浦大学的荣誉学位。

1940年 7月,《罗杰·弗赖伊传》(*Roger Fry: A Bibliography*) 出版。
《幕间》草稿完成。麦克伦伯格的家在战争中被炸。

1941年 2月,完成《幕间》(*Between the Acts*) 写作。
3月28日,伍尔夫预感另一次精神崩溃即将开始,担心自己再难痊愈。她自沉于家附近的乌斯河,终年59岁。
《幕间》出版。

译者序

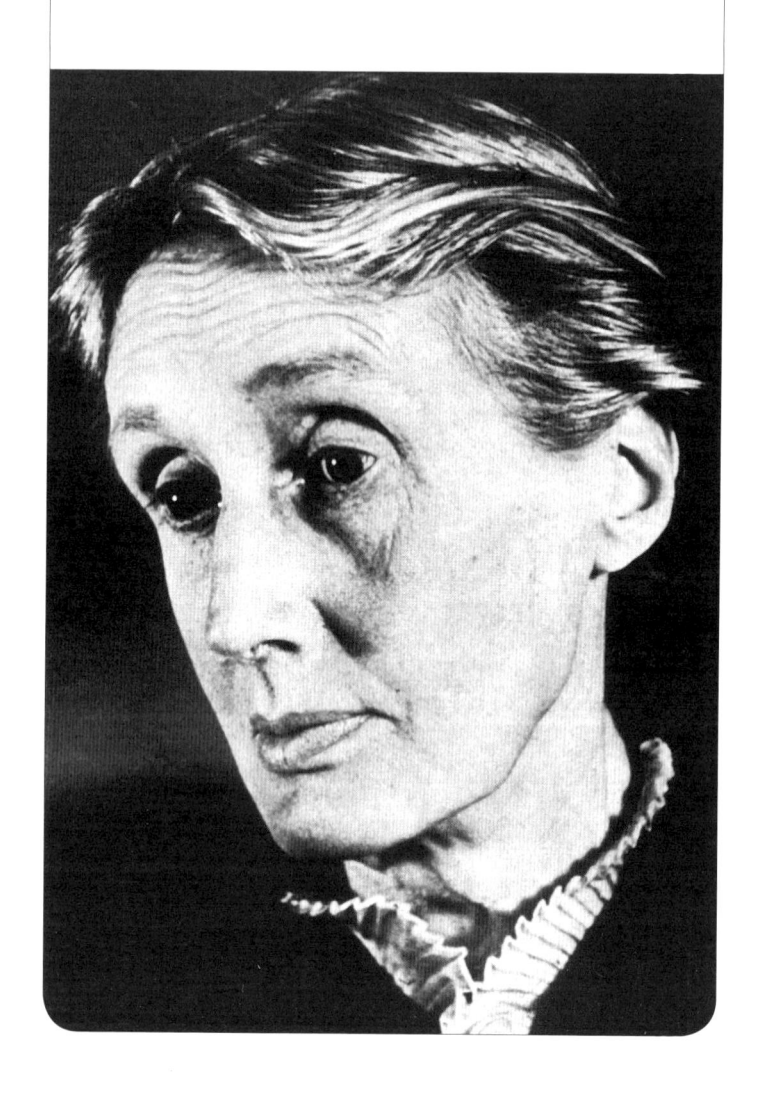

1927年，弗吉尼亚·伍尔夫的意识流小说代表作《到灯塔去》出版。同年10月落笔，她于次年又完成了一部有趣的小说《奥兰多》。这是本价值被低估的作品。小说被命名为《奥兰多：一本传记》，但却不同于传统意义的传记小说。传主是位虚构人物，其经历充满了传奇色彩。

故事开篇于十六世纪，贵族少年奥兰多出身望族，深受伊丽莎白女王的宠爱，被赐予宅邸庄园，并受封为骑士。他先是爱上了俄罗斯公主萨莎，爱情受挫后又寄情于诗歌创作。在十七世纪后期查理二世在位时，他出任土耳其大使，驻扎在君士坦丁堡。昏睡七天后，奥兰多醒来变成了女人，并在吉卜赛部落中生活了一段时间。她乘船重返英伦后，先是隐居乡下庄园，后又活跃在伦敦的社交圈，结识了十八世纪的文豪。她拒绝了亨利大公的求婚，与冒险家一见钟情并成家，在维多利亚时期成为获奖诗人。奥兰多在四百年的时间跨度里穿梭，开篇时他是个十六岁的翩翩少年，而小说结尾时，又成为三十六岁的女诗人。作者借这位俗世奇人的传记，勾勒出一幅英国几个世纪以来的风情画卷。

一、伍尔夫的"新传记"

伍尔夫与传记研究颇有渊源。她父亲莱斯利·斯蒂芬爵士(Sir Leslie Stephen)就是维多利亚时期著名的传记学家，他因领衔编撰《国家传记辞典》(Dictionary of National Biography)而被授予爵位。伍尔夫在"布鲁姆斯伯里文化圈"(Bloomsbury Group)的圈内好友、差点和她结为夫妻的立顿·斯特里奇(Lytton Strachey)也是位出名的传记学家。

伍尔夫本人对传记写作也深有心得,她构思《奥兰多》时,刚完成一篇杂文《新传记》(The New Biography)。文章开篇引用了西德尼·李爵士(Sir Sidney Lee)的话:"传记旨在真实(truthfully)表现人物性格(personality)",但她进而表达的观点是:事实和人物性格往往相左,虽然传记需要事实,但事实很难与人物内心描写相结合,所以传记作家不必像历史学家那样臣服于事实,不能亦步亦趋地记录现实。就此她提出:在传记中使用"虚构的真实"——"创造力强的事实,丰润的事实,诱导暗示和生成酝发的事实"[1],因为"虚构的生活专注于个性呈现,反而显得更为真实"[2]。于是,传记作家的想象力被激发出来,将小说家的艺术手法用到传记写作中。《奥兰多》就是伍尔夫以颠覆性的形式所写的一部"新传记"——既"真实,但又神奇"。"新传记"之新,一方面是因为传主身份的选择不同流俗,另一方面是因为叙事手法也打

企鹅版《奥兰多》

---

[1] Virginia Woolf, "The Art of Biography", *Atlantic Monthly*, 163, April 1939, pp. 506-610.
[2] Paul Murray Kendall, *The Art of Biography*, New York and London: Norton, 1985. pp. 1-6.

破常规。

先来看一下这本传记中传主的特殊身份。在传统传记中，能成为传主的常是身份尊贵或贡献殊异的男性，如历代君王、将相王侯、名人雅士等。《奥兰多》开篇貌似并未打破这一陈规：先是号称奥兰多"毫无疑问"是个男性；接着又渲染他的显赫出身，其祖上世代贵族，曾在北非立下卓著战功。奥兰多深受伊丽莎白女王的宠信，先是被任命为财政大臣 (Lord Treasurer) 和总管大人 (Lord High Steward)，又受封"嘉德骑士" (Knight of the Garter)。后来又在王朝复辟时期成为土耳其大使。小说开篇便为他的辉煌人生定下基调："奥兰多将不断建功立业，接连走向辉煌，步步擢升高位，直至众望所归。"如果这本传记到此处戛然而止，或是循常规立传模式发展下去，就不会成为今日读到的这本奇书。

这本传记是对英雄骑士传奇的戏仿。"奥兰多"取名于查理大帝的圣骑士奥兰多(常译成罗兰)，这个名字还出现在意大利作家博亚尔多 (Matteo Maria Boiardo) 的《热恋的罗兰》(Orlando Innamorato) 和阿里奥斯托 (Ludovico Ariosto) 的《疯狂的罗兰》(Orlando Furioso, 1532) 中。两部史诗中的奥兰多，皆为贵族骑士，在北非与摩尔人作战而立下赫赫战功，但却因被痴恋的契丹公主抛弃而发狂。而伍尔夫书中的翩翩少年奥兰多，原本也怀揣骑士梦想。小说开头写他在家中模仿先祖来砍斫摩尔人的头颅，但是纵横沙场的梦很快便成为泡影。奥兰多执迷于文学创作，进而又受到女王的宠爱，这与史诗传奇中的奥兰多形象相距甚遥。后文中奥兰多虽被封官加爵，但并非因其卓越战功或者能力超群，仅仅是因为他外形的俊美——"他有一双美腿"而受到女王的青睐，这无异将他的骑士形象降格。

与传统的骑士传奇迥异，奥兰多在开篇没有被塑造为骁勇的骑士形象，而成了服侍女王的宠臣，还常去混迹市井，与女孩厮混。而小说里的女王也并非传奇中的柔美形象，而是威严的一代霸主，她满耳都是英吉利海峡传来的隆隆炮声，满目所见都是杀戮的毒药和长剑，她惧怕别人的暗杀和背叛。伍尔夫在书中戏谑地渲染女王对奥兰多的宠爱，也夸张地写女王变态的嫉妒心与愤怒。女王拒绝送奥兰多上战场，"她怎忍心他那娇嫩的肉体被撕扯，一头卷发的头颅滚落在尘土中？"，这也断送了奥兰多曾经梦想建功立业的愿望。同时，进一步降格了奥兰多作为传主的"伟岸"形象。

　　奥兰多的贵族身份也在后面情节中一步步消解。他丝毫不在意自己的贵族地位，不喜与贵族子弟为伍，也不理会淑女贵妇们的垂青，反而流连市井街巷，结交酒馆里的落魄文人，与风尘女子耳鬓厮磨。他厌恶朝堂和宫廷生活，想挣脱家族大宅的禁锢，喜欢徜徉于大自然。他毫无功名利禄之心，早已忘记年少时要纵横沙场的豪情，对女王的赏赐也并无喜悦，在微服出行时还用斗篷罩住贵族徽章以掩盖身份，甚至和萨莎一起嬉笑怒骂英国宫廷生活的虚伪和粗鄙。他虽然继承了贵族的血统，却深具浪漫派的文人气质。

　　更为惊世骇俗的是，小说走向中途时，奥兰多变为女性。她旋即放弃了土耳其大使的身份，跑到吉卜赛人部落生活。后来返回英国后，奥兰多也从政界和宫廷生活中隐退，回到乡下庄园安心写作。奥兰多的原型是英国贵族女诗人维塔(Vita Sackville-West)。1922年，伍尔夫与维塔结识，并发展出一段不同寻常的亲密关系。

英国贵族女诗人维塔·萨克维尔·韦斯特(1892—1962)

维塔出走后,伍尔夫倍感思念,便以其为原型创作了这部传奇,维塔的儿子称《奥兰多》是伍尔夫写给他母亲的"世界上最长,最动人的情书"。伍尔夫使笔下的传主变为女性,隐晦地为女性所受偏见发声:男性诗人获奖后功成名就,占据了文坛高位呼风唤雨、前呼后拥；而奥兰多作为女诗人获奖后，却并未得到应有的关注。"（她在这里慢下来，因为要穿过集市上的熙攘人群）。但是没有人注意到她（人们更感兴趣的是水产店里的鼠海豚，而非获奖的女人，即使她愿意在头上叠戴三层冠冕）。"于是，伍尔夫便在这本"新传记"中令女性由边缘走向中心舞台，隐蔽性地成为传主。

从伍尔夫和维塔二人的日记和来往信件中，可知维塔有雌雄同体的倾向。她追求自由独立，热衷着男装，喜欢特立独行的生活。书中奥兰多本人其实也有雌雄同体的倾向，她的变性即隐

含了这层暗示。她不介意性别身份的转变,也喜欢穿着男装去社交。而且,令奥兰多魂牵梦萦的俄罗斯公主萨莎也有雌雄同体的倾向。她亦喜穿俄罗斯男子的裤装,性格也像男子一样果敢、飒爽。萨莎这个人物的灵感来自维塔最爱的女人维奥莱特·特里富西斯(Violet Trefusis)[1]。此外,追求奥兰多的那位女大公,在奥兰多变性返回英国后,又继续上门纠缠,并在奥兰多表明自己女性身份时摇身变成男性。这样看,小说中这三位雌雄同体的女性——奥兰多、萨莎和女大公,都属于游离于主流社会之外的边缘异类。

这就决定了《奥兰多》与以往传记作家立传时的叙事手法不同。《奥兰多》开头便将这些占据主流的传记作家讽刺为"优秀""权威"的传记作家。他们的传主是高大上的人物,而其传记也要着眼于伟大的行动,而无须铺陈其心理的描写。因为他们认为,"思想和生活相距遥遥……静静地坐在那里思考人生,并非所谓的生活"。于是,传统的传记作家们将目光投向传主的丰功伟绩,记录他们的豪言壮语,"避而不谈传主身上的种种不堪",

---

[1] *Virginia Woolf Letters*, Vol. III, p. 430; *Letters*, Vol. VI, p. 462.

省略掉他们认为不重要的旁枝末节，也不允许传主停顿下来思考，忽略传主所思所想的细节。

然而，伍尔夫却反其道而行之，她认为"思想"比"行动"更值得呈现，要从无声处听惊雷。于是，她在书中细致地描摹奥兰多内心意识的流动，从视觉、听觉、触觉、嗅觉等全方面来呈现他/她的主观感受，令"这些情感的波动无声地展现在读者面前"，并挖掘这些情感来源的"微不足道的心思和想象"。比如，伍尔夫用大量笔墨写奥兰多独处时的遐思，无论是沉浸于自然的拥抱，还是在书桌前酣畅地读书，抑或是在墓室中与古人的骸骨对话，作者都用大量优美语句来描摹奥兰多内心世界，"这一切画面盘旋升腾到他脑海中的浩瀚空间，配上花园中的槌击声和砍柴声，在他心中唤起种种放纵而混乱的激情与感触"。

"全仗那些私人文件和历史资料，传记作家才能够完成首要使命，那就是沿着事实不可磨灭的足迹勉力前行，不环顾左右，不为乱花迷眼，不为林荫驻足，一步一步踏实前行，直到最后轰然堕入坟墓，在头顶的墓碑上刻下'剧终'二字。"传统的传记作家只是记录从生到死的大事，心无旁骛，反而会错过美好的风景。传统传记作家嗤之以鼻的旁枝末节，不屑挖掘的轶事插曲，一笔勾去的停顿冥思，也就是那路边的"乱花"和"林荫"，才是传记中最为传神的部分，对读者而言也极富价值，"捡拾这里那里掉落的线索，听到鲜活的声音，看到他生动的样貌，捕捉他内心的所思所想，便可以勾勒出一个鲜活人物的轮廓和外延"。

于是，伍尔夫会让奥兰多不时停顿下来，用各种丰富的意象

VIRGINIA WOOLF
ORLANDO : UNE BIOGRAPHIE

来描摹他内心的意识流动，使其最生动的个性跃然纸上。伍尔夫不无夸张地说，"很多令被征服者屈膝、血流成河的战争也比不上奥兰多的停顿"，因为这停顿中沉思的契机，这花前路边的驻足，在读者心中投射出传主生动的形象。这些细枝末节的事实，正所谓普鲁塔克所称的"心灵的证据",这样呈现出的传主才不是单向度的,而是立体圆活、丰富独特的人。这些停顿中的苦思冥想,这些旁出斜逸的枝节事实所呈现出来的奥兰多,奇特地混合了多种气质。

这样丰富立体的传主形象,正应和了伍尔夫在《新传记》中所比拟的"彩虹般的人性":"事实有时候像花岗岩一样坚固,人性却如同彩虹一样无法捉摸。"她不像一般传记家只执着于"坚硬的花岗岩"一样的事实,而是认为这种"混合了传记和自传,掺杂了事实和虚构"的记录,才能够展现"彩虹般的人性"。伍尔夫在小说终章为奥兰多安排了成千上万的"自我",而这本传记则记录了奥兰多在其中六七个自我中的穿梭:开始于梦想建功立业的贵族少年,很快成了宫廷炙手可热的宠臣,后落魄归隐做了痴迷读书、热衷写作的文学青年,再后被封爵成为土耳其大使,又变作女子混迹于吉卜赛部落,回到英国后又成为社交沙龙里的淑女,成了膜拜大文豪的女追随者,最后在维多利亚时代嫁人生子,将最初的诗作《大橡树》发表,成为女诗人。

为了呈现这复杂的"彩虹般人性"和流动的"多重自我",伍尔夫在线性叙事中插入意识流手法。于是文本中的时间也流动起来,变得不确定。伍尔夫缩短了奥兰多的行动时间,大大加长了他的思考时间。"他颇为迅速地发号施令,并处理好庄园的大量事务;然而当他在大橡树下的高坡上享受独处一刻时,时光的沙漏开始一点点注满,仿佛不再滴漏下来。时光膨胀起来,充盈了世间万物光怪陆离。"在这样的独处停顿中,这位不同凡俗的传主,体验了多重的人生。

二、奥兰多的文学梦和英国文坛钩沉

1928年12月,伍尔夫将《奥兰多》的手稿送给了维塔,手稿按照历史和文学分期将小说分为四个章节:伊丽莎白和詹姆斯一世时期、加洛林时期、复辟时期和奥古斯都时代、维多利亚时期和现代。[1] 可见,原本小说的设计是想以奥兰多的视角见证英国历史和文坛四个世纪以来的兴衰沉浮。

小说开篇于十六世纪中叶的伊丽莎白时代,那时对于大多数贵族阶层来说,读书和写作有失身份。酷爱文学成了一种病,而奥兰多则被当作是"染了文学病的贵族"。作者满是嘲讽地说,奥兰多那种地位的贵族大多免于此病,他们总是在野外策马驰骋,纵情于男女欢爱。而奥兰多却从小痴迷读书,不舍昼夜地偷读文学经典,还会积攒起纸笔写出自己的诗作。不足十七岁的奥兰多,已经写出了四十多部悲剧、历史剧和十四行诗。此时的他,"对诗歌、对诗人有着最疯狂、最荒诞、最离谱的想法"。然而对贵族阶层而言,"写书已是不可饶恕的耻辱",发表更是不可想象的事。奥兰多将作品藏于密室柜中,只在深夜独自欣赏。作者让这位热爱文学的贵族少年,穿越时空中来见证英国文学的发展历程。

小说首章先是以奥兰多作为亲历者的视角展开描述。在他眼

---

[1] Madeline Moore, "Orlando: An Edition of the Manuscript," *Twentieth Century Literature*, 25, No. 3/4 (1979), 305. 手稿中四个章节的名字为:Elizabethan & Jacobean, Carolinian, Restoration & Augustan, Victorian & Modern。

中，伊丽莎白时代的一切都那么浓烈，有绚丽的白昼和黑夜，四处洋溢着炽热的情感。诗歌中渲染的激情，延伸渗透到年轻人的生活里；诗中弥漫着韶光易逝的感叹和及时行乐的情绪，也影响着年轻人的生活方式。书中出现的才子莎士比亚、马洛、本·琼森，也都融入了市井生活，混迹在码头酒馆，从异域来客的故事里寻找灵感。这些作家的人生如戏，而他们的戏剧亦在嬉笑怒骂中写尽世间百态。奥兰多与这些才子有着诸多契合之处。他隐藏起贵族身份，像他们一样置身市井，在伦敦外坪码头的酒座里畅饮欢愉，听水手讲异域探险故事，和风尘女在强盗掳掠的宝石堆里厮混。而在他们玩世不恭的面具后面，是对人间疾苦的伤怀。作者在写大霜冻的过程中表现了奥兰多的悲天悯人。参加冰上嘉年华的王公贵胄，都在圈起的领地里宴饮享乐，只有奥兰多和萨莎跑出来隐没于人群中，他透过重重浮华的表象，看到冰下的沉船和冻馁的卖水果妇人；与萨莎在冰上嬉戏时，他悲悯岸边凿冰取水的蹒跚老妇，又继而为死亡而伤感；而当冰川消融的洪流席卷而来时，站在岸边的奥兰多痛惜眼前生命的陨落。他虽地位高高在上，却像这个时期很多作家一样，关注凡众的悲欢疾苦。

奥兰多经历的爱情传奇，也与这个时期的剧作相映成趣。伊丽莎白时代是英国地理大发现和殖民统治开始的阶段。小说开篇就夹杂着奥兰多家族征服北非摩尔人的叙述，后面在描述其伴驾女王时也多次影射英国打败西班牙舰队的历史，之后写奥兰多与俄国公主萨莎的爱情故事时也融入了异域想象。这些异域征战与探险的题材在马洛和莎士比亚的戏剧中大量出现。写冰上狂欢节时，奥兰多看到平民们上演的《潘奇和朱迪秀》，其实是改编自莎士比亚戏剧《奥赛罗》。剧中摩尔人杀妻的情节，使刚遭受萨莎背叛的奥兰多得到宣泄的快感。而他最后与萨莎约定私奔的情节，也戏仿了《罗密欧与朱丽叶》的悲剧桥段。这个时期的文学世界与真实生活杂糅在一起。家族的荣耀与仇恨、女王的宠信、情感的放纵、地老天荒的爱情、背叛与愤怒、天灾人祸，这些大悲大喜的恣肆挥洒呼应了伊丽莎白时代戏剧的特点。

伊丽莎白女王辞世，使浓墨重彩的十六世纪落下帷幕，随后詹姆斯一世即位，揭开了几十年的宗教纷争和王权更替，而十七世纪的文学则随之多了几份内敛和沉思的气质。奥兰多的生活也发生了相似的转变。他因为失恋而心灰意懒，便离开宫廷生活，回到乡下庄园隐居。这段离群索居的日子使其远离政治和宗教纷争，徜徉于文学世界，与内心的声音对话，他的灵魂告白和自省像是一首沉郁多思的哲学诗。伍尔夫写奥兰多进入地下墓室与骷髅对话时，显然是致敬莎士比亚悲剧《哈姆雷特》中王子与头骨对话的经典场景。所有的荣华富贵都建立在腐朽之上，所有的姹紫嫣红都将归于一抔黄土。当奥兰多回到房间，又拿起他最为钟爱的作家托马斯·布朗恩(Thomas Brown, 1605—1682)的名作《瓮葬》(Urn-Burial)。这两部作品对于生与死、瞬间与永恒的探讨令他思绪万千。先祖在沙场上驰骋拼杀，

托马斯·布朗恩爵士

所有的杀戮征战，所有的觥筹交错，所有的男欢女爱，所有的世间浮华，最后都只剩下枯骨一副。他得出结论，世人竞相追逐的功名利禄也如尘埃一般，唯有作家的文字才能流芳百世。

此时的奥兰多对文学家顶礼膜拜，完全将他们圣化。在他看来，"思想超凡绝俗的人，身体也会变得崇高。他们头上有圣像光环，呼吸萦绕着清香，唇间绽放出玫瑰"。奥兰多将文学家奉为上宾，还常常躲在一边偷听文豪侃侃而谈。他主动将一位住在舰船街的落魄文人尼古拉斯·格林请至府中居住，并资助他著书立说，甚至在受其背叛后也未收回赞助。这些描写是对当时文坛处境的一种反讽。因为十六、十七世纪的文人地位卑微，需要依附权贵，那些雇佣文人更要仰人鼻息。若想要自己的作品付梓，还要请附庸风雅的贵族做赞助人。这些贵族往往不懂艺术，也对文人没有真正的尊重。

然而怀才不遇的格林，却毫不感念知遇之恩。他在奥兰多宅邸做客时，大放厥词地宣扬文学已死，对伊丽莎白时期的文豪无一丝敬畏之意。他言之凿凿地说莎士比亚抄袭马洛作品，嘲讽马洛因酗酒斗殴而早亡，贬抑托马斯·布朗恩的散文笔法，还将玄学派诗人约翰·多恩称作江湖骗子，笑话他用艰涩的文字掩盖内容的贫乏。格林这一人物的原型是与莎士比亚同时代的雇佣文人罗伯特·格林(Robert Green, 1558—1592)，他嫉妒莎士比亚的声名，曾污蔑其抄袭，并将其讽刺为"一只饰以美丽羽毛的暴发户乌鸦"。小说分布着很多这样指涉和改写历史事实的情节。格林坚称文学已死，说古希腊才是文学的伟大时代，他说自己每天都在模仿西塞罗的古雅文风。这几段关于仿古的谈话，影射了十七世纪席卷

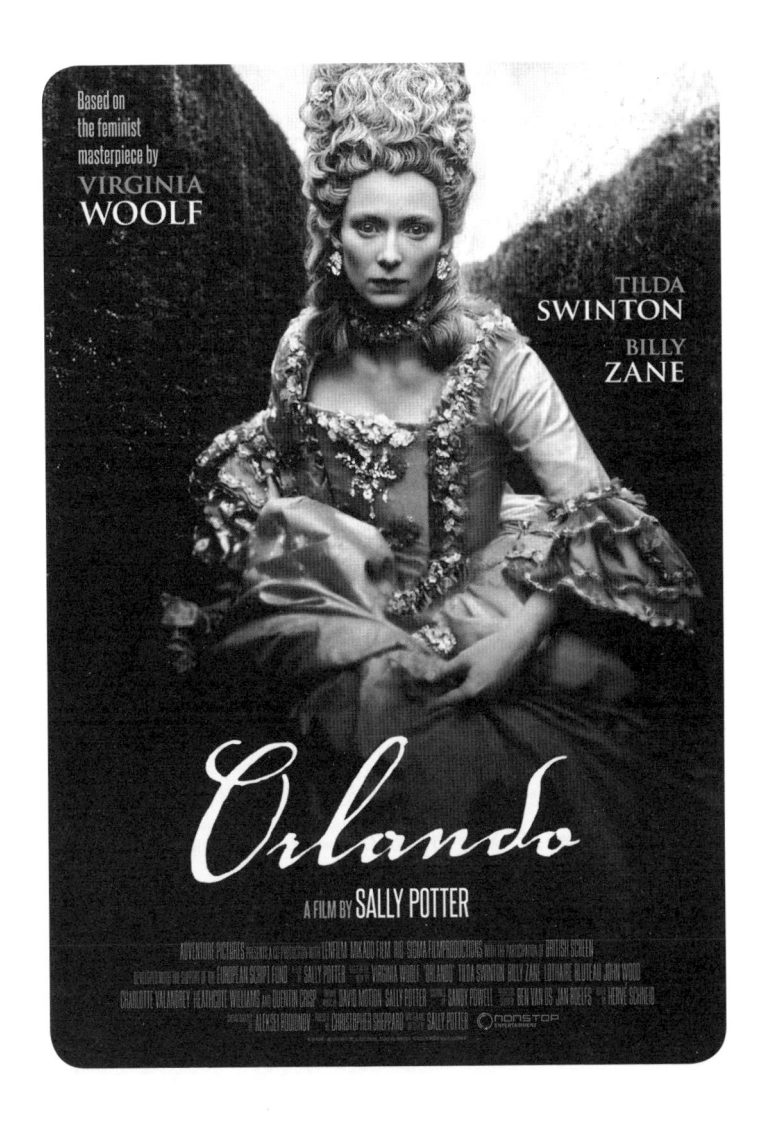

1992年，根据英国作家弗吉尼亚·伍尔夫的同名小说改编的电影上映，莎莉·波特导演，蒂尔达·斯文顿主演。本片被提名奥斯卡最佳艺术指导之舞台设计奖及最佳服装设计奖，获英国电影电视协会最佳化妆奖及最佳服装设计奖提名，并获威尼斯电影节OCIC（视听效果技术）奖和Elvira Notari（女性题材特殊贡献导演）奖

英法两国文坛的"古今之争"。实际上，从文艺复兴时期以来，英法文学界对于"崇古，还是厚今"的话题一直争论不休，在十七世纪达到高潮，而尊古和仿古的作家一直占上风，他们将古希腊和罗马的古典文学奉为楷模。从格林的论调判断，他也属于崇古派。直到十八世纪启蒙思想的崛起，厚今派的影响力才上升。

实际上格林并非有理想和有风骨的文人，只是将尊古仿古当成投机手段。奥兰多将珍藏的原创诗作交给他品鉴时，这个虚伪的小人并没有与奥兰多坦诚相待，而是为了出名将在奥兰多宅邸做客的经历写成剧作出版，他还在剧中对奥兰多的创作加以讥讽，这一次背叛再次重创了奥兰多。但格林的批评也从某个角度指出了当时文学的浮夸和空洞之风。奥兰多将自己所有的作品付之一炬，只留下《大橡树》一首诗。他重回自然的怀抱，在大橡树下思考生死的哲理。他看时光飞逝，而时间也变得流动起来，永恒和短暂也变成哲理性的存在。他此时就玄学派诗人安德鲁·马维尔(Andrew Marvell)的《致羞涩的情人》(To his Coy Mistress)一诗，对时间性质进行了思考。他意识到声名是一种负累，而幽暗广阔的自由却给人带来平和。他还看到，无论是自己最崇拜的莎士比亚，还是普通的建造教堂的工匠，都淡泊功名，在隐姓埋名地劳作，因而他扔掉了名望的羁绊，不再为了声名而写作。

对十七世纪的讨论，随着奥兰多前往土耳其而结束。在君士坦丁堡经历了一系列传奇之后，十八世纪初奥兰多以女性形象回归英国本土。她以贵族女继承人的身份受邀加入了R公爵夫人的社交沙龙。文化沙龙早在十七世纪就在法国繁盛起来，而在英国直到十八世纪初的安妮女王时代才风光无限。此时伦敦的家庭社

电影《奥兰多》剧照

交沙龙流光溢彩，是以女主人为中心的旧贵族聚会场所，保守而排他，讨论也大多围绕文艺话题。《奥兰多》里描写的沙龙，都是声名显赫的客人，个个仪态万方，但却装腔作势，说出来的话无聊无趣至极，废话连篇。奥兰多很快就从陶醉其中到厌烦不已。伍尔夫讽刺地把沙龙女主人——R公爵夫人称为"现代西比尔"，说她对自己的客人施了魔咒，让他们沉浸于快活和深沉的幻象里。沙龙屈尊纡贵地邀请文人来访，但只以其为点缀。小说以奥兰多的视角写蒲伯初入沙龙的场景，这位机敏而才华横溢的小个子作家，与在场的贵族格格不入。他虽妙语如珠，却以讽刺和挖苦语惊四座，触怒了在场的贵族，并遭到了女主人的驱逐。

小说还指涉了十八世纪前半叶形成的咖啡馆公共文化空间，它比沙龙的讨论更为自由平等，在这个公共空间里人们可以暂时忘记身份地位的差异。最早从王权复辟后期开始，关心天下事的文人便会聚在咖啡馆里，谈论时政、阅读报纸、传播信息、讨论文学哲学。当时最出名的两个咖啡馆文人圈，一个是以德莱顿为中心的威尔咖啡馆文人圈，另一个是以艾迪生和斯蒂尔为中心的巴顿咖啡馆作家圈。在小说里，奥兰多初抵伦敦时，就发现之前常光顾的外坪酒馆被体面的咖啡馆所取代，她瞥见大文豪艾迪生、德莱顿和蒲伯坐在露天咖啡座里，边看报纸，边悠闲地啜饮着咖啡。他们在这个公共空间里谈天论地、互相激发新的思想，形塑新的文学潮流。小说后文提到，奥兰多还在咖啡馆外遇见约翰逊博士和他的立传者包斯威尔先生的身影。

咖啡馆文化在十八世纪末走向没落，直到十九世纪逐渐被以家庭为中心的下午茶习俗取代。小说里写奥兰多在自己的宅邸

电影《奥兰多》剧照

客厅，请来才智卓异的当代文豪喝茶，即回应了这一转变趋势。正是伍尔夫这些近距离描写，使这些大文豪走下神坛，奥兰多发现了他们生活中的弱点和怪癖，见识到了"蒲伯的讥讽、艾迪生的倨傲和切斯特菲尔德勋爵的高深莫测"，这一切令她对文人才子倒了胃口。奥兰多便引用他们的代表作《夺发记》《旁观者》和《格列佛游记》，对比性地描写他们在沙龙里的真实样子，作品中的机智荡然无存，几位文人变得自恃清高，好争辩又善妒，还会时时暴露鲁莽的一面。他们虽然将诗歌敬献给心中的女神，在杂文里赞美女性的美丽和浪漫，但从心底里蔑视女人，根本不尊重女性的观点，认为女人只配来沏茶倒水。奥兰多不由感叹："才智栖身于丑陋肮脏的躯壳，往往会吞噬心灵情感。"书中描写蒲伯的性格古怪多疑和睚眦必报时，讲了件小事，奥兰多给几位才子倒茶时，糖夹上的方糖扑通一声掉到了蒲伯先生的茶杯里，蒲伯马上用《女人的品德》中的名句来严责她，并拂袖而去。十八世纪英国沙龙、咖啡馆和茶会等公共空间的出现，使文学承担了越来越多的社会责任，也使文学家和文学创作更接地气。

　　十八世纪碧空万里，清澈明快，正如这个时代畅达的散文风格。而进入十九世纪之后天气阴郁，雾霭沉沉，到处潮气逼人。"常青藤茂盛而繁密……每个花园里都灌木丛生，杂草遍地，幽深曲折。"十九世纪的文风改变正如这天气和植物一般，此时崛起的小说像植物般繁茂生长，"爱情、生命和死亡被裹在五花八门的华丽辞藻中……句子越写越长，形容词泛滥成灾，抒情诗变成了史诗，原本一篇专栏文章就足以表述的小事，如今可以洋洋洒洒地写成十卷、二十卷的百科全书"。这影射了亨利·詹姆斯

电影《奥兰多》剧照

和伍尔夫对维多利亚小说的批评——冗长沉闷的小说，像"令人窒息的疯长的温室植物"。这个时期的诗歌变得平庸而乏味。

此外，书中还描摹了十九世纪出版业的繁荣发展。奥兰多来到了书店，为那些整齐划一却价格低廉的印制书籍所吸引。她印象中的十七和十八世纪，只有不多的几位文学巨擘独步天下，而十九世纪则涌现了数不胜数的小作家。他们不用去寻找资助人，不必将著作题献给某个贵族。数不清的文学作品付梓，而文学评论也随之涌现，继而有各种各样的文学讲座，如同为文学披上了裘皮披肩。奥兰多重遇的格林，就变成了著作等身的文学评论家，也被封了爵。他口头批判这个时代的作家为了挣钱而写作，还对当时的作家丁尼生、勃朗宁和卡莱尔嗤之以鼻，但他自己却承诺用各种资源来帮奥兰多出版诗作。奥兰多心中难以抑制幻灭之情。格林代表了十九世纪评论家世故、庸俗、市侩的一面。同时，格林也和奥兰多一样，在几个时代间穿梭，所以他的形象变化也隐喻了文学潮流的改变，由"风一般狂野、火一般炽烈、闪电一般迅疾，离经叛道、桀骜不驯的年轻人，变成了一位身穿灰色礼服，满口公爵夫人的老人"。

奥兰多幽默地描摹四个世纪以来英国文学风潮的变化，在解构经典作家形象、审视文学传统的同时，也在宣告自己作为一名女性作家的崛起。小说第一章奥兰多在自家宅邸看到一位寒酸的作家边饮酒边创作，没想到那正是尚未出名的大文豪莎士比亚。这惊鸿一瞥的影像在日后多次出现在奥兰多的记忆中，成为他/她创作的缪斯和精神指引。[1] 尤其奥兰多在土耳其变为女性、回到英国后，看到熟悉的伦敦建筑——玻璃罩和圣保罗大教堂的穹顶时，她的意识流使其想起"那个天庭饱满、坐在仆人起居室里写作的男子"，于是"思维就向周围蔓延开去，犹如微波涟漪的水面上升起一轮明月，洒下一片银色的静谧"。这是奥兰多的顿悟一刻，"性别及其意义带来的烦忧渐渐淡去，此刻她心中唯有诗歌的荣耀，马洛、莎士比亚、本·琼森和弥尔顿的伟大诗行在她的耳畔激荡、回响，仿佛一把金锤敲响了教堂钟塔上的金钟，那钟塔便是她的思绪"。这是奥兰多作为女性作家自我意识和创造力觉醒的瞬间，她已不甘心只作为男性社交圈的点缀和男性文豪的女崇拜者。

之后伍尔夫又借奥兰多的视角，批判了十九世纪所谓的"时代精神"，那是加诸女性精神上的枷锁，因为"时代精神"要求女性抛弃所有雄心壮志，穿起束缚其自由行动的裙撑，归顺婚姻与家庭的驯化，并承担起生儿育女的责任。"屋中天使"失去了男性的尊重："两性之间的距离越拉越大，连坦诚的交谈都不愿意，彼此可以逃避对方，掩饰自己。"直到小说结束的二十世纪初，奥兰多才获得祖宅的继承权，才最终完成了她的诗作，其被忽视的

---

[1] 伍尔夫在短篇小说《墙上的斑点》(*The Mark on the Wall*)中也将创作中的莎士比亚与神秘的创作力联系在一起。

创作才华才得到认可。伍尔夫在小说中解构男性作家的伟岸形象，颠覆其话语权和中心地位，挑战文化传统，并建构自己独特的叙事手法，其实也是宣扬女性作家独立的一种方式。

在奥兰多女性意识成长的过程中，大橡树是她汲取力量的来源。大橡树是贯穿了几个世纪的意象，奥兰多喜欢在橡树下面思考写作，每当受挫时就返回橡树的怀抱寻求慰藉。他/她喜欢躺在巨大的树冠下面，抚摸着土地上裸露的粗大树根，感受其如大地脊梁般的感觉。这橡树在名为"桅杆顶"(Mast Head)的高坡上，隐喻它如同女性生存于男性主宰的文坛的一片方舟。后来橡树也成为奥兰多诗歌代表作的名字，呼应着其原型维塔的获奖诗《大地》(The Land)。诗名暗示着根、家庭和英国性的价值。奥兰多满含激情地扑向橡树下的大地，感受着身下的大树根须，那仿佛是大地的脊梁。伍尔夫本人无论进行怎样的叙事实验，有多少独立的审美设计，其女性创造力一直都植根于她对英国这片土地和传统的热爱。

《奥兰多》讲述的是一个特立独行的"浪漫骑士"的故事，传主不懈地追寻美与真理，渴望爱与表达。从这个层面上看，他无论是男性还是女性，都具有可贵的骑士精神。同时，这本书也是对英国文坛和女性作家崛起的记录。这本大家小书其实并不小，包罗万象，又异彩纷呈，书中巧妙机智之处不胜枚举。作为译者，每每读到其中的绝妙意象和珠玑之言时，都不禁拍案叫绝，但也为自己能否呈现其神韵一二而惴惴不安。依然祝愿每位读者可以在伍尔夫丰富的文本世界中获得独特的艺术感知，在其精巧多思的设计和出神入化的叙事技巧中获得非凡的阅读体验。

电影《奥兰多》剧照

徐颖

生于1977年9月，天津人，国际关系学院外语学院英语系副教授，北京大学英美文学博士。研究领域：十九世纪英国文学。

译著：《意大利札记》《伊芙琳的七次死亡》《爱·不释手》等，代表论文：《〈意大利札记〉中古代纪念章的诗意》《〈丹尼尔·德龙达〉对十字军东征的历史想象》《〈丹尼尔·德龙达〉与旧约的互文研究》《〈珍妮特的忏悔〉与福音叙事》《乔治·艾略特与圣经高等评断学》等。

图书在版编目（CIP）数据

奥兰多 /（英）弗吉尼亚·伍尔夫著；徐颖译. -- 北京：作家出版社，2024.5
（新编新译世界文学经典文库）
ISBN 978-7-5212-2732-1

I.①奥… II.①弗…②徐… III.①长篇小说-英国-现代 IV.①I561.45

中国国家版本馆CIP数据核字（2024）第040895号

奥兰多

作　　者：	［英］弗吉尼亚·伍尔夫
译　　者：	徐　颖
责任编辑：	袁艺方　王　烨
特约编辑：	孙玉琪
装帧设计：	潘振宇
封面绘画：	潘若霓
出版发行：	作家出版社有限公司
社　　址：	北京农展馆南里10号　邮　编：100125
电话传真：	86-10-65067186（发行中心及邮购部）
	86-10-65004079（总编室）
E-mail:	zuojia@zuojia.net.cn
http://www.zuojiachubanshe.com	
印　　刷：	北京盛通印刷股份有限公司
成品尺寸：	138×205
字　　数：	148千
印　　张：	7.5
版　　次：	2024年5月第1版
印　　次：	2024年5月第1次印刷
ISBN 978-7-5212-2732-1	
定　　价：	50.00元

作家版图书，版权所有，侵权必究。
作家版图书，印装错误可随时退换。